KB111042

젊은 생각,
오래된 지혜를
만나다

젊은 생각, 오래된 지혜를 만나다
우리 사회를 읽는 청춘의 눈

2020년 1월 10일 초판 1쇄 발행

지은이 | 나호선
펴낸곳 | 여문책
펴낸이 | 소은주
등록 | 제406-251002014000042호
주소 | (10911) 경기도 파주시 운정역길 116-3, 101동 401호
전화 | (070) 8808-0750
팩스 | (031) 946-0750
전자우편 | yeomoonchaek@gmail.com
페이스북 | www.facebook.com/yeomoonchaek

ⓒ 나호선, 2020

ISBN 979-11-87700-35-7 (03800)

이 도서의 국립중앙도서관 출판시도서목록(cip)은 e-CIP 홈페이지
(http://www.nl.go.kr/ecip)에서 이용하실 수 있습니다(CIP 제어번호: 2019053597).

여문책은 잘 익은 가을벼처럼 속이 알찬 책을 만듭니다.

우리 사회를 읽는 청춘의 눈

젊은 ｜ 생각,
오래된 ｜ 지혜를
만나다

나호선 지음

여문책

사람이 행복한 것도
사람 때문이고
사람이 불행한 것도
사람 때문이다

책에 관한 기록을 남기기로 했다

알에서 갓 나온 새는 최초로 목격한 것을 어미라 여겨 그 꽁무니를 종종 따라다닌다. 이것을 심리학에서는 '각인'이라고 한다. 나는 사람에게도 비슷하게 각인의 시기가 있다고 생각한다. 이제 막 성인이 되어 투표권을 얻고 자기 나름의 선택을 통해 세상에 관한 안목을 하나하나 기르는 20대가 그렇다. 지성과 가슴의 에너지가 가장 차고 넘치는 데다 무엇이든 빨리 배우고 보이는 족족 흡수하는 왕성한 때를 상징하니 말이다. 젊은 날의 생각은 사방팔방으로 자유롭게 뻗어나가면서도 무언가에 부딪혀가며 생각의 궤도를 그려나간다.

플라톤을 읽다가 총성을 들었다는 기형도 시인의 시대와는 달리 우리의 시대는 허무하고 또 시시했다. 젊음이 몸담고 있는 비좁은 공간에는 자기계발서와 인문학 도서가 영토전쟁을 벌이고 있었다. 나쁜 신자유주의를 연대해서 무찌르자는 운동권 총학생회의 낡은 외침이 울렸고, 피로하고 시큰둥한 표정으로 토익 책을 옆구리에 끼고 지나치는 학생들이 있었다. 대학은 교양시민을 기르는 기관이지만, 교양시민의 필수요건은 안정된 직장을 갖는 것이었다. 대학은 인문학이 죽어간다며 앓는 소리를 냈고, 인문학을 배워야 취업이 잘된다며 주입식 인문학 강좌를 졸업 필수 요건으로 우겨넣었다.

나는 행동보다는 글이 앞서는 스타일이었다. 매 순간 현장에 있었지만 그렇게 적극적이지는 않았고, 늘 언저리에서 지켜보며 잠잠해질 때까지 무언가를 끼적이던 사람이었다. 경계에서 머뭇거리던 나에게도 각인의 시기가 찾아왔다. 시시한 시대와 대비되는 충격적인 참극이 한꺼번에 일어났다. 세월호 참사와 강남역의 혐오범죄, 한국 페미니즘의 태동, 유례없는 국정농단과 촛불혁명. 줏대의 변곡점이 되는 크고 작은 사건들이 쏟아졌다.

그러나 정치의 도움이 가장 필요한 사람들은 정치를 싫어했고, 분별없는 혐오가 퍼져나갔다. 권력은 가장 큰 혐오의 대상이었다. 투기로 고통받는 사람은 투기할 기회를 빼앗길까봐 노심초사했다. 뼛속부터 치마 속까지 정치적인 성대결이 있었으며, 소소하지만 확실한 행복과 자기혐오 사이에서 방황하는 개인이 있었다. 동시에 이 모든 것은 이념의 렌즈를 통해 이해할 수 있는 것이면서도 이념이 왜곡해온 현상이기도 했다. 청년들은 세상이 불공정하다며 또 한 번 촛불을 들었으나, 그 촛불의 그림자에는 세상의 평등과 권력과 혐오의 부당한 분개가 드리워져 있을 뿐이었다.

언제나 나는 경계인이었다. 누군가의 정의는 다른 누군가에게는 촌스러움이 되고야 마는, 생각 끝에 말하는 것이 아니라 말하면서 생각하는 세상에 적응하기가 어려웠다. 많은 것이 뇌리에 기억되었으나 명료하게 정리되지 못한 여러 생각이 늘 머릿속을 떠돌 뿐이었다. 현실정치의 초라함과 시사한 일상이 공존하는 우리 시대의 변두리에서 나는 힘겹게 깨고 나온 알에 다시 들어가기로 했다. 그 대신 조용히 책을 읽고 글을 쓰며 세상을 다채롭게 바라볼 나만의 렌즈를 깎기 시작했다. 그곳에서 나는 답답한 머리와 뜨거운 가슴으로 밑줄을 긋고 생각과 문장을 다듬었다. 시시한 시대, 각인의 시기, 비극과 참극 속에서 나는 책이라는 렌즈를 통해 세상을 관찰했다. 책은 나를 한층 더 성숙시켜줄 오래된 지혜를 들려주었다. 이 책은 내가 경청한 내용을 쉬운 말과 적당한 구성으로 바꿔 기록한 것이다.

나는 평범한 사람과 민주주의, 자유와 평등, 권력과 혁명, 이념과 사상, 역사의 진보를 사랑한다. 겁 없게도 이 책은 내가 사랑하는 것들을 다루는 일종의 인문 에세이다. 하고 싶은 말을 당당하게 하기 위해 또 한 번 나는 책의 힘을 빌렸다. 다행히도 책은 어디 한번 하고픈 말 제대로 해보라며, 기꺼이 어리석고 무모한 나를 위해 지적 보증을 서주었다.

나는 책에 관한 기록을 남김으로써 내가 목격했던 세상에 관한 나만의 문장을 얻고 싶었다. 또한 영혼 없는 조각 지식의 나열이 아닌 전염성 있는 지혜의 박동을 전하고 싶었다. 지식의 문턱을 허무는 즐거움과 정돈된 의견을 쌓아가는 지적인 재미. 불의에 대한 분노와 정의에 대한 향수. 이 모두가 독서를 통해 얻은 즐거움이다. 즐거움은 나눌수록 배가된다고 했다. 나는 그 즐거움을 뜨겁게 나누기 위해 이 책을 썼다. 따라서 이 책은 학술적이며 성실하고도 집요한 요약이라기보다는 오래된 책과 젊은 생각의 우발적 접촉사고를 통해 빚어진 고민의 결과물에 가깝다.

그뿐만 아니라 나는 이 책에서 무수히 많은 지성사의 위인과 우리 시대 생각의 거인들을 끌어다 다루었다. 본문에 나오는 인용은 모두 글쓴이의 눈과 머리와 손을 거쳐 옮겨졌다. 자칫 잘못 인용하거나 본말에서 한참이나 벗어난 맥락으로 미숙한 요약을 했거나 지레 단정하지는 않았는지 덜컥 걱정이 앞선다. 만약 문제가 있다면 전적으로 온전히 글쓴이의 무지와 부주의 탓임을 미리 알린다.

글감이 된 여러 책은 내가 세상에서 느낀 문제의식을 근거로 골랐다. 이 책은 크게 '평등'과 '권력'과 '혐오'를 대주제로 삼아 나눌 수 있다. 서술의 소재가 된 여러 사건과 책 내용이 적절히 배합되도록 그 비중을 정하는 것은 오로지 글쓴이의 임무다. 그러나 이름난 요리사의 절묘하면서도 일관된 배합처럼 책과 사건이 맞부딪히면서 내는 소리가 장마다 고르게 분배되어 듣기 좋은 화음으로 녹아들었는지 살짝 걱정스럽기도 하다. 이미 본문에서 소개한 책을 읽었던 사람에게는 나의 견해가 새로운 해석이었기를, 앞으로 독서에 도전할 사람에게는 친절한 소개였기를, 여기서 잠시 멈출 이들에게는 지식의 문턱을 넘어본 신선한 경험이었기를 바랄 뿐이다.

앞으로도 나는 공부하고 정리하고 글을 쓰고 싶다. 지식과 그곳에서 피어나는 감정을 사람들과 나누고 싶다. 읽어야 할 책과 써야 할 글이 많아서 행복하다. 활자마저 종이 한 귀퉁이를 얻지 못해 내 집 마련에 실패한 시대에 나는 아직도 활자로 쓰인 책과

거기에 담긴 문장의 힘을 믿는다. 이 책은 한 시대의 청년으로서 변방의 어느 설익은 청춘이 온갖 망설임의 껍데기에서 나와 치열하고 해학적인 책읽기로 여러분에게 보내는 초대장이다. 동시에 이 책은 한 청년이 경계에서 바라본 세상에 대한 뜨거운 외침이다. 나의 기록이 여러분의 머릿속에 숨어 있던 여러 생각을 샘솟게 하는 기회로 이어지기를 소망한다.

책을 쓴다는 것에는 이렇게나 상투적이지만 진심 어린 영광을 돌릴 수 있는 기회도 들어가 있는 모양이다. 젊은 날의 편력적 독서가 세상과 마주하기까지 분에 넘치는 도움을 많이 받았다. 이 책을 쓰는 데 격려와 응원을 아끼지 않았던 나의 벗들, 동료, 선후배들에게 지면을 빌려 고마움을 전한다. 그뿐만 아니라 반골 기질의 혈기를 왕성하게 뿜어댔던 유년 시절의 나를 누르기보다 오히려 마음껏 표현하도록 지도해주신 선생님들께, 또 권위를 내려놓고 자유로운 토론과 도전 끝에 성장할 수 있게 북돋워주신 여러 교수님께도 감사의 말씀을 전하고 싶다. 그리고 기회가 부족해 고민하고 있던 한 청년에게 흔쾌히 기회를 내어주신 여문책 소은주 대표님께 특히 감사한 마음을 전하고 싶다.

마지막으로 불운한 시대와 환경을 만나 호수 같은 궁금증과 지식에 대한 갈망을 늘 두 아들을 거쳐 풀 수밖에 없었던 어머니께, 죄송함과 존경의 마음을 담아 나의 공부를 바친다.

청춘의 한복판에서
글쓴이 나호선

1부

평등의
얼굴

1장

잃어버린
꿈이 있었다

카를 마르크스·프리드리히 엥겔스, 『공산당 선언』

자유의 주체는 자본이 아니라 인간이어야 한다. 오직 자본만이 자유로운 그들만의 자유주의가 아니라 온 세상 인간들의 평등한 자유를 위한 격렬한 몸부림, 그것을 위한 역사적 반항, 원수의 몸에 잉태된 저주받은 아이, 그것이 바로 마르크스가 예언한 공산주의의 사명이었다. 그러나 현실은 운명을 기어코 비껴갔다.

유물론자들의 실패한 유령

한 유령이 유럽을 떠돌고 있다. 공산주의라는 유령이.

지배 계급들을 공산주의 혁명 앞에서 벌벌 떨게 하라.
이 혁명에서 프롤레타리아가 잃을 것은 쇠사슬뿐이요,
얻을 것은 세계 전부다.
만국의 프롤레타리아여, 단결하라!

유물론자에게서 태어난 유령이 있었다. 전 세계를 배회하던 유령은 인민이 신음하는 도처에 혁명의 씨앗을 파종했다. 1917년 러시아 자본주의는 마침내 차르와 함께 급사했다. 군사작전처럼 치러진 혁명에 의한 타살이었다. 범인은 공산주의라는 유령. 그 유령은 러시아에서 막 피어나던 어린 자본주의를 살해하며 세계에 깜짝 데뷔했다. 예기치 못한 일들의 연속이었다. 상대적으로 기후가 온화하고 물산이 풍족한 영국과 프랑스 땅을 두고, 얼어붙은 불모의 땅 러시아에서 혁명이 일어난 것도, 혁명으로 태어난 소비에트연합이 초강대국 미국의 맞수가 되어 세상의 절반을 지배하게 된 것도, 영원할 것만 같았던 붉은 제국의 위용이 어느 날 갑자기 파산한 것도, 어느 누구도 예측하지 못한 일이었다.

한때 『공산당 선언』은 세상에서 가장 위험한 선언문으로 여겨졌다. 그러나 러시아에서 혁명이 일어난 지 한 세기가 지난 지금 이 책은 불온하다기보다는 떨떠름한 책이 되고 말았다. 마르크스의 예언대로 자본주의는 자연사하지 않았고, 현실 공산주의나 사회주의를 표방한 세력은 모두 형편없이 몰락했으며, 공산주의라는 유령은 시베리아의 수용소에서 생을 마감했다. 소수의 자유를 만인의 평등으로 바꿔놓겠다던 다짐은 허무하게도 협동농장에 모두의 자유를 가둬둔 채 가난한 평등을 배급하는 것으로 물거품이 되고 말았다. 혁명의 열정은 식어버렸고, 진보의 박차는 멈췄으며, 독재자의 살기만 가득했다. 그곳에서 인민은 추워서 떨었고, 배고파서 떨었으며, 무서워서 떨었다. 도미노처럼 지표면을 물들였던 혁명의 이념은 소행성의 충돌로 멸종한 공룡처럼 역사의 뒤안길로 사라졌다. 여기까지가 우리가 알고 있는 현실 공산주의의 간추린 역사다.

자유주의의 사생아, 부르주아의 반항아

애덤 스미스는 진보주의자였다. 경제학의 아버지이자 『국부론』을 썼으며, 오늘날 자본주의의 수호신으로 칭송받는 애덤 스미스가 어째서 진보주의자냐고 반문할지도 모르겠다. 그러나 그는 확실히 진보주의자였다. 산업혁명의 태동기, 스미스가 살던 시대에는 교회와 왕과 귀족의 중세적 권력이 여전히 강력하게 작동하고 있었기 때문이다. 이들은 부wealth가 곧 금은보화로 가득한 왕의 곳간이라고 생각했으며, 경제성장은 왕족과 귀족의 곳간을 배불리는 것이었다. 스미스는 이 구시대적 발상을 타파하고 싶어 했다.

입지도 먹지도 못하는 금은보화가 왕실창고에 쌓여 있다고 한들 무슨 소용일까? 그에게 국부 증진이란 '모든 국민이 한 해 동안 소비하는 생필품 양을 확충하는 것'이었다. 그의 경제학에서는 노동이 가치를 창출하고, 경쟁하는 개인들의 이기심이 생산의 화수분이며, 자유로운 시장의 '보이지 않는 손'은 개인들의 이기심을 사회 전체의 이익으로 조화시킨다. 의도했든 의도하지 않았든 스미스의 경제관은 왕과 귀족의 창고에 걸린 빗장을 열어젖힌 것만으로도 충분히 혁명적인 사상이었다. 그가 터를 닦은 자유방임의 질서는 성聖과 속俗이 모조리 썩어버린 중세의 고인 물을 갈아치웠고, 부르주아지들의 새 시대가 급류처럼 밀려오는 데 크게 일조했기 때문이다.

중세 1,000년 동안 수갑을 찼던 '보이지 않는 손'은 신들린 듯 무수히 많은 공업품을 쏟아냈다. "부르주아지는 계급으로서 권력을 잡은 지 1백 년도 채 안 되는 시간에 과거의 전 세대가 이루어낸 것보다 더 웅장하고 더 높은 생산력을 창출해 냈다"[1]라며 『공산당 선언』조차 한 대목으로 언급할 정도였다. 그러나 분명 세상은 전보다 나아졌다는데 유례없이 못사는 사람만 늘어갔다. 생산에는 무척이나 유능했던 보이지 않는 손은 분배에는 도통 관심이 없었다. 자유경쟁이 출혈경쟁 끝에 독과점으로 귀결되는 현상이 비일비재했다. 독점기업은 독재정부 못지않게 못된 짓을 많이 저질렀다. 설상가상으로 주기적으로 찾아오는 공황은 보이지 않는 손에 매까지 쥐어주고 가차 없이 사람들을 매질했다. 일하는 사람도, 얻어맞는 사람도, 죽어나가는 사람도 다 힘없고 비빌 언덕조차 없는 가난한 노동자들이었다. 그래도 한때는 혁명계급이었던 자본가 계급은 자신을 위해 돈을 벌어다주는 노동자 계급의 절망적인 현실에 아랑곳하지 않았다.

후일 스미스가 미심쩍어했던 자본가들의 탐욕스러운 이윤 동기는 의심을 확신으로 바꿔놓았다. 젖니도 안 빠진 어린아이가 잠자는 시간보다 두 배나 길게 일해야 했고, 임산부가 탄광의 석탄 수레를 끌어야 했다. 그러나 그가 고안한 자유방임의 시장법칙은 노동자 계급의 애처로움을 달래줄 실효적인 처방을 제시하지 못했다. 스미스는 단지 연민의 눈초리만 걱정스레 드리웠을 뿐이었다.

자본주의 사회에서는 노동도 상품이다. 당연히 수요-공급 곡선의 영향을 받는다. 가진 게 몸뚱이뿐이라 막노동밖에 하지 못하는 노동자들의 등 뒤에는 수많은 실업자와 백수가 버티고 있다. 그래서 항상 노동은 공급과잉 상태다. 자연히 가격이 떨어질 수밖에 없다. 자본가들도 시장경쟁에서 쫓겨나지 않으려면 제품 생산비를 줄여야 한다. 건물주는 힘이 세니 임대료를 내려달라고는 못 한다. 만만한 게 인건비다. 그래서 임금은 항상 '노동 재생산과 생계유지에 필요한 최저선'으로 묶여 있는 것이다. 최저임금이 곧 평균임금이고, 평균임금이 곧 최고임금일 수밖에 없다. 유례없이 열악한 노동환경이 자유라는 이름 아래 방치되고 있었다.

사육당하는 노예는 주인이 먹이고 재우고 입혀줄 의무가 있었고, 해가 지면 일을 시키지 않았다. 농노는 수확물의 일부를 떼먹혔지만, 자기 몫을 가질 수 있었다. 무엇보다 노예와 농노는 경쟁에 노출되지 않았다. 그러나 노동자는 처지가 달랐다. 가뜩이나 부족한 일자리에 일하지 않으면 굶어 죽어야 했다. 자기가 만든 제품을 생산에 기여한 바 없는 사장에게 다 바쳐야 했다. 달마다 겨우 푼돈으로 입에 풀칠을 하면서도 잘리지 않기 위해서는 자발적으로 허리를 굽히고 고개를 숙이며 군말 없이 야근과 특근을 자처해야 했다. 굳이 자신이 아니더라도 금방 다른 실업자가 차고 들어오니 더럽고 치사해도 월급쟁이는 죽어라 버티는 수밖에 없었다.

평생을 독신으로 살았던 애덤 스미스는 자신도 모르는 사이에 '사상적 혼외자'를 하나 낳았다. 그의 이름은 카를 마르크스. 털북숭이 괴짜 철학자였던 그는 애덤 스미스의 경제학에서 기둥 몇 가지를 추려 자신만의 경제학을 새로 만들어냈다. 마르크스는 노동에서 가치가 발생한다는 것과 개인의 자유가 만인의 자유와 호응한다는 스미스의 가르침을 모두 스스럼없이 받아들였다. 그러나 노동에서 발생한 잉여가치를 일하지 않는 자본가 계급이 독점적으로 착취하는 것만큼은 참을 수 없어 했다. 생산과정에는 가장 큰 협력이 있어야 하면서도 그 생산물은 가장 개인적인 사유재산으로 취급되는 자본주의 시스템 그 자체가 그에게는 모순 덩어리였다.

이 괴팍한 천재의 판단으로는, 우리 세상의 모든 불합리함이 바로 부르주아지가 생산수단을 독점한 것에서 발생했다. 생산수단의 소유 여부가 경제적 빈부격차를 낳고, 경제적 빈부격차는 지배－피지배의 정치적 불평등을 낳는다. 기계가 앗아간 일자리, 줄어드는 월급, 꼭 그만큼 감소하는 소비, 저승사자처럼 모두를 공멸시키는 공황. 이 격차의 악순환을 끊기 위해서는 필연적으로 '노동의 경제학'이 '혁명의 정치학'으로 삽시간에 번져나가야 한다. 그리고 종국에는 이 만인의 무덤에서 배고픔으로 각성하고 비참함으로 단련된 노동자들만이 살아남아 세상을 변혁할 것이다.

스미스는 "구성원의 압도적 대다수가 가난하고 비참한 사회가 번영하고 행복한 일은 결코 있을 수 없다"[2]라며 단지 넋두리하는 데서 멈췄지만, 마르크스는 억울하면 갈아보자고 단호하게 북돋웠다. 그는 기존 철학이 숨겨온 비겁함과 자신이 전개할 사상의 능동성을 다음의 한 구절로 집약했다. "이제까지의 철학은 세상을 해석하기에 급급했지만, 중요한 것은 세상을 변혁시키는 것이다."

자유의 주체는 자본이 아니라 인간이어야 한다. 오직 자본만이 자유로운 그들만의 자유주의가 아니라 온 세상 인간들의 평등한 자유를 위한 격렬한 몸부림, 그것을 위한 역사적 반항, 원수의 몸에 잉태된 저주받은 아이, 그것이 바로 마르크스가 예언한 공산주의의 사명이었다. 그러나 현실은 기어코 운명을 비껴갔다.

어디서부터 잘못된 것일까? 잘난 부모 밑에서 못난 자식만 나온 것일까? 결코 현실화될 수 없는 이론이었던 것일까? 어찌 되었든 그의 이론과 세상의 현실은 극명한 인지 부조화를 낳았다. 단지 오늘날의 우리는 마르크스를 부르주아의 반항아로, 그의 철학을 자유주의의 사생아로 박제된 기억의 편린만을 갖고 있을 뿐이다.

누구를 위한 혁명이었나

지금까지 인간 사회의 모든 역사는 계급투쟁의 역사다.

마르크스는 『공산당 선언』의 첫 장을 이렇게 시작한다. 계급투쟁의 역사란 쉽게 말해 부려먹는 자와 부림당하는 자가 서로 싸우면서 큰다는 말이다. 누군가는 놀고먹으면서도 날 때부터 상전 자리에 앉아 재물과 힘을 쥐고 한세상 편하게 살아간다. 그런데 누구는 죽어라 일하는데도 평생 아랫사람이다. 가뜩이나 놈팡이들이 쌀밥에 고깃국을 먹고 떵떵거리는 것도 배가 아플 지경인데, 밥풀떼기 하나라도 얻으려면 군말 없이 굽실거려야 한다.

온 세상의 법과 전통과 종교와 정치인 모두 부자들과 한 패거리다. 괴롭고 억울하고 불합리해서 도저히 살 수가 없다. 한두 사람이 잘하고 잘못하고의 문제가 아니라 아예 세상이 글러먹었다. 배곯고 처량하게 일하는 자들의 분노와 불만이 봇물 터지듯 터져 나온다. 우리 아이들에게 똑같은 삶을 물려줄 수는 없다.

이제는 싸울 수밖에 없다.

한판 제대로 붙는다. 부리는 자가 이기면 살았던 대로 숨죽이며 살아야 하고, 부려먹히는 자가 이기면 조금 나은 세상으로 한 단계 진보한다. 피땀 흘려 쟁취한 새로운 시대가 모든 부분을 만족시켜주지는 못하지만, 힘과 자유와 부의 분배가 전보다는 더 평등해진다. 일하는 자와 놀고먹는 자의 사정이 새롭게 변하고, 사람 사이의 기본적인 이음매가 바뀐다. 사회의 새로운 짜임새에서 경제활동의 틀이 새로 조직된다. 생산방식의 개선이 일어나고 살림살이가 약간은 나아진다. 이것이 바로 "역사는 진보한다"라는 짧은 명제가 숨긴 무성한 뒷이야기다.

이 대결의 역사에서 중세는 장원을 소유한 귀족이 농노를 부려먹던 시기였다. 근대는 자본가들이 공장에서 임금 노동자를 부려먹던 시기다. 부르주아지들은 격렬한 소요 끝에 절대왕정과 봉건귀족을 몰아내고 천하의 새로운 주인으로 등극했다. 프랑스혁명은 귀족의 천당에서 자본가의 세상으로 넘어가는 충돌의 전환기였다.

그런데 여기서 나는 고대 노예제→중세 봉건제→근대 자본제로 이어지는 이 발전의 도식을 정말이지 제대로 오해하고 있었던 모양이다. 나는 자본가 계급이 지주 계급과 백척간두의 결투 끝에 구시대의 잔당을 아주 재기 불능한 지경으로 처단해버린 줄로만 알았다. 그래서 토지귀족이 역사에서 영영 사라졌다고 믿었다. 그러나 실제 역사의 진행은 그렇지 않았다. 불행히도 귀족과 지주들은 실제 계급투쟁의 낙오자가 아니었을 것이다.

혁명 이전부터 토지귀족 계급은 남들보다 쉽게 자본가 계급에 편입했다.[3] 역으로 부르주아들이 귀족의 위신을 흠모해 스스로 귀족화하기도 했다. 자본가가 귀족을 대체한 것이 아니었다. 농장주가 공장주로, 귀족이 자본가로 재빨리 옷을 갈아입은 것에 불과했다. 법적으로 귀족의 지위는 소멸했어도 '귀족 출신'의 상당수가 자본주의 경제구조에 쉽게 적응하며 여전히 잘나갔다. 백작-공작-남작의 명패를 갖고 있던 땅 부잣집 도련님들과 잘나가는 공장주의 후계자들이 살롱에서 세상만사와 문·사·철을 속 편하게 논하는 사이에, 정작 실제 혁명투쟁에서 피를 흘린 것은 농민과 노동자로 구성된 가난한 민중이었다. 결국 빈자들이 옛 부자와 신흥 부자 사이의 주도권 다툼에 휘말려 애꿎은 하청전투만 벌인 것이다. '빈자들의 계급투쟁은 사실 부유층의 계급전환이다.' 나는 이것이야말로 계급투쟁의 역사가 숨겨온 어두운 진실이라고 생각한다.

러시아 혁명이라고 달랐을까. 마르크스는 공산주의자들이 선봉에서 미성숙한 프롤레타리아를 조직하고 이들을 일깨워나갈 것을 주문했다. 그러나 그들은 그대로 '공산귀족'이 되었다. 철의 장막 뒤에 숨은 소비에트의 간부들은 부귀영화와 사치향락을 탐닉했다. 최신식 소련 사회주의는 사실상 봉건귀족의 구닥다리 중세로 회귀했던 것이다.

한술 더 떠 38선 너머 북한에서는 아예 3대째가 세습하는 '공산왕족'이 들어섰다. 북한식 사회주의는 또 다른 조선왕조였다. 이북에 공산혁명은 없었다. 다만 '이씨 조선'이 '김씨 조선'으로 바뀌는 역성혁명이 있었던 것이다. 헐벗은 북쪽의 인민은 졸지에 주석궁의 신민으로 전락했다. 21세기에 고대 노예제 사회가 들어서다니 정말로 어처구니없는 일이 아닐 수 없다. 이렇게 보면 정말 이데올로기가 다 무슨 소용일까.

자본주의의 무채색들

경제의 지도에서 정치의 역사가 전진한다. 물질의 바다에서 생각의 돛이 만개한다. 거대한 역사가 전진하고, 계급 전체가 전면전을 벌인다. 폭력 그 자체인 국가를 지배 계급이 독점하는 불합리, 이것을 빼앗아 바로잡고 스스로 권력을 내려놓아야 노동자의 천년왕국이 도래한다. 그러기 위해서는 만국의 노동자가 반드시 단결해야 한다.

마르크스는 거친 붓으로 세상을 굵직하게 그려냈다. 그의 수채화는 세상 대부분을 그렸지만, 전부를 담아내지는 못했다. 실제 역사에서는 많은 이가 노동자 계급에 가담하는 대신 소시민으로 살고자 했다. 무산 계급은 단결하지 못했다. 단결한 노동자들마저도 보수정당 후보를 지지하는 경우가 잦았다. 삶이 어려운 민중은 공산주의의 붉은색이 아니라 자본주의의 무채색이 되고자 했다.

분명 마르크스는 사람에 관한 무엇인가를 놓친 게 틀림없다. 나는 그의 큰 붓이 역사의 큰 그림을 디자인하는 데는 능했어도 가난한 대중의 복잡다단한 심리구조를 소요하는 데는 너무 서툴렀다고 생각한다. 빈민과 서민, 노동자와 실업자, 이들은 뭉쳐야 할 때 제대로 뭉치지 못했고, '바닥을 향한 경쟁'을 벌이며 서로를 질투했다. 계급투쟁이 진보의 동력이었다면 바닥을 향한 경쟁은 후진의 원흉이었다. 그래서 이번에 나는 그가 놓친 여백에 점묘화 하나를 그려보려고 한다. 하나하나가 크게 의미 있지는 않지만 잘 모여서 근사한 그림이 되는 그런 점들의 이야기를 말이다. 도대체 점들은 어떤 소망과 욕망을 품고 살았을까? 점들의 뒷걸음질에는 그 나름의 속내가 있었을 것이다.

가난에도 등급이 있다. '없는 사람들'이라고 해서 다 똑같이 없는 것이 아니다. 빈민이 있고 서민이 있다. 빈민은 절대적 빈곤층이고 서민은 상대적 빈곤층이다. 또 노동자가 있고 실업자가 있다. 못사는 사람의 꿈이 다 부자가 되는 것이 아니다. 꿈이 서민인 사람도 있다. 꿈이 취업인 사람이 있듯이.

빈자는 부자를 넘보지 않는다. 빈민은 부자와의 체급 차이를 인정한다. 종종 그들은 부자가 되는 상상, 부유층의 호화로운 삶을 동경하곤 하지만 결코 도달할 수 없는 꿈이라는 것을 인정한다. 가난한 자는 꿈도 발육부진을 앓고 있기 때문이다. 그래서 절대적 빈곤층에게는 현실적인 계층상승의 목표가 바로 서민이다. 부자의 지위가 변함없이 고정되어 있다면 남는 것은 가난한 사람끼리의 자리이동밖에 없다. 그래서 자리 뺏기 경쟁은 가난의 테두리 안에서만 작동한다. 빈민은 서민이 되기 위해 노력하고, 서민은 빈민으로 추락할까봐 노력한다. 그렇기 때문에 노력해서 서민이 될 사람들, 혹은 노력하지 않으면 곧 빈민이 될 사람들은 체제를 완고히 수호한다. 세상은 절대 변하지 않는다는 믿음에 근거해서, 또 오직 작은 자리싸움 규칙만이 유일하게 실현 가능한 공정한 철칙이라고 믿으면서 말이다.

이뿐만이 아니다. 마르크스는 실업자 빈곤 대중을 산업예비군이라고 지칭했다. 노동자가 자본주의의 소모품이더라도 실업자라는 산업예비군이 교체부속품을 자처하는 구조에서는 노동의 가격이 내려갈 수밖에 없다고 했다. 그런데 단결할 권리는 만국의 노동자에게 있었지 실업자에게는 없었다. 실업자는 노동자가 아니라서 단결할 기회조차 얻지 못했다. 노동자는 실업자가 될까 두려워 알량한 기득권이라도 지켜내려 노력했다. 그렇게 산업예비군과 현역들은 단일대오를 형성할 수 없었다. 오늘날 비정규직과 정규직 사이에 놓인 촘촘한 그물과 비탈진 경사처럼 말이다.

혁명가 마르크스는 착취를 악이라 가르쳤지만, 착취당할 기회조차 얻지 못한 실업자들은 직장인들의 착취당하는 일상을 부러워했다. 일자리가 있는 것도 호강인데 근로조건과 복지까지 챙기느냐며 힐난했다. 반면 노동자들은 추가고용에 월급이 쪼개질까봐 혹은 자신도 비정규직이 될까봐 현상유지를 택했다. 그래서 가난은 혁명전사를 길러내지 못한 채 빈곤 보수만을 잉태한 것이다.

환경이 어려워 배우지 못한 이들, 데모할 시간도 여력도 없는 이들에게는 그냥 힘 있는 자에게 줄서서 매달리는 게 가장 직관적인 방법이다. 그래서 부자들의 보수정당, 기득권세력들의 우파정

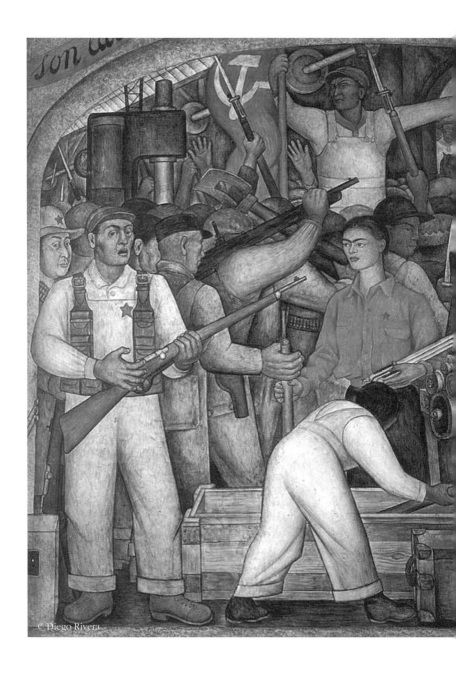

당에는 분열된 빈자들이 알아서 몰려온다. 이 보수우파들은 그냥 적당히 점잔빼며 "지금은 곤란하다, 조금만 기다려보라"고 말하면 그만이다. 무엇이든 들어줄 수 있을 것 같은 힘을 과시하면서, 이야기를 들어줄 듯 말 듯 하고 있으면 된다. 언젠간 내 부탁을 떠올리며 들어주겠거니 하는 헛된 기대만 품게 만들면 된다.

투표는 무료다. 환상도 무료다. 부자는 환상을 팔았고 빈민은 공짜 투표로 그것을 구매했다. 어차피 당첨 안 될 복권, 밑져야 본전이라며 긁어보는 그런 심정으로 말이다. 어찌 되었든 힘세고 성공한 이들이 빈민을 서민으로 만들어주겠다니 빈민들이 보수정당을 찍는 것이다. 이러지도 저러지도 못하는 사이에 세상은 그대로 굳어버린다. 세상이 굳으면 반드시 경쟁을 면제받는 사람들이 생긴다. 경쟁은 밑바닥에서만 원칙대로 작동한다. 결국 살찐 고양이 목에 방울을 달지 못한 부지런한 쥐들의 비명횡사가 역사 곳곳에서 반복된다.

자본주의의 장의사 마르크스. 그가 불치병이라고 진단한 빈사 직전의 자본주의는 관 뚜껑을 열고 가까스로 살아남았다. 기사회생한 자본주의 탓에 오히려 사상의 무덤에 파묻힌 것은 그가 남긴 복음들이었다. 그는 사람을 너무 믿었다. 마르크스는 역사의 운동방식에 너무나 고무된 나머지 인간의 작동방식을 오판했다. 그가 허위의식으로 치부해버린 인간의 원초적 감정들이 못사는 사람들을 분열시키고 말았다. 그는 구조가 사람을 만들지만, 단결된 사람들이 구조를 깨뜨릴 수 있다고 믿었다. 그러나 인간은 때로는 위대한 선택을 일궈내면서도 종종 바보 같은 결정을 내리기도 하는 불완전한 존재다. 그는 그것을 간과했다. 이기심을 사회적으로 박멸하려고 했던 그의 시도 역시 위대하면서도 바보 같았던 것과 마찬가지였다.

자본주의의 골격, 사회주의의 영혼

1883년 3월 14일. 불운한 천재 카를 마르크스가 하이게이트 묘지에 잠들었다. 그러나 시대는 천재의 공백을 허용하지 않는 모양이다. 상업자본주의 시대는 애덤 스미스라는 천재를 낳았고, 산업자본주의 시대는 그 천재와 대결하는 또 다른 천재 카를 마르크스를 낳았듯이 말이다.

마르크스가 죽은 바로 그해에 그의 빈자리를 메울 두 명의 또 다른 동갑내기 천재 케인스와 슘페터가 태어났다. 한 사람은 현실에서 자본주의를 구원하며 마르크스의 이론에 시한부 삶을 선고했고, 또 한 사람은 그의 이론을 비틀어 마르크스의 실추된 명예에 사면령을 내려주었다. 이렇게 보면 인간의 역사가 계급투쟁으로 진보하는지는 모르겠으나 확실히 경제이론의 역사는 논쟁하는 천재들이 겨루면서 전진하는 듯하다.

자본주의의 외과의사 존 메이너드 케인스는 다 죽어가던 자본주의를 정부의 외과적 응급수술을 통해 가까스로 살려냈다. 그는 시장의 과잉공급이라는 자본주의의 만성질환을 정부의 유효수요 창출이라는 극약처방으로 해결하려 했다. 정부의 '둔탁한

손'은 노동자의 처우개선을 비롯해 각종 사회복지사업을 벌이며 아물지 못한 사회 도처의 상처를 거칠게 봉합해나갔다. 곳곳에서 정부 발주 토목·건설사업이 벌어져 시장에 큰돈이 풀렸다. 정부의 펌프질은 그대로 노동자의 소득이 되어 소비를 진작시켰다. 그의 조언에 따라 정부가 시장의 '큰손'이 되어 자본의 동맥경화를 막힘없이 뚫어낸 것이다.

케인스의 심폐소생술은 성공적이었다. 그의 처방대로 자본주의는 정부의 경기조절정책과 복지정책을 받아들이며 재활치료에 전념했다. 물론 케인스의 해법은 파산한 자본주의를 회생시키기 위한 궁여지책이었지 가슴속 인류애에서 우러나온 것은 아니었다. 그러나 그의 유연한 발상 덕에 많은 병폐가 고쳐진 것도 사실이었다. 진심이라고는 전혀 없었지만 '인간의 얼굴을 한 자본주의'가 이렇게 태어났다. 케인스가 사망한 후 서구는 그의 이론에 따라 정부가 시민의 경제적 자립을 적극적으로 지원하며 시장을 보조하는 '복지국가의 황금기'를 누리게 되었다. 그의 '수정자본주의'는 원활한 시장작동에는 탄탄한 정치질서가 뒷받침되어야 하며, 적극적인 정부와 자유로운 시장은 상충하지 않는다는 것을 입증했다.

케인스의 수정자본주의는 일정 부분 사회주의를 모방했지만, 결코 사회주의는 아니었다. 케인스는 마르크스의 이론을 한물간 종교집단의 성경쯤으로 치부했다. 그런데도 정부의 적극적인 위기관리를 주문하는 케인스식 처방은 종종 사회주의적인 것으로 비난받았다. 그뿐만 아니라 그 역시 마르크스주의자로 여러 차례 의심을 받았다. 그러나 단지 그가 걷어낸 것은 '경제학의 탈을 쓴 미신'이었다.

세상에는 두 가지 미신이 있었다. 하나는 시장이 신성불가침의 만능 해결사라는 자본주의적 금기였고, 다른 하나는 자본주의의 종말론을 유포하는 사회주의식 예언이었다. 케인스는 미신으로는 현실의 문제를 풀지 못한다는 것을 너무나 잘 알았다. 그래서 그는 편견과 저주의 양극단 대신 현실의 과학을 택했다. 사회주의에도 자유가 있고 자본주의에도 평등이 있다. 그는 어느 시대, 어느 사회에나 있었던 자유와 평등을 적절히 잘 배합했다. 단지 그것뿐이었다.

자본주의의 정신과 전문의 요제프 슘페터는 좀더 색다른 전망을 보여주었다. 그는 마르크스를 거꾸로 읽었다. 슘페터가 발견한 자본주의의 성장법칙은 '창조적 파괴'였다. 기술혁신은 끊임없이 기존의 체계를 부수고 옛것을 새것으로 쇄신하는 과정을 반복하며 경제를 성장시킨다. 그러나 자본주의의 성공이 극한에 다다르면 더는 혁신할 것이 남지 않게 된다. 사람들과 세상은 혁신에 둔감해진다. 자본주의는 앓던 성장통을 멈춘다.

성장이 끝났으니 이제 남은 것은 '성숙'해지는 일이다. 이 과정에서 문화와 지식인이 촉매가 된다. 사람들은 경제적 풍요를 이용해 다채로운 문화생활을 즐기게 되고, 다시 풍요로운 문화는 노동에서 소외된 고학력 지식인을 앞세워 자본주의를 비판한다. 문화교양을 갖춘 대중은 자본주의에 비판적인 정신을 갖게 된다. 이렇게 자본주의의 자아비판은 고스란히 복지국가와 사회민주주의 국가에 대한 대중의 열망으로 이어진다. 자본주의는 엉겁결에 사회주의를 현실의 적당한 지점에서 흉내 내어 닮아가기 시작한다. 종국에는 '창조적 파괴'의 법칙이 자본주의 그 자체를 부수고 진화된 사회주의로 교체해버린다. 나아가 자본주의의 골격에 사회주의의 영혼이 깃든 새로운 세상에서 유능한 엘리트들이 사회 전체를 위해 활약하는 세상이 찾아온다.

『공산당 선언』은 유토피아 건설의 두 가지 경로를 제시했다. 하나는 기존의 모든 질서를 폭력적으로 타도하는 것[4]이요, 다른 하나는 노동자들을 위한 민주주의였다.[5] 확실히 마르크스와 엥겔스는 폭력혁명을 선호했다. 혁명이 지름길, 민주주의가 완행길이라면, 누구라도 지름길을 더 좋아하게 되어 있다. 엥겔스는 민주주의에 대해서는 노동자를 위해 쓰이지 않으면 무용할 뿐이라며 우려했고, 복지정책에 관해서는 오히려 자본의 이윤 논리는 건드리지 않고 표면적인 빈곤퇴치에만 관심을 둔다며 '사회복지계열의 돌팔이들'이라고 일축하기도 했다.[6] 그러나 혁명은 보란 듯 실패했고, 민주주의는 아직도 진행 중이다. 오늘날까지 번듯하게 남아 있는 것은 민주주의를 기반으로 쌓아 올린 '사회민주주의'와 '복지국가', 이 두 체제다.

슘페터 역시 폭력혁명으로 자본주의를 누더기로 만든 후에 사회주의를 건설하자는 구호에 반대했다. 그래서 슘페터의 사회주의는 소련식 현실 사회주의나 마르크스가 말했던 '프롤레타리아 계급독재'에 따른 결과물이 아니었다. 그가 주안점을 둔 것은 경제적 풍요에 바탕을 둔 민주주의였다. 사회주의적 가치는 자본주의가 틔워낸 부유함 속에서 민주주의와 손잡고 현실에 차근차근 뿌리내린다. 슘페터의 답도 '사회민주주의'와 '복지국가'였던 것이다.

케인스와 슘페터, 마르크스 사후 경제학의 라이벌이었던 두 천재는 각기 다른 견해를 내놓았지만 비슷한 결론에 도달했다. 이론적 자본주의와 이론상의 사회주의는 서로를 철천지원수로 생각했어도 현실의 자본주의와 사회주의는 서로를 모방했다. 서로의 모방을 견인해낸 것은 당면한 현실의 문제를 풀어달라는 시대적 요구였다.

두 박자 빠른 이상은 항상 반 박자 느린 현실의 집요한 노력을 통해 스스로를 완성해낸다고 했던가. 나는 내버려둘 것과 부숴버릴 것을 가지고 입씨름을 벌이던 경제이론 사이의 '좌충우돌'이 아니라, 현실의 부박함과 사방에서 쏟아지는 비난을 감내하며 하나씩 하나씩 성취해나간 '민주정치'의 공을 높게 치하하고 싶다. 꿈이 꼭 원하는 날에 하필이면 한 가지 방식으로만 이루어진다는 법이 어디 있을까? 설명이 이해를 낳고, 이해가 쌓여 동의가 되며, 다시 동의가 모여 세상을 움직이는 민주주의의 힘. 그래서 세상과 사람들이 이해하는 날까지 앞서가지 않고 천천히 기다리는 것. 할 수 있는 것부터 하면서도 결코 소망을 잊지 않는 것. 역사는 민주주의의 완행길에 손을 들어준 게 아닐까? 그렇다면 그 완만한 미래는 지금 어디를 향하고 있나? 마지막으로 하나 더 짧게 풀어보고 싶은 이야기가 있다.

자본주의는 여전히 건재하다. 기계화는 최첨단으로 날이 갈수록 새로워지고 있다. 분업은 나노 단위로 조밀해지고 있다. 최신형 기계와 정밀한 분업 시스템과 머지않아 결합할 인공지능이 무럭무럭 자라고 있다. 만일 기계와 인공지능의 결합으로 인간이 노동에서 퇴출당하는 날이 온다면, 인간은 소득을 상실하게 된다. 이것은 논리적으로 예정된 미래다. 또 이는 다시 시장의 생산을 소화할 구매력이 사라지게 됨을 뜻한다. 마르크스가 살아 있다면 이를 두고 역시나 기계화의 진척이 실업을 양산하고 다가올 공황에 종말이나 맞으라며 격정 어린 분노를 내보였을 것이다.

그러나 그 우려를 불식시킬 새로운 미래를 여는 한 가지 씨앗이 있다. 바로 '기본소득'에 관한 논의다. 한마디로 국가가 질 낮은 공공재를 공급하는 데 재원을 낭비하지 말고, 모든 시민에게 기본소득을 주어 시장이 제공하는 가성비 좋은 상품을 시장에서 직접 구매하게 하자는 것이다. 국가의 공공재 공급방식이 기본소득 지급으로 바뀐다는 것은 중구난방인 복지사업에 들이는 세금을 '기본소득' 하나로 통합해서 지급함을 뜻한다. 쉽게 말해 군대에서 질 낮은 보급품을 없애고 월급을 올려 사 쓰도록 하는 것, 수천억짜리 취업박람회 할 돈으로 구직수당을 주는 것 등의 연장선상으로 이해하면 편할 것이다.

이렇게만 된다면 시장은 구매력에 따른 공황을 두려워하지 않아도 되고, 정부는 낭비되는 예산을 아낄 수 있다. 머지않아 정부가 구매력을 평등하게 분배하고, 시장이 효율적으로 복지를 생산하는 미래가 함께 그려질 것이다. 만일 기계는 노동만을, 인간은 소비만을 담당하는 새로운 분업의 시대가 도래한다면 인공지능은 필요와 분배를 파악하고 더 정확한 계산을 하는 데 큰 역할을 할 것이다.

그렇게 해서 모든 인간이 놀이와 휴양, 식도락에만 전력을 쏟는 '유한계급'이 되는 세상으로 이어질지도 모른다. 실패한 사회주의의 꿈을 역설적으로 성공한 자본주의가 대신 이루어준다는 한 가지 '가능한 미래'가 우리 시대에 천천히 다가올 수 있을까? 아직 뜨겁게 젊은 나는 열심히 살아서 그 역사의 진척을 주의 깊게 바라보고 있을 것이다.

마르크스는 실패했어도 그가 추구했던 가치는 인류가 풀지 못한 오래된 소망이었다. 마르크스는 죽었어도 그의 영혼은 그가 사랑했던 가치와 함께 여전히 살아 있다. 그 가치는 북극성처럼 인류의 역사에 올바른 항로를 가리킬 것이다. 우리는 민주주의라는 배를 타고 다양한 방법으로 그 방향을 향해 나아갈 것이다. 그렇게 찾아낸 새로운 시대를 사회주의라 부르든 인간의 얼굴을 한 자본주의라 부르든 용어는 중요하지 않다. 중요한 것은 앞으로의 세상을 지금보다 더 행복하고 풍요롭고 자유롭게 바꾸는 것이다. 이렇게 보면 아직 그 유령, 참 힘이 세다.

피는 붉다. 열정도 붉다. 심장이 뛴다. 오늘도 내일도, 역사는 알게 모르게 전진할 것이다. 미래는 희극으로 재현될 수 있기를 바란다. 흑백의 자본주의, 적색의 공산주의를 넘어 새로운 역사는 다채로운 빛깔의 수채화이기를 꿈꾼다. 미래는 우리 손에 달려 있다.

2장

운명의 신을
탄핵하다

존 롤스, 『정의론』

타고난 천사가 아닌 적당히 이기적인 사람들은 알 수 없는 결과가 두려워 보수적으로 결정한다. 딱히 서로에 대한 관심과 애정이 없이도, 정의의 원칙을 합의하는 공정한 과정은 문명사회에서 불운한 자연도태를 몰아낸다. 언제 어디서나 보편타당한 신성불가침의 어떤 계시가 아닌, 미지의 세계 속 사람들의 보수적 결정이 역설적으로 진보적인 정의를 이끌어낸다는 것이다.

"

운명의 신을 탄핵하다

천운이 알아서 달라붙는 사람이 있는가 하면 세상이 사사건건 발목을 잡는 그런 불운아도 있기 마련이다. 행운과 불운, 그 변덕의 혹독함. 운명의 신은 항상 편파적인 손길로 사람을 어루만진다. 운명은 문명과 대륙의 역사를 좌우했고, 그에 못지않게 온갖 사람들의 인생을 지배했다. 가진 자와 못 가진 자, 존귀한 자와 비천한 자, 성자와 탕아, 선택받은 자와 그렇지 못한 자, 미남과 추남, 천재와 둔재에 이르기까지 무수한 인간 군상의 질곡에 행운과 불운이 개입한다. 이른바 축복과 저주의 세상만사, 숙명에 맞서는 자와 순응하는 자로 나뉘어 부딪히는 일종의 파동이다.

억울하면 성공하라지만, 성공하자면 아무래도 태어나는 곳이 좋아야 한다. 타고나는 것에도 종류가 있는데, 가장 먼저 천부적 재능이 꼽힌다. 영어로 'gift', 신의 선물이라는 속말에 그 특별함이 온전하게 담겨 있다. 노력은 흔하고 재능은 귀하다. 부지런한 저성과자가 있는 반면 게으른 고성과자가 있다. 살리에리와 모차르트의 한 끗에는 신의 부름과 그 응답 여부가 달려 있다. 능력의 불평등은 재능 있는 사람을 희소하게 만든다. 세상은 누구나 할 수 있는 것과 아무나 할 수 없는 것으로 나뉘기에 재능은 그것을 보유한 사람에게 많은 혜택을 준다. 귀한 것끼리는 통하는 게 있다고, 하나를 타고나면 다른 것을 손에 넣기 쉽다는 점이다. 능력과 부와 인기를 다 가진 빼어난 자에게 질투와 선망이 항상 그림자처럼 붙어 다니는 것은 아주 자연스러운 일이다.

두 번째로 유복하고 따뜻한 가정에서 사랑을 듬뿍 받고 자라는 혜택받은 출생이 있다. 누구나 꿈꾸는 그런 가정에서는 삶이 아름다워 밝게 자라기 좋다. 비옥한 토양에 심긴 식물처럼 가화만사성家和萬事成의 법칙은 사람을 인간답게 키운다. 비관과 우울이 방해하지 않는 삶에서는 무언가를 위해 노력하기도 몰두하기도 쉽다. 긍정의 힘도, 노력의 결실도, 발전적인 미래도 환경을 따진다. 어떤 인생에는 평탄한 길을 걷다 기회의 순풍을 타고 높이 나는 예견된 수순이 주어진다. 그러나 박복한 신데렐라에게는 구박받는 어린 날이 주어진다. 자상한 부모와 생기발랄한 형제자매, 그들과 오순도순 살아온 유년의 분위기 역시 불평등하게 주어진 무형의 자본인 셈이다.

마지막은 시대적 행운과 사회적 운수다. 태평성대와 대호황의 시대가 있는 반면 끊이지 않는 전쟁과 전염병이 창궐하는 난세도 있다. 빼어난 자질을 알아봐주는 발전된 사회에서 호시절을 맞는 것도 인생에서 손에 꼽을 행운이다. 까막눈의 시대에는 귀한 재능을 알아보지 못한 채 그대로 썩히고 만다. 가난까지 훔쳐가는 하수상한 시대에는 타고난 재능조차 무용지물일 때가 많다. 만일 빌 게이츠가 때와 장소를 잘못 타고났다면 윈도 대신 창호지를 발랐을지 누가 알겠는가. 이러한 헛된 가정법이 보여주듯이 노력도 세상과 호흡이 맞아야 빛을 발하는 것이다. 불리함을 뒤집으려는 노력, 사나운 팔자를 고쳐보려는 노력 또한 그렇다. 나쁜 사회는 천부적 소질조차 훔쳐가고, 지금의 처지를 극복하고자 하는 보통사람들의 순수한 열정마저 착취한다.

불행히도 누구에게서 언제 어디서 어떻게 태어나는지는 아무도 고를 수 없는 문제다. 선택할 수 없는 것은 본디 누릴 수도 책임질 수도 없는 것이다. 장애가 나의 죄가 아니듯 가난도 나의 죄가 아니며, 불운이 나의 것이 아니라면 행운 또한 나의 것이 아니다. 사람들은 선택하지 않은 것들이 우리네 인생 전반을 결정하는 것을 두고 운명이라 부른다. 재능, 가정, 사회, 시대. 태어난 김에 잘살아보려 따져봤는데, 어쩌면 공평한 출발점이라는 것은 상상 속에서나 존재하는 것만 같다. 고르지 못해 내 책임이 아닌 것들은 죄다 불평등한 것들인데, 그러한 것들이 우리 운명의 절반쯤을 저당잡고 시작한다면 그것만큼 불합리한 게 또 있을까? 만일 이토록 자연과 사회와 행운이 모조리 불평등한 것이라면 정의만큼은 제정신을 차리고 이 세상의 불평등을 교정하기 위해 노력하는 것이야말로 당연한 일일 것이다.

그러나 이제까지 평등을 향한 정의의 짝사랑은 초라했다. 유전자야 딱히 어떻게 할 수 없는 거라지만, 사회제도는 어떻게든 손볼 수 있는 것이다. 그러나 인류는 그 좋은 머리를 가지고 신분제와 사유재산제도, 혼인제도와 가족제도에 이르기까지 주어진 불평등에 만들어진 불평등을 얹어 철옹성을 쌓았다. 신분제의 인골탑人骨塔에서는 엉터리 골상학의 도움 없이도 부지런히 뼈마다 등급을 매겼다. 골품제의 유산은 자자손손 조선반도에 전해 내려왔다. 하지만 반상제도라는 구습은 혁명을 통해 철거되기보다는 만백성이 가짜 족보를 공동 구매함으로써 사라졌다. 흔해지면 가치가 떨어지는 것에는 양반도 예외가 없다. 정의가 바로 섰다기보다 얼떨결에 불의가 흔해져서 찾아온 평등은 처량했다. 평등한 민주시민이 된 유사양반의 후예들은 여전히 자신의 수저를 되돌아보며 이것이 과연 정의란 말인가 반문하고 있기 때문이다.

그래서 우리는 고민한다. 정의란 무엇인가. 그리고 결심한다. 우리는 운명의 신을 탄핵할 것이다. 몹시 변덕스럽고 그만큼이나 편파적인 운명의 신을 몰아내고, 그 대신 평등하고 공평한 조건의 합리적 개인들이 정의의 계약을 맺음으로써 신의 빈자리에 새로이 정의를 세울 것이다. 사회정의란 운명의 신이 휘두르는 우연의 채찍이 불평등의 상처를 후벼 파지 못하도록 막아주는 것이어야 한다. 정치적 폭정이든 경제적 궁핍이든 자연의 심판이 닥치든, 정의사회는 그것에 한 인생이 무력하게 스러지는 것을 외면하지 않는다. 어떻게 태어났든 최소한 허덕이지 않는 삶을 보장받아야 한다. 나아가 모든 사람이 납득할 수 있는 원칙에 따라 경쟁하고 협력하고 공평하게 나눠 갖도록 공정한 체계를 마련해주어야 한다. 모든 사람이 기계적으로 같을 수는 없어도 인격적으로 대등할 수는 있다. 아니 적어도 살아온 만큼 합당하게 대접받아야 모두가 인정할 수 있다. 사회정의는 공공의 이름으로 벼락같은 행운과 원치 않은 재난 모두를 나누어 짊어질 것이다.

결심은 비장했으되 생각은 차분해야 한다. 거사를 감행하기 위해서는 논리의 전열을 가다듬고 준비된 기지와 계획된 상상력을 발휘할 필요가 있다. 그래서 우리는 잠시 멈춰 베일에 싸인 두꺼운 책 한 권을 펼친다. 평생을 정의만을 연구한 대학자 존 롤스의 한 시대를 풍미한 문제작 『정의론』이다. 그는 사회제도에 우연이 개입해 불평등과 사회 부정의를 낳는 것을 최소화하고자 세련된 철학을 고안했다. 불평등이 우연에 겹겹이 엮여 그것으로 말미암은 돌이킬 수 없는 격차의 대물림을 끊어내고자 함이었다. 잘 손질된 목재를 엮어 집을 짓는 목수처럼 그가 정의를 논증하기 위해 설계했던 철학적 장치와 잘 다듬은 명제들은 수식과 그래프의 뒷받침을 받아 한껏 우아함을 뽐낸다. 그의 방대한 서술에는 운명의 굴레로부터의 민주적 해방과 사회정의를 바로 세울 건설의 철학이 담겨 있다.

초기화 버튼을 누르시겠습니까?

오늘부터 우리는 우리 운명의 창조주다. 태초에 조물주는 천국의 부록으로 여섯 밤을 새고 하룻밤 숨을 돌려 지구를 만들었다. 그 옛날 철학자들은 이데아의 광명을 모방하고자 여러 가지 모습의 정부를 기획해 세상에 내놓았다. 그러나 우리는 민주사회의 평범한 주권자들이다. 평범한 다수의 위력은 명민한 두뇌와 탁월한 힘이라기보다는 일치된 합의에서 비롯되는 정당한 뒷받침에 있다. 우리는 각각 건축가가 되어 정의사회를 위한 최선의

설계도를 고민한다. 짓는 일의 핵심은 무엇보다 주춧돌과 기둥을
잘 잡는 일이다. 우리는 정의의 기초를 위해 몇 가지 원칙을 긴
호흡으로 심사숙고한다. 지적 고민과 개성이 담긴 몇 가지 훌륭
한 설계도 중에서 경합 끝에 최선의 아이디어가 만장일치의 합
의로 채택될 것이다.

그러나 현실은 녹록지 않다. 만석꾼에게는 만석꾼의 정의가 있
고 날품팔이에게는 날품팔이의 정의가 있듯이 각자에게는 각자
의 정의가 있다. 개인의 정의는 자기 내면의 선택사항이지만, 사
회정의는 생면부지의 타인과 합의가 필수적이다. 합의에는 반드
시 아주 복잡다단한 분배문제가 다루어진다. 현실의 조건을 하
나하나 따지다 보면 사실 어떠한 합의도 이루어낼 수가 없다.

사이좋은 형제도 유산 앞에서는 의가 상해 원수지간이 되는
경우가 부지기수다. 사랑해 죽고 못 사는 연인도 데이트 비용 문
제로 허구한 날 다투는데, 이름 모를 여러 타인과 합의를 보는 일
은 더하면 더했지 덜할 리가 없다. 복잡한 현실에서 각자의 사정
을 따지다 보면 합의된 정의는 실종될 확률이 높다. 이것은 마치
차량으로 꽉 막힌 서울 도심 한복판에서 유적 발굴사업을 벌이
는 것과도 같다.

드넓은 땅에 일일이 직접 줄을 그을 수 없을 때 우리는 빈 종
이의 도움을 받는다. 입체적인 현실의 땅은 그 기본 골격이 가상
의 평면으로 옮겨짐으로써 비로소 도면으로 완성된다. 우리는 단
순함의 미학을 가진 도면의 도움을 받아 무엇이든 계산하고 덧
붙이며 새로운 구상을 실험할 수 있다. 마찬가지로 현실에서 정

의를 발견하고 합의를 도출해낼 수 없다면, 우리는 모두가 평등한 조건에서 공평하게 최초의 합의를 이루어내는 가상의 공간을 상상해볼 수 있다. 우리의 상상력은 훌륭한 생각의 도면이다. 우리는 추상과 철학의 도면에서 순수한 정의를 위한 실험에 나선다. 실험의 끝에서 발견된 정의의 원칙에 따라 도면을 그대로 뒤집어 나온 흰 면에 새로운 사회계약서를 작성할 것이다. 레테의 강물에 발을 담그면 전생을 잊지만, 무지의 베일로 눈을 가리면 현생을 잊는다. 양손에 저울과 검을 들고 공정한 재판을 통해 정의를 구현하는 디케Dike의 심정이 우리와 같을까? 우리는 현실의 복잡함을 잠시 잊고 원초적 입장에 섰다. 우리의 눈앞에 안내 메시지가 도착한다. '초기화 버튼을 누르시겠습니까?'

미지의 세계의 보수적 결정

베일 뒤의 세계는 말 그대로 아무것도 알 수 없다는 점에서 미지의 세계다. 그곳에서는 왕년에 한 끗발 날리던 사람도, 한물가 버린 사람도, 불우한 사람도, 그 어떠한 종류의 사람도 나를 잊었다는 점에서 동일하다. 정신집중이 극한에 달하면 무아의 경지에 오른다지만, 이곳에서는 정의를 발견하고 또 정의의 원칙에 합의하기 위해 자신을 잊는다. 초기화된 공간에 선 개인은 누구도 자신의 사회적 지위, 능력과 재산, 시대와 세대, 출생순서를 비롯해 지능과 건강상태를 알지 못한다. 호부虎父에게서 견자犬子가

나오고, 견부犬父에게서 호자虎子가 나오기도 하는 출생과 유전의 오묘한 변덕은 이곳에서는 전혀 소용이 없다. 심지어 소심한지 대범한지, 낙천적인지 비관적인지, 혹은 겁이 많은지 대담한지 따위의 심리적 특성 또한 알지 못한다. 무지의 장막은 자신이 어떤 캐릭터로 태어날지에 관한 모든 정보는 물론 자연적 행운과 사회적 운수의 외풍까지 아주 탁월하게 차단한다.

나를 알지 못한다는 것에는 무언가에 구애받지 않고 마음껏 합리적인 결정을 내릴 수 있다는 장점이 있다. 다만 우리는 정의를 판단하고 결정해야 한다. 합의를 볼 정도의 개념 있는 인간이라면 최소한의 두뇌는 기본적으로 갖추어야 한다. 우리의 뇌는 기초 교양과 상식, 그동안의 인류가 발견해놓은 사회경제에 관한 일반법칙을 기본적으로 탑재하고 있으며, 이성이 고장 없이 원활하게 작동한다. 그뿐만 아니라 합리적인 베일 속 인간은 질투의 화신으로 타락하지 않는다. 다른 사람을 시기하는 마음이 지나쳐 너 죽고 나 죽자 식의 험악한 충동에 좌우된 상태로는 정의의 발밑도 따라가지 못할 것이기 때문이다. 따라서 베일 너머의 사람들은 차분하고 평온하게 가급적 타인에게 별 관심을 주지 않는 '예의 바른 무관심'을 기본 예절로 삼는다.

아무것도 알 수 없는 이곳의 특성은 사람들을 위축시킨다. 본래 생각이 많아지면 행동은 신중해지기 마련이다. 대체로 사람들은 의심이 많아 이방인을 경계하고, 안 먹어본 음식은 되도록 먹지 않고 기피한다. 결과를 전혀 알지 못하기 때문이다. 낯선 사람은 언제든 흑심 가득한 악인으로 돌변할 수 있다. 상했는지 독이 있는지 알지 못하는 것은 쉽게 입에 넣을 수 없다. 흔히 장고 끝에 악수를 둔다는 말이 있지만, 모르는 것에 대한 인간의 본능적인 보수성은 DNA에 박힌 타율 높은 생존비법이다. 무지의 베일 속에서도 생존의 법칙은 유용하다. 이곳에서는 누구도 우월한 정보를 갖지 못하며, 결과의 유불리가 어떻게 작용할지 전혀 알지 못한다. 이 때문에 모른다는 위험 속에서 사람들은 쉽게 도박을 하지 못한다. 참가자들은 '모 아니면 도' 식의 확률 도박에 빈부귀천의 운명을 내맡기는 모험은 걸지 않을 것이다.

불확실할 때는 일단 최악의 경우를 상상해보는 것이 가장 현명한 방법이다. 세상의 사랑을 독차지하는 팔방미인과 희대의 불운아 사이에는 온갖 경우의 수가 있다. 사람들은 각자의 경우에 따라 운명을 분배받아 서로 다른 모습으로 태어나지만, 그 누구도 최악의 경우를 원하지는 않는다. 그러나 문제는 누군가는 시름 많은 도태의 운명을 떠안게 된다는 것이다. 더 큰 문제는 어쩌면 그게 나일지도 모른다는 것이다. '과연 최악이 아니라는 보장이 있는가?' 참가자 전원에게 동일한 근심이 드리운다. 여기서 인간 심리의 보편적 방어기제가 이심전심을 낳는다. 최악을 피할 수 없다면 그 최악을 좋게 만들자고, 최악의 경우로 태어나도 살아봄 직한 세상을 만들자고 다짐한다. 그렇다면 해답은 간단하다. 최소 수혜자에게 최대 혜택을 주어서 바닥을 높이는 것이다.

이렇게 마침내 적당히 꾀부리고 요령도 피울 줄 아는 보통사람들은 깨닫게 된다. 가장 밑바닥의 삶조차 어떻게 해볼 만하다면 나머지는 전부 그보다 나은 인생이 펼쳐질 것이다. 그 덕에 세상에는 살 만한 삶이 단계적으로 펼쳐지며, 돈·명예·재능 따위가 갖는 '유무의 문제'는 '정도의 문제'로 진보한다. 베일 속의 정의는 인간의 존엄을 훼손하는 빈곤을 문명사회에서 제거한다.

그런데 여기서 눈여겨볼 부분이 있다. 타고난 천사가 아닌 적당히 이기적인 사람들은 알 수 없는 결과가 두려워 보수적으로 결정한다. 딱히 서로에 대한 관심과 애정이 없더라도 정의의 원칙을 합의하는 공정한 과정은 문명사회에서 불운한 자연도태를 몰아낸다. 언제 어디서나 보편타당한 신성불가침의 어떤 계시가 아닌, 미지의 세계 속 사람들의 보수적 결정이 역설적으로 진보적인 정의를 이끌어낸다는 것이다.

쾌락의 왕국과 정의의 민주공화국

우리는 행운과 불행에 따라 왜곡된 인생을 살지 않을 권리를 보장하는 데 합의했다. 가장 불운한 계층에게 가장 많은 혜택을 주기로 분배의 원칙을 정했다. 이러한 분배방식은 최소수혜자의 불행을 상쇄해 비참한 환경에 빠지지 않도록 도약시켜줄 것이다. 남은 것은 분배의 항목이다. 무엇을 어떻게 나눌 것인가. 우리의 정의는 평등을 어떻게 껴안을 것인가. 고민이 깊어진다. 그때 갑자기 유혹의 속삭임이 들려온다. '최대다수의 최대행복'에 집중하라. 단순명쾌함에 복종하라. 베일 밖 현실세계를 장악하고 있는 공리주의는 자신의 무용담을 늘어놓는다. 나는 쾌락의 극대화를 추구한다네. 값이 커지려면 셀 수 있는 숫자가 많아야 해. 그래서 우리의 계산은 신분과 빈부를 따지지 않고 모두를 동일한 1인분으로 간주하지. 정의란 개개인의 만족이 극대화되는 것일 뿐이야. 나도 한때는 민주적이었어. 내 1인분의 철학은 1인 1표의 보통선거 논리를 뒷받침했거든. 하지만 살다 보면 알게 될 거야. 좋은 게 좋은 거라고. 정의의 민주공화국보다는 쾌락의 왕국이 훨씬 더 편할 것일세. 당신에게 초대장을 보내도록 하지.

이성의 천사가 꾸짖는다. 만족의 노예로 전락하면 인간의 다양성, 개성, 취향을 획일화하는 쾌락의 독재에 내맡겨질 것일세. 쾌락을 극대화하는 가장 편한 방법은 자네에게 마약을 주는 것이야. 극도의 쾌락에서 허우적대는 자네는 시간과 건강을 잃어가며 멍청해지겠지. 우민화된 사람을 만족시키는 것은 그다지 어렵지 않아. 최소한의 식량과 하루치 마약만 있으면 충분하거든.

우리는 반문한다. 돈이 많다면 세상의 온갖 다양한 것을 다 누리고 구입할 수 있지 않습니까? 천사가 냉소한다. 모두의 행복을 위해 자네를 팔아넘길 수도 있네. 공리주의는 쾌락의 극대화를 위해 소수를 희생시키는 위험한 사상으로 타락한 지 오래일세. 자네의 목적은 옳은 것을 세우는 것이지 좋은 것만 누리는 게 아니야. 악마든 사탄이든 독재자든 인공지능이든 공리주의를 잘못 배운다면 무자비하게 배부른 노예제를 만들어낼 걸세.

문득 용의 눈동자를 잊었다는 생각이 번갯불처럼 떠오른다. 자유. 자유는 모두의 것이다. 예속의 삶을 자진해서 원하는 사람은 아무도 없을 것이다. 그 옛날 조선의 양반들은 양천교혼이라는 노비 짝짓기 제도를 통해 부족한 어린 노비를 '양식'했다. 낮은 신분의 여성들은 종종 난임 양반가의 대를 잇기 위해 씨받이가 되어야 했다. 한번 천출은 영원한 천출이던 시대의 사회악 속에서 재수 없게 천민으로 태어나 인간시장의 매물로 오를지 모른다.

보수적 마음은 또 한 번 혁명적 결단을 내린다. 자유를 깎아 행복을 조각할 수는 없다고. 우리는 무지의 베일을 통해 남북전쟁을 치르지 않고도 노예해방을 이끌어낼 수 있다. 노예제도는 없다. 노예계약도 없다. 자유는 모든 것에 우선한다. 자유는 오직 더 큰 자유를 위해서만 일시적으로 후퇴할 수 있을 뿐, 모두에게 평등하게 보장되어야 한다. 사람을 팔고 자유를 팔아 더 많은 사람의 복리후생을 증진시킬 수 있다 하더라도 인격은 가격에 앞서는 것이다. 우리는 권리의 상자에 자유를 담아 모두에게 평등하게 분배할 것이다. 적막 속에서 칸트의 외침이 메아리친다. "인간을 수단이 아닌 목적으로 대하라." 우리는 '평등한 자유의 원칙'을 정의의 제1원칙으로 삼기로 한다.

이로써 기본적 자유는 모두에게 평등하게 분배되었다. 평등한 자유의 원칙에 따라 시민에게 차례로 '평등한 투표권'과 '공직 참여의 보장'이라는 무기가 동일하게 지급된다. 혹시 모를 부당한 권력에 맞설 이른바 정치적 자유다. 이어 언론과 결사의 자유, 양심과 사상의 자유를 비롯해 인신의 자유라는 방어구가 예외 없이 지급된다. 법의 지배라는 정령은 이유 없는 체포와 구금으로부터 모든 주권자를 보호한다. 또 법의 지배를 통해 인치의 시대는 종말을 맞게 된다. 법이 사람 대신 지배함으로써 사람이 사람을 다스리다 발생하는 자의적 횡포는 사라질 것이다. 마지막으로 사람들은 자신의 성장과 저마다의 인생계획을 위해, 또 각자의 일터로 뛰어들기 위해 사유재산을 자유롭게 소유할 권리를 이용약관으로 삼는다. 따라서 그 어떠한 성격의 권력도 우리를 예속하지 못할 것이다. 평등한 기본적 자유는 정치의 테두리를 긋는다. 이것이 바로 정의를 떠받치는 자유의 위력이다.

이제 정의에 넉넉히 자유를 입힌 참가자들은 평등에 관심을 기울인다. 평등에는 크게 행운과 기회와 결과라는 세 가지 측면이 있다. 앞서 우리는 무지의 베일을 통해 행운을 평준화하며 출발선을 보정했다. 다음은 기회와 결과 차원의 평등을 형평성 있게 고려하는 것이 순서에 맞다. 그러나 평등을 사랑했던 정의에게는 슬픈 짝사랑의 역사가 있다는 것을 우리는 익히 들어 안다. 자본주의가 추구했던 기회의 평등은 출발의 불평등과 약육강식의 불의를 방조하더니 결국 시장 독점과 결과의 불평등으로 귀결되었다. 공산주의가 밀어붙인 결과의 평등은 공정한 권투시합을 위해 권투선수들의 팔 길이를 똑같이 만들겠다고 주장하더니 얼마 못 가 정치적 독재와 경제적 파산으로 무너지고 말았다. 인간은 대개 같은 실수를 반복하는 존재지만, 이번 사랑만큼은 실패하고 싶지 않다. 숙고의 시간이 길어진다.

보통 무언가에 도전할 자격이 주어지는 것을 기회라고 한다. 다시 도전이란 무엇을 하거나 또는 무엇이 되는 것을 말한다. 기회에는 독점과 불공정이라는 고질병이 있다. 먼저 생물의 근친에는 유전병의 위험이 도사리고 있듯이 독점된 기회는 사회를 허약하게 만든다. 능력과 노력에 상관없이 혈통만이 특정 기회를 독차지한다면 기회의 혈관이 좁아져 사회 곳곳에서 무능의 저림증이 나타나고 말 것이다. 또한 세상에 노력이 전부가 아닌 이유는 기회에도 품질이 있기 때문이다. 불균등한 기회의 품질 때문에 누군가는 수고스럽고 험한 길을 통해서만 목적지에 도달할 수 있는 반면, 누군가는 하이패스로 중간과정을 아예 생략하거나 편하게 지나칠 수 있다. 양반의 과거시험과 상민의 과거시험이 주는 무게는 다른 것이다. 열려 있어도 열린 게 아니고, 같아도 같은 기회가 아니기 때문이다.

불공정하고 균등하지 못한 기회는 무능한 사람이 분수에 맞지 않는 자리에 오르고, 쓰임새 있는 사람이 제 위치에서 쓰이지 못하게 만든다. 이런 사회에서는 모두의 잠재력이 충분히 자라지 못해 왜소증을 앓게 되고 말 것이다. 성골이든 육두품이든 할 것 없이 모두의 성장판은 열려 있어야 한다. 노력으로 형편이 나아질 기회는 모두에게 주어져야 한다. 이를 위해 우리는 '공정한 기회균등의 원칙'을 정의의 제2원칙 중 하나로 채택한다. 이 원칙에 따라 사회를 병약하게 만드는 음서제도를 비롯한 기회의 불공정을 몰아내고, 폐쇄된 세계의 문을 있는 힘껏 열어젖혀 고여 있는 기회를 만인에게 평등하고 균등하게 나눈다. 모두에게 동등한 기회는 사회에 생산적이고 건강한 경쟁을 불러올 것이다.

마지막 난제는 결과의 평등이다. 아무리 공정하더라도 시합은 시합이기에 반드시 결과가 있기 마련이다. 사회에서의 시합은 시장에서 치러진다는 것만 제외한다면, 사각이나 팔각의 링에서 벌어지는 격투기와 닮았다. 승자는 막대한 상금과 명예를 얻지만, 패자는 몇 푼의 참가비를 겨우 건져 그것으로 상처를 짊어져야 한다. 격투시합에서는 몸이 다치지만, 시장의 승부에서는 돈이 다친다. 거듭된 패배가 퇴출로 이어지듯이 대신 다쳐줄 돈이 없으면 파산에 이르러 시장에서 쫓겨나고 만다. 시장은 자비가 없기 때문에 경쟁의 부상자에게 회복의 시간을 주지 않는다. 부상자는 다친 몸을 이끌고 곧바로 재결투에 나서야 한다. 당연히 연패의 수렁에 빠질 확률이 높다. 도화선처럼 한 번의 패배가 연패로, 연패가 굳어져 재기 불능의 패배로 이어진다. 이 과정은 부가 부를 낳고, 빚이 빚을 불러들이는 것과 빼닮았다.

이렇듯 시장은 정의의 원리보다 약육강식의 논리로 작동한다. 그렇기 때문에 시장에서 무제한적인 경쟁을 그대로 방치한다면 결국 애써 구축한 정의사회는 점차 혹은 급격하게 적자생존의 자연으로 회귀하고 말 것이다. 누적된 패배는 또 다른 신분과 계급이 되어 후대에 불평등하게 상속되고 말 것이다. 그 후대는 또 다시 불공정한 출발에서 불공정한 경쟁을 강요받을 것이다. 심각한 경제적 불평등은 얼마 지나지 않아 우리가 모두에게 평등하게 나누기로 합의한 자유를 식물로 만들고 말 것이다.

가난에 찌든 사람에게 미래란 가혹한 것이다. 가난한 자의 미래는 자신이 갖기에는 외려 더욱 비싸다. 준비부족이라는 할증요금이 붙기 때문이다. 여력도 자원도 의지도 없기 때문에 가난한 사람들은 자신의 현재를 늘 반값 할인가에 넘겨 하루를 번다. 빈자들이 더는 헐값에 팔아넘길 미래가 남아 있지 않을 때 폭력혁명이 곳곳에서 발발한다. 일거에 세상은 아수라장이 된다. 아수라장에는 정의가 무너질 자리는 있어도 설자리는 없다.

평등이란 예민한 것이다. 과도한 결과의 불평등은 폭력혁명의 기폭제가 되었지만, 기계적으로 완전한 결과의 평등은 대개 모두를 가난의 불행에 빠뜨려 기회 자체를 소멸시키는 허름한 말로를 보였기 때문이다. 따라서 우리는 평등과 불평등의 미묘한 적정선을 찾아내야 한다. 이럴 때는 예외를 찾는 간단한 방법으로 구획을 확정할 수 있다. 예외적인 몇몇 불평등만 규정하면, 나머지는 자동으로 평등의 영토에 편입되기 때문이다. 우리는 승부욕과 경쟁심을 인간에게서 도려내지 못하는 이상, 적당한 불평등이 가난 타파에 도움이 된다면 그것을 예외적으로 허용할 필요성을 인정하기로 한다.

다만 재능과 부의 상속으로 태초부터 우월한 위치에서 출발한 이들은 최소 수혜자의 삶을 개선한다는 조건에서만 그 유리함을 활용해서 얻은 결과를 인정받을 수 있다. 어쩌다 누린 행운에 대한 부채의식을 세상에 환원하는, 즉 행운의 사회적 기여를 조건으로만 그 축복을 누릴 수 있다. 오직 평등을 지향하고, 평등에 투자하는 불평등만이 정당한 것으로 인정된다. 이러한 '차등의 원칙'을 정의의 제2원칙 중 나머지 하나로 삼기로 한다.

이제 서명이 남았다. 정치적 자유는 모두에게 반드시 평등하게 분배되어야 한다. 삶의 기회는 모두가 공정하게 접근할 수 있어야 하며, 경제적 불평등은 모두의 복리를 증진하고, 특히 사회 최소 수혜자의 불우한 처지를 개선하는 한에서만 허용된다. 자연적 행운을 분배해서 사회의 불운을 보정하는 작업에는 나와 남이 없다고 다짐한다. 평등한 자유의 원칙, 공정한 기회균등의 원칙, 차등의 원칙은 적어놓은 순서대로 위계서열을 갖기로 한다. 이 모든 것을 종합해 우리는 '공정으로서의 정의'를 완성한다. 정의의 철학은 퇴색하지 않는 잉크가 되어 민주공화국 주권자들의 사회계약이 공정하고 또 정의로웠음을 보증하는 문서로 남을 것이다. 마침내 우리의 합의는 숱한 우여곡절 끝에 운명의 신을 탄핵하고, 쾌락의 왕정을 거부하며, 정의의 헌법을 세우게 될 것이다.

정의와 자존, 최소한의 사랑

백색의 종이 하단에는 각이 곧게 섰으나 끊김 없이 이어지는 필치의 서명이 반듯하게 기입되었다. 그리고 이 서명은 우리의 합의가 치렀던 고뇌의 깊이와 계약이 갖는 권위를 보증할 것이다. 그러나 중요한 계약은 역시 한 번 더 점검하는 게 필수적이다. 피곤한 심신을 가다듬고 마지막으로 되살핀다. 자연이 개인에게 차별적으로 내렸던 행운을 사회가 걷어가 공정한 정의의 원칙에 따라 모두에게 재투자한다. 자연적 불평등은 정의의 원칙을 거쳐 제도를 통해 순화된 평등으로 구현된다. 정의는 개인의 양심이 아닌 제도가 자신을 행하도록 설계된다.

마침내 우리는 정의의 헌법이 우리에게 내준 숙제가 있음을 깨닫는다. 결국 정의로운 사회를 만드는 이유는 훌륭하고 행복한 인생을 살고 싶기 때문이다. 정의로운 사회를 유지하고 정의로운 삶을 영위하기 위해서는 인간 내면의 특정한 자질이 필요하다. 그것은 바로 자존감과 정의감이다. 패배감과 무력감 혹은 알량한 자존심에 휩싸인 사람들은 자신의 삶을 해칠 뿐만 아니라 맹목적인 질투와 이기심에 사로잡혀 사회정의를 훼손하고 만다. 만약 인생에 자존감이 없다면 생의 가치를 추구하기 어렵다. 동시에 가치 있는 일을 하더라도 금방 의욕과 의지를 상실하고 만다. 정의감이 없다면 아무리 훌륭하고 촘촘하게 설계된 제도라도 이리저리 비틀고 빈틈을 만들어 못쓰게 만들기 때문이다.

먼저 구조적으로 강요된 희생과 과도한 격차는 무산 계급의 박탈감을 자극하고 자존감을 갉아먹는다. 가난하게 태어난 사람을 경제발전의 짐짝 정도로 취급하는 사회에서는 건강한 자존을 갖기 어렵다. 빚더미에서 출발해 자포자기의 삶을 상속받은 모두가 인생역전의 신화를 써 내려가며 상향평준화의 사회를 이룩하는 것은 기적에 가깝다. 외려 경제력이라는 물질적 항체와 미래에 대한 희망과 자기 자신에 대한 애정이 결핍되어 있기 때문에 불행의 덫에 걸려 엇나가기가 쉽다. 그러나 우리는 종종 살아가면서 사회가 시민에 대한 의무를 다하지 못해 발생하는 가난과 범죄를 두고, 그것을 순전히 한 개인의 탓으로 돌리는 세상을 목도한다. 못난 개인 뒤로 숨는 사회는 아마도 그보다 더 못나고 비겁한 존재일 것이다. 그런 곳에 사는 사람들은 범죄가 사회의 잘못인지 '타고난 소악마'의 잘못인지를 두고 소모적인 갈등을 계속할 것이다. 그러다 보면 조금 더 많은 사람을 구할 수 있는 자원이 사회적 갈등 비용으로 낭비되고 말 것이다.

그러나 우리는 정의의 두 원칙을 통해 그 누구도 인간 이하의 삶으로 추락하는 것을 허락하지 않았다. 가난이 시민을 모멸감에 빠뜨리지 않도록 최소한의 사회적 보호막을 제공한 것이다. 한편으로 정의는 시민이 법을 통해, 또 법이 시민에게 표현할 수 있는 최소한의 사랑이기도 하다. 사랑받는 사람이 비교적 높은 자존감을 갖는 것은 당연한 일일 것이다. 우리는 사회정의를 통해 가난하게 출발한 사람도 자기 자신을 충분히 사랑할 수 있도록 차등의 원칙에 따라 국가로부터 '자존의 데이트 비용'을 제도적으로 또 권리로써 조달받게 된다. 뒤처진 자도 응원과 격려의 사회 분위기 속에서 낙오 없이 자신의 페이스대로 스스로 계획한 인생을 완주한다.

또한 자아실현에 몰두하며 자신을 사랑하는 개인들은 한 가지 중요한 통찰을 얻는다. 다시는 노예근성을 주입당하지 않고, 또다시 가난에 굴복당하지 않기 위해서는 정의로운 사회가 반드시 존재해야 한다는 사실을 말이다. 베일의 출구에서 정의사회의 시민권 발급을 기다리는 우리는 사회정의를 유지할 책무가 남의 일이 아님을 발견한다. 착하게 사는 것이 조롱받지 않고, 정의롭게 사는 것이 손해 보지 않도록 정의감의 무게는 모두가 공정히 나눠서 지는 것이다. 애쓰지 않고 저절로 지켜지는 자존과 정의란 없다. 한 사람의 인격과 자존을 세워줘야 하는 것이 사회의 의무라면 자존감과 정의감을 잃지 않고 사는 것은 시민의 의무다. 이제 우리에게 남은 일은 앞으로 나설 세상 속에서 자신을 현명하게 사랑하는 것이다. 동시에 시민으로서 정의감을 가지고 사회의 공적 활동에 활발하게 참여하는 것이다. 나를 사랑하지 않는 만큼 세상의 정의는 가벼워진다.

이제 무지의 베일은 정의사회의 개국을 축하하는 깃발과 현수막이 되었다. 사람들은 자연의 법칙과 유전자의 조합, 환경의 우연한 부딪힘 속에서 여러 얼굴을 하고 어엿한 사회인으로 세상에 다시 나올 것이다. 자유와 평등 사이의 오래된 우정을 확인하고 정의사회를 지지하는 자기애가 넘치는 시민들의 박애주의에 미소 지으며 무지의 베일 속에서 체결한 계약을 통해 비로소 운명공동체가 되었음을 증명하는 시민권을 확인하면서 말이다.

여기까지가 바로 롤스의 『정의론』에 관한 철학적 상상이었다. 나는 내가 베일에서 빠져나온 몇 번째 시민인지 전혀 알지 못한다. 하지만 주제넘게도 나는 여기에 한 편의 글귀를 더해보기로 한다. 아래는 햇병아리 정치학도 시절 내가 나에게 남긴 각오의 증서다. 이 증표로 글의 마무리를 대신하기로 한다. 정의. 외침만으로도 황홀한, 듣는 것만으로도 가슴에 뜨거운 불이 이는 바로 그 정의를 위해서.

누군가의 목숨 값으로 잘살 수 있다면, 나는 잘살지 않겠다.
누군가를 무릎 꿇려 자유로울 수 있다면, 나는 자유롭지 않겠다.
누군가를 노예로 삼아 내 삶이 행복해진다면, 그것은 행복이 아니다.
—나호선, 「누군가와 나」

3장

땅이 훔친 것은
인간의 상상력이다

헨리 조지, 『진보와 빈곤』

❝

노동에 관한 세금은 생산에 대한 벌금이고 노력에 대한 세금이다. 노력세를 물면서 열심히 노력할 사람은 없다. 노동의욕은 꼭 세금만큼 감소한다. 땅에 묶여 있는 돈을 해방한 만큼 생산성이 증가할 것이다. 최저임금을 올릴 때마다 사장과 아르바이트 노동자 사이에 반복되어온 갈등은 이제 자취를 감출 것이다.

❞

난쟁이가 쏘아올린 작은 공은 어디로 떨어졌나

"청년입니다. 무직이구요. 취직해서 세금 내고 싶어요. 이왕 낼 거라면 종부세가 좋겠네요. 벌써 자기 부동산이 여럿이란 말이니까요. 건물은 벌어서 구입하는 게 아니라 태어나 물려받는 것이라고 들었습니다. 매주 5,000원씩 복권을 사고 있어요. 그 돈 아껴서 저축하라구요? 일주일치 희망이 단돈 5,000원이면 싼 거 아닌가요? 요새는 1등 당첨돼도 서울에 집 못 사요. 연달아 타면 또 모르겠네요. 여하튼 부모님 집에서 최대한 얹혀서 살아보려구요. 쫓겨나면 보증금만 빌려서 원룸에 살죠, 뭐. 결혼 안 하고 쭉 혼자 살 건데, 큰 방은 청소만 귀찮잖아요. 냉난방비 많이 들고. 에이, 솔직히 그 돈 받고 어떻게 일해요. 시간이나 조금 들면 모를까. 올림픽 금메달리스트처럼 살지는 않았지만, 그렇다고 정신줄 놓고 놀아본 적도 없어요. 열심히 살았는데 어쩌다가 이 지경이 된 건지 모르겠어요, 허허. 벌써 아르바이트 갈 시간이네요. 재밌었습니다. 안녕히 계세요."

이 땅에 꿈을 심었더니 염세주의가 자라고 있다. 도깨비 방망이가 지가상승의 마법을 부리면 온 세상이 홀려 그 뒤를 졸졸 따라간다. 바보가 아닌 이상 그것이 일확천금으로 가는 급행열차라는 사실을 모두가 알고 있기 때문이다. 사람들이 몰라서 못 사는 게 아니다. 값이 오를 땅은 누구나 알아본다. 부족한 것은 안목이 아니라 때맞춰 땅을 사들일 수 있는 목돈이다. 덜 먹고 아껴서 겨우 부은 주택적금 만기를 기다리다 보면 진즉에 버스는 떠나고 그 땅은 이미 누군가를 주인으로 모시고 있는 허무한 결말이 찾아온다. 저축의 속도는 결코 땅값 상승의 속도를 따라잡지 못한다. 바보라는 말을 뒤집어야겠다. 노력의 열매가 한심한 작황을 보이는 상황에서는 누구에게나 '땅밖에 모르는 바보'가 되는 것이 가장 합리적인 선택이며, 빚내서 크게 한탕 치는 게 낫다는 생각이 자연스레 일기 마련이다.

　종종 불로소득으로 떵떵거리는 사람을 마주하게 된다. 이럴 때면 일해서 버는 돈에 붙는 세금이 벌금처럼 느껴지고, 노동은 대개 노역에 가깝게 여겨지곤 한다. 만일 무의미한 노동에 의욕을 내고 납세에 의미부여까지 할 수 있다면 그 사람은 가칭 '노벨열정상'의 첫 번째 수상자일 것이다. 사람 대신 땅이 득세하는 세상에서는 정직하게 장사하고 성실하게 노동하는 삶에서 보람이 증발하고, 땅 한 조각이라도 더 쟁여놓자는 욕망만이 남게 된다. 석유 자원이 자연의 편애가 낳은 결과물이라면 부동산 투기는 사회의 편애가 불어낸 거센 입김이다. 그 편애를 좇아 인간 사회의 욕망이 내놓은 결과가 바로 지가폭등이다. 폭등의 땅에서 노력은 구차해진다. 월급과 땅값의 관계는 맬서스를 비웃는다. 월급이 덧셈으로 오르면 지가는 곱셈으로 폭등하기 때문이다. 아니

임금인상은 불분명하지만, 우리가 날마다 목격하는 현실로 단언할 수 있는 것은 어쨌든 땅값은 오른다는 것이다.

땅을 구입하고 건물을 올려 그곳의 주인이 된다는 것은 안타깝게도 한 개인의 노력을 벗어나는 차원의 일이다. 그보다는 한 집안이 대대로 합심해 총력전을 벌인 끝에 겨우 손에 넣는 가보에 가깝다. 소를 팔아 사골로 쌓은 상아탑이 학벌의 경제적 출처라면 대를 이어 상속되고 불평등이 누적되어 우뚝 솟은 탑, 그것이 바로 부동산의 가정사다. 그래서 어린아이들의 땅따먹기 게임은 세 판이고 네 판이고 다섯 판이고 힘이 남는 대로 매번 새로 시작할 수 있지만, 어른들의 부동산 전쟁은 단판에 끝나는 경우가, 아니 이미 끝나 있는 상태로 시작하는 경우가 많다. 다음 세대를 위한 빈 땅은 어디에도 없다.

부동산 불패신화 앞에서는 대대로 정부마저도 무기력했다. 거대 농장제도를 뜯어고치려다 암살당한 로마의 호민관 그라쿠스 형제의 비극적 실패는 어느 시대, 어느 정부에서고 반복된 주요한 역사의 메아리였다. 오늘날에도 정부가 투기과열을 잡겠다고 불호령을 내리면 부동산 시장이 겁을 먹는 게 아니라 거꾸로 더 과감해진다. 오히려 정부가 규제를 선언한 곳은 '정부 공인 금싸라기 땅'으로 국가인증 마크를 얻게 된다. 투기열풍이 더욱 거세게 불면서 정부의 의지를 꺾어버린다. 그 결과는 정부의 항복선언과 그것을 받아 적는 언론의 호들갑과 지가상승이다. 사람들은 정부가 전력을 다해서 투기근절에 나섰는지도 의문을 품는다. 오르는 땅의 주된 소유주들은 미리 꾀한 것처럼 죄다 정치가와 관료와 부자들이니 말이다.

앉아서 손쉽게 큰돈을 거저먹는 사람이 있다는 말은 대다수의 사람은 적은 돈을 어렵게 쥔다는 말과 같다. 투기는 생산이 아니기 때문에 누군가가 그만큼의 손해를 떠안아야 한다. 아마도 십중팔구는 사장과 근로자가 감당할 것이다. 힘이 없기 때문이다. 오른 땅값에 맞춰서 감당할 수 없는 수준으로 전세 보증금과 점포 임대료가 오른다. 본성이 순한 사람들도 고난 앞에서는 생존본능에 자아를 내맡겨버리는 수가 있다. 건물주의 통보를 받은 심기가 불편한 사장은 사소한 일로 트집 잡아 직원을 달달 볶고, 눈치 보는 직원은 은근슬쩍 태업의 보복을 가하기 시작한다. 냉랭해진 가게에서 상품이 불티나게 팔릴 가능성은 극히 드물 것이다. 사업이 접히고, '점포 임대' 안내문이 붙고, 실업자가 생기고, 납세자가 줄어들고, 복지 수급자가 늘어난다. 불로소득의 문제는 영업철수와 노동실업의 사회적 문제로 이어진다.

부동산 문제의 거대화는 평범한 사람의 인생궤도에도 구체적인 영향을 미친다. 민달팽이로 사는 청춘들은 신혼의 보금자리를 장만하지 못해 결혼의 꿈을 접고 독립마저 포기한다. 가뜩이나 어려운 구직활동에 그마저도 사람 구실하기 어려운 월급으로는 내 집 마련의 꿈은 꾸지 않는 쪽이 정신건강에 좋다. 부모들은 노후걱정을 잊고 혼인 적령기에 이른 다 큰 자식들을 품는다. 떠나보낼 집이 없기 때문이다. 구직에 실패한 자식에게 장사라도 해보라며 가게를 차려줄 여유는 더더욱 없다. 모든 문제를 하나의 원인에 귀착시키는 것은 대개는 지적 게으름에 해당하지만,

딱 하나 예외는 있다. '토지 원죄론'만큼은 아주 강력한 호소력을 갖는다. 우리가 의식주를 해결하면서 매번 부딪히는 생활의 문제이기 때문이다.

한때 난쟁이들이 쏘아올린 작은 공은 어디로 떨어졌는지가 궁금했던 적이 있다. 아마도 한참을 하늘로 치솟다가 중력의 심판에 따라 누군가의 부동산에 추락했을 것이다. 벽돌공장에서 흘린 땀방울도, 굴뚝 위에 올라 흘린 눈물도 주인 있는 공장부지에 떨어졌을 것이다. 터전을 잃은 난쟁이들이 산비탈을 올라 그나마 오래 발붙일 곳을 찾아 달동네로 모여든다.

그럼에도 더럽고 불결한 가난의 냄새가 가득한 맨땅에 포기할 수 없는 삶의 희망을 한줌 심는다. 행상에서 시작한 작은 가게들이 차곡차곡 자라난다. 그러나 난쟁이들은 장사가 잘될수록 불안에 떨게 될 것이다. 그들을 딱하게 여긴 정부가 세금 들여 빈민촌 달동네에 벽화를 입히고, 간판을 새로 달고, 사는 데 불편한 점을 고쳐줄수록 오히려 가난의 실소유주인 빈민은 시름만 깊어졌을 것이다. 물건이 잘 팔리고 인테리어가 제법 그럴듯해지고 살기 좋아진 만큼 오른 땅값을 이기지 못하고 또다시 떠날 채비를 해야 하기 때문이다.

땅은 빗물을 빨아들이는 하수도처럼 문명의 모든 혜택을 흡수해 자신의 값어치를 올린다. 아스팔트는 어떤 씨앗도 자랄 수 없는 인공의 불모지다. 도로를 포장한 아스팔트가 빗물을 땅에 고루 나눠주지 못하고 모조리 하수도로 흘려버리는 것은 꼭 토지 문제를 떠올리게 만든다.

이렇듯 터전에서 쫓겨난 난쟁이가 걸었을 아스팔트의 비극을 가장 체계적으로 정리한 사람이 바로 미국의 저술가 헨리 조지 다. 그는 어린 미국이 서부개척으로 서서히 덩치를 불려가고 있을 때 문명이 진보할수록 혹독한 가난이 찾아와 부자와 빈자의 세계가 지리적으로 분리되는 현상을 목격한다. 그는 중학교 중퇴라는 사실상 무학無學의 식자공 출신이었지만, 평소 읽고 쓰는 것을 게을리 하지 않아 날카로운 비평을 하는 저널리스트가 되었다. 특히 진보와 빈곤과 토지의 관계를 파악하기 위해 독학으로 경제학 거두들의 저서와 논문들을 닥치는 대로 탐독하며 그들이 펼친 논리의 허와 실을 낱낱이 파헤쳤다. 이러한 과정에서 탄생한 역작이 바로 『진보와 빈곤』이며, 이 책으로 헨리 조지는 일약 부동산 불패신화의 신성모독자로 등극하게 된다.

맬서스 일당의 음모

헨리 조지는 기존의 경제학이 어물쩍 넘어갔던 용어 정의부터 새로 손보기 시작한다. 지금부터는 노동과 자본과 토지의 삼각 관계를 설명하기 위해 다소 복잡하고 어려운 이야기를 적어야 한다. 기존의 정치경제학의 판도를 뒤엎는 이야기를 들으려면 읽을 준비도 기초공사도 제법 철저히 할 필요가 있다. 하지만 조금 호흡을 길게 가지면 추상적 진술에 삶의 경험이 달라붙으면서 별문제 없이 이해가 될 것이라고 생각한다. 헨리 조지는 선행연구를 철저히 검토하며 '토지', '노동', '자본'으로 대표되는 생산의 3요소를 명확하게 다시 정의한다. 그의 정의를 아래에서 간략하게 살펴보면 다음과 같다.

먼저 '토지'는 자연이 인간에게 무상으로 베푼 물질, 힘, 기회에 해당한다. 인간은 토지에 기반을 두고 노동한다. 다시 '노동'은 자연을 활용해 부를 생산하는 사람의 모든 노력을 뜻한다. 여기에는 대표적으로 육체노동과 지적 노동이 포함될 것이다. 또 노동은 자연에 자신을 덧대 '부'를 생산한다. 부는 교환가치가 있으면서 인간이 욕망하는 것들이다. 마지막 남은 것은 '자본'이다. 자본은 부에서 욕구를 충족하는 데 소비되지 않고 생산에 재투자되는 부분을 뜻하며, 노동의 능률을 높이고 교환에 융통성을 부여하는 '보조적 역할'을 한다. 정리를 해보자. 토지와 노동이 결합해 부를 생산한다. 부에서 욕구충족을 위해 일부를 소비하고, 나머지를 생산에 재투자하면 그게 자본이다. 자본은 다시 노동의 능률을 높이거나 부의 교환이 용이하도록 돕는다.

생산을 했으니 이제는 분배의 차례가 남았다. 노동이 총생산물 중에서 대가로 가져가는 몫은 '임금'이다. 자본의 사용대가로 지불되는 금액은 '이자'이며, 토지의 사용대가로 지불되는 부분은 '지대'다. 주류 경제학은 자본주의의 꽃을 자본으로 보고 싶어하지만, 사실 부의 생산에 직접적으로 기여하는 주전 선수는 토지와 노동이고, 자본은 간접적으로 지원하는 후보 선수에 불과하다. 그뿐만 아니라 자본도 엄밀하게 따지면 사실은 축적된 노동이다. 자본 자체가 노동이 생산한, 또 앞으로 생산에 할당될

부의 일부이기 때문이다.

기존 경제학의 일반적인 시각은 "노동이 자본의 부분집합"이라는 것이었다. 자본에서 인건비 부분을 추린 뒤 그것을 다시 노동자의 수로 나누면 그것이 곧 임금이기 때문에 노동자의 수가 늘어나면 일인당 임금 몫이 줄어들 수밖에 없다는 것이다. 그러나 용어의 정의에서 살펴보았듯이 헨리 조지는 노동에서 자본이 나오는 것이지 자본의 일부에서 노동을 추리는 것이 아니라고 명백하게 밝히고 있다. 사람 손을 거치지 않고 저절로 생산되는 것은 아무것도 없다. 노동은 자본 없이 존재할 수 있지만, 자본은 노동 없이 아무것도 스스로 생산해내지 못한다. 노동자는 자신의 노동으로 자신의 임금을 생산한다. 이미 노동 자체만으로 충분히 밥값 이상을 다한 것이다. 이는 자가노동으로 자기 임금을 버는 소규모 자영업자를 생각하면 이해가 편하다. 또한 노동이 자본에 우선한다는 것은 연해주의 동토를 맨손으로 개척했던 조선의 민초를 보면 명백하게 알 수 있다. 손에 쥔 것 하나 없던 무일푼의 조선 백성은 황무지에서도 자기 밥을 자기가 벌었다. 밥값 이상을 했기 때문에 얼어붙은 황무지가 옥토로 변할 수 있었던 것이다.

그러나 문제는 자본에서 임금을 노동자의 머릿수로 나눠 갖는다는 경제학의 생각, 그래서 노동자가 많아질수록 노동자가 받는 임금은 줄어들 수밖에 없다는 필연적인 결론이었다. 이것은 당대의 상식이었던 맬서스의 인구법칙과 결합해 일종의 진리처럼 군림하고 있었다. 자연히 헨리 조지의 다음 상대는 『인구론』으로 유명한 토머스 맬서스 목사였다. 맬서스가 자신의 이론에 앞세운 것은 인구가 기하급수적으로 증가하면 식량은 산술급수적으로 증가한다는 '인구법칙' 혹은 '맬서스의 덫'이었다. 아무리 기업가가 높은 임금을 주고, 자선가들이 긴급구호 활동을 벌이고, 정부가 복지정책을 펼친다 한들 모든 빈민구제의 노력은 수포로 돌아갈 뿐이다. 왜냐하면 무지하고 무절제한 성욕을 가진 노동자들은 먹고살 만해지는 족족 덮어놓고 애를 낳기 때문이다. 가난한 흥부 가족이 곳곳에서 빠른 속도로 늘어나는 데 비해 식량생산은 거북이걸음과 같아 급격하게 불어난 인구를 다 먹이지 못한다.

따라서 가난을 극복하려는 모든 인위적 노력은 오히려 대량의 굶주림을 생산하는 진보적 위선에 불과하며, 빈곤을 방치해 인구증가를 억제하는 것이야말로 곧 자연의 원리이자 신의 섭리를 고스란히 담은 불가피한 해결책이라는 것이다. 맬서스의 인구법칙은 프랑스 혁명으로 벌벌 떨고 있던 귀족 지주층을 안심시키며 열렬한 환호를 받았다. 우리가 부유한 특권을 가지고 태어난 것과 너희가 가난한 삶을 살게 된 것에는 이의를 제기할 수 없는 신과 자연의 거대한 뜻이 있다는데, 노력해서 더 나빠질 바에야 바꿀 수 없는 숙명에 저항해서 무얼 어찌하겠는가. 생활수준이 지금보다 더 추락하는 것을 막으려면 모자란 사람은 모자란 만큼 적당히 굶겨야 한다. 이 얼마나 단순하고 명쾌한 논리전개인가. 그러나 헨리 조지는 이렇게 재기발랄한 비유를 들며 맬서스의 인구법칙을 단호하게 기각한다.

이 가정은 강아지 꼬리가 두 배로 길어지는 시간에 몸무게가 2파운드 불어나는 사실을 보고는, 꼬리는 기하적 비율로, 몸무게는 산술적 비율로 불어난다고 하는 것과 같다. 스위프트(Jonathan Swift, 1677~1745)라면 이렇게 풍자했을 것이다. (……) 개가 자라서 50파운드가 되면 꼬리는 1마일이 넘어 흔들기가 무척 어려워지는 "놀라운 결과"가 생길 것이고, 꼬리를 계속 잘라주는 과격한 방안 아닌 온건한 방안으로는 꼬리를 동여매는 수밖에 없다고 했다.

— 헨리 조지, 『진보와 빈곤』, 122~123쪽.

헨리 조지는 논리적으로 날카로운 반문을 덧붙이는 것도 잊지 않는다. 인구법칙이 언제 어디서나 보편타당하게 유효했다면 원시인류 시절부터 수백만 년 살아온 지구는 이미 과포화로 미어터졌어야 한다. 맬서스는 인구증가 초기의 경향을 증명 없이 일반화해놓고 미래의 전망을 마치 신의 계시인 양 예단하는 중대한 오류를 범한 것이다. 따라서 이것은 자연의 모습을 있는 그대로 묘사해 법칙을 만든 것이 아니라 맬서스 본인의 편협한 신념을 반영해 자연을 왜곡한 것이라고 할 수 있다.

자연은 인건비 절약을 하지 않는다. 사람이 많으면 노동력이 많아지고 그만큼 비례해서 생산량도 늘어난다. 사람이 모이면 중장비 없이도 피라미드를 쌓고, 밧줄과 통나무로 거석을 옮겨 고인돌을 세운다. 많은 인구가 빈곤의 원인이라면 출산율 저하와 인구절벽으로 골머리를 썩고 있는 대한민국 정부와 일본 정부가 두 팔을 걷어붙이고 출산장려에 돌입할 이유가 없다. 자처해서 가난해지려고 작정하지 않는 이상 이치에 맞지 않는 시도다. 많은 인구가 부국과 강국의 기본 조건이라는 것은 오늘날 모든 국가가 인지하고 있는 기본 상식이다. 그뿐만 아니라 공동구매와 공동생산, 분업과 협업의 효율성 증대는 물론 크고 두터운 내수시장을 지탱하는 등 인구가 많은 것은 한 나라의 강점이 된다. 이렇게 가난을 유발하는 인구의 덫은 낭설이자 만들어진 허구로 입증된다.

지대가 너희를 가난하게 하리라

저임금과 빈곤으로 귀결되는 인구법칙이란 없다. 진실은 사람이 많아서 자연히 빈곤의 덫에 걸리는 것이 아니라 거꾸로 다수의 사람을 빈곤선에 의도적으로 추락시키는 용의자가 있다는 것이다. 헨리 조지는 모두에게 공평했던 자연을 도리어 약자에게만 '가난의 천벌'을 내리는 심술쟁이로 둔갑시킨 맬서스 일당의 음모를 폭로하고 하늘의 결백을 입증했다. 이어 대중 빈곤이라는 거악을 낳는 진범으로 토지사유제도의 부정의를 지목한다. 그 용의자는 크게 두 가지 범죄를 저질렀다.

첫째는 노동력이 자연에 자유롭게 접근하는 것을 원천적으로 차단했다. 그 결과 많은 생산 가능 인구가 무엇 하나 해보지도 못하고 손가락을 빨게 되었다. 이것은 노동력의 사회적 낭비이자 누군가의 밥줄이 될 수 있는 생산의 전반적 감소다.

둘째는 자연이 제공하는 무상의 기회를 독점해 폭리를 취했다는 것이다. 토지사유제도는 누구에게나 무료여야 할 자연을 한 사람의 독점영토로 만든다. 독점은 터무니없는 가격을 낳고, 부당한 권력은 부당한 임금을 낳기 마련이다. 과도한 세금이 국민의 수입에 대한 징벌이듯이 지주는 자기 땅에서 지대라는 이름의 특별세금을 걷을 합법적인 권한을 얻는다. 지주는 노동이 자본과 협업해 창출한 막대한 부를 높은 세율을 매겨 거저 가져간다. 본래 노동과 자본은 생산의 현장에서 합이 잘 맞는 동반자였다. 노동은 자본을 만들고, 자본은 노동을 돕는다. 이 둘이 사이가 좋을수록 생산은 늘어난다. 그러나 지대가 노동이 차린 밥을 다 먹어치우면 자본과 노동은 남은 몫을 두고 밥그릇 싸움을 처절하게 벌일 수밖에 없다. 그렇기 때문에 마르크스에게는 미안한 말이지만 대중의 궁핍은 자본가의 잘못도 아니다. 노동자의 잘못은 더더욱 아니다. 노동에는 노력과 재생산이 필요하고 자본에는 축적과 경쟁을 위한 금욕과 절제가 필요하지만, 토지는 능동적으로 무언가를 하지 않는다. 토지사유제도의 두 번째 죄목은 한마디로 과도한 불로소득을 챙겨 계급갈등을 유발한 죄다.

지대는 일하는 모두를 가난하게 한다. 이것은 단순히 지주 개개인의 심성의 문제가 아니다. 지주가 착하든 사람이 덜됐든 간에 제도의 원리가 모두를 악한 결과로 이끌기 때문이다. 지대는 임금을 '가장 보잘것없고 열등한 땅을 이용한 대가'로 축소시키는 경향이 있다. 그 복잡다단한 과정은 다음과 같다. 당연히 가장 많은 것을 생산하는 가장 비옥한 땅이 가장 인기가 좋다. 그러나 그 땅이 가득 차면 후발주자는 그보다 못한 땅에 눈을 돌린다. 둘러본 땅들이 영 내키지 않는다. 그럴 바에야 조금 손해를 감수하더라도 웃돈을 얹어주고 가장 좋은 땅을 빌리자는 아이디어가 번뜩인다. 기존의 땅을 원래 가격보다 조금 더 비싼 값에 빌린다. 웃돈경쟁에 함박웃음을 짓는 땅주인도 바보가 아니다. 이제는 모두에게 웃돈을 포함한 가격에 재계약을 권한다. 웃돈은 이제 명실상부한 땅주인의 권리가 된다. 지대는 그 손해를 먹고 무럭무럭 자란다.

이렇게 높아진 지대 탓에 금싸라기 땅이 낳은 결실에서 노동자가 차지하는 지분은 뚝 떨어지게 된다. 이러다 보면 노동인구가 늘어나 기존의 땅만으로 감당이 되지 않을 때마다, 그래서 새로운 땅을 개척할 필요가 있을 때마다 가장 열등한 토지로까지 위와 같은 과정이 확산된다. 이용 가능한 토지가 한 등급씩 내려갈 때마다 지주에게 상납하는 웃돈은 날로 치솟고, 임금은 내리막길을 걷는다. 결국 노동자는 가장 비옥한 땅에서 일을 하든 가장 척박한 땅에서 일을 하든 입에 겨우 풀칠할 정도만 차지하게 되는 반면, 지대는 기존의 땅과 최열등지와의 차액을 모조리 흡수해 비대해지는 것이다.

사업을 벌일 사람들이 웃돈을 주고 토지에 매달릴 수밖에 없는 것은 얼핏 보면 정당한 시장의 신호로 보인다. 그러나 이것은 땅을 독점해 발생한 권력의 위장된 행사다. 토지는 새끼를 낳지 않는다. 그러나 농장·공장·점포 등으로 활용되며 각종 산업의 근간이 되므로 토지 수요는 늘 일정 수준 이상으로 고정되어 있다. 따라서 지구가 열심히 지각운동을 벌여 새로운 땅을 만들어 내거나 해안선이 낮아져 땅이 넓어지지 않는 이상, 토지는 희소한 것이다. 토지의 이 생래적 희소성 때문에 그것을 소유한다는 것 자체에서 이미 심대한 시장권력이 발생한다. 그 권력의 행사는 원시적인 폭력이 아닌 동의가 필요 없는 지대 인상이라는 세련된 방식으로 작동한다.

경제학자 데이비드 리카도는 이것을 '차액지대'라고 불렀다. 헨리 조지는 생산의 정의로운 분배를 왜곡하는 이 차액지대에 몇 가지 항목을 추가한다. 지주가 가격을 좌지우지할 권력을 갖게 되고, 지대가 쉴 새 없이 오르게 되는 핵심 원인은 가장 척박한 땅까지 활용할 수밖에 없도록 만드는 어떤 압력이다. 가장 일차적으로 생각할 수 있는 것은 인구증가일 것이다. 그러나 이것만으로는 설명이 부족하다는 것을 우리는 앞서 확인했다. 인구증가는 부분적으로 타당한 요인이지만 전체를 포괄하지는 못한다. 각자에게 토지에 접근할 열린 기회가 있다면 누구든 노동을 통해 자기 밥을 알아서 차려 먹을 것이기 때문이다.

두 번째는 역설적으로 문명의 열차를 이끄는 기술진보의 흐름이다. 노동절약적 기술진보가 찾아오면 상식적으로 같은 시간을 일하고 돈을 더 받거나 같은 돈을 받고 덜 일할 수 있어야 한다. 그러나 현실은 오히려 더 많은 시간을 일하고 더 적은 보수를 받으며, 향상된 기술만큼 인력감축의 해고폭풍이 작업장을 들이닥친다. 기계보다 싼 사람만이 자신의 일자리를 지키게 된다. 신기술의 발명은 노동생산성을 증가시키고, 기존에 활용할 수 없을 정도의 저질 토지마저 그럭저럭 고쳐 쓸 수 있게 토지의 채산성을 높인다. 이는 인구증가와 마찬가지의 효과로 임금을 최열등지 수준으로 압박해 하락시킨다. 이렇게 지대는 누군가가 밤낮으로 공부해 학위를 따고 시행착오를 거쳐 이룩해낸 발명의 결실마저 앉은자리에서 대가 없이 흡수한다.

차액지대 이론은 농업 시대에 출발한 개념이지만 상업과 제조업의 시대에도 동일한 위력을 발휘한다. 이제는 땅의 비옥도 대신 입지조건을 넣으면 같은 원리에 따라 지대가 모든 결실을 흡수한다. 목이 좋은 땅은 장사가 잘되니 높은 토지가치를 지니고 그만큼 임대료는 상승한다. 무엇이 한 상권의 입지조건을 높이는지를 살펴보면 지대의 횡포가 명확히 드러난다. 사장들의 도전과 축적된 노하우, 직원들의 숙련된 업무처리와 예의바른 응대가 쌓이면 영업이익이 개선되고 사업이 번창한다. 만약 지대가 없었다면 가게를 확장하고 신규점포를 늘리게 될 것이다. 늘어난 가게가 여기저기 사람을 구하면서 고용도 증진되고, 일손이 아쉬운 만큼 임금도 올랐을 것이다. 자본과 노동은 함께 간다. 단, 지대가 없을 경우를 가정한다면 말이다. 물론 어디까지나 이론상 이야기다.

그러나 현실은 그리 녹록지 않다. 문전성시인 가게 근처에는 덩달아 콩고물을 얻어먹는 주변 가게도 생기기 마련이다. 목이 좋아지고 하나의 상권을 형성하면서 땅의 가치가 오른다. 값은 가치를 곧바로 알아본다. 땅값이 치솟는 가치에 잽싸게 올라탄다. 건물주는 재계약 시점에 맞춰 높은 임대료 인상으로 그 영업성과를 모조리 흡수해버릴 것이다. 이렇게 지대를 지불하고 남은 돈 앞에서 자본가는 절로 깊은 한숨을 내쉴 수밖에 없다. 노동자의 상황은 더 심각하다. 이들은 남에게 한 번쯤 살아보라고 권할 수 없는 지하인생으로 추락하고 만다. 이것이 바로 생산에 종사하는 모두의 비극이자 계급갈등과 분열의 씨앗이면서 동시에 왜 문명이 진보하는데도 오히려 대다수가 가난해지는지에 대한 헨리 조지의 대답이다.

일등칸의 미납요금

문명발전에 역행하는 대중빈곤은 지주 계급이 진보의 열차에 무임승차하면서 일등칸에서 내리지 않아 생기는 폐단이었다. 카지노에서 폐가망신한 개인의 사회적 파장은 그리 크지 않다. 한 인생의 몰락은 한 개인의 조용하고 고립된 파산으로 끝날 것이다. 그러나 부당한 제도의 합법화는 모두에게 악영향을 끼친다. 이 추세를 방치하다 보면 결국 진보의 파산으로 이어질지도 모른다. 토지 불로소득은 이기적 이익이 아닌 사회를 파괴하는 이익이다. 토지 사유의 사회적 해악은 이득은 철저히 개인에게 돌아가는 반면 비용은 오롯이 사회가 지도록 만들기 때문이다.

헨리 조지는 탁월한 이론적 혜안을 바탕으로 다음과 같은 해결책을 내놓는다. 토지가치세를 유일한 국가조세 수입의 원천으로 삼고 그 밖의 다른 모든 세금을 철폐하자는 것이다. 토지가치세가 실현된다면 앞으로 부동산 매매 시세차익과 같은 투기소득, 지대 관련 특별이익을 비롯한 각종 토지의 불로소득이 국고로 환수되어 공익을 위해 쓰일 것이다. 일등칸 손님에게 일등칸의 요금을 받고 나머지 객석을 무료로 만들어 진보의 열차 운임료를 정상화하는 조치. 이것은 지극히 상식적이고 조용한 방식이다. 출혈도 비용도 혼란도 걱정할 필요가 없다. 복잡한 세제를 간소화하고 꼭 그만큼의 공무원도 줄일 수 있다.

만약 헨리 조지가 붉은 깃발을 들어 일등칸의 모든 지주와 이등칸의 자본가들을 달리는 열차에서 모조리 하차시킨 후 무산계급만 태워 떠나자고 사주했다면, 분명 그는 두말할 필요도 없는 과격한 공산주의자였을 것이다. 그러나 그의 해법은 토지소유권을 몰수하지도 않는다. 지주들은 여전히 임대소득을 그대로 누릴 수 있다. 단지 축적된 지대에 대한 미납요금을 세금으로 내면 될 뿐이다. 이렇게 헨리 조지는 세제개편이라는 간단한 방식으로 혁명과 같은, 아니 혁명보다 나은 전망을 가져다줄 수 있다고 주장했다. 가급적 혁명을 피해 제도권 내에서 방법을 찾고, 세금과 공무원을 줄이자고 주창하는 그에게서 자유주의자의 면모가 짙게 엿보이는 대목이다.

그러나 기득권 침해 그 자체를 불온시하는 지주 계급에게는 미납요금이 세금폭탄과 혁명의 고함으로 들렸다. 그들은 합심해서 헨리 조지를 '토지 공산주의자'로 몰았다. 당대에 진보적이라고 평가받았던 교황 레오 13세조차 회칙을 통해 세간의 의심에 동조하자 헨리 조지는 교황에게 하나님이 인류에게 공평하게 이

용하라고 나누어준 땅을 지구의 임시 세입자인 인간이 독점소유
권을 주장할 근거는 그 어디에도 없다며, 격식을 갖춘 공개서한
을 보내 이렇게 호소했다.

> 지나간 일은 지나간 일로 두고 잘못된 제도만 시정하자는 것입니다.
> 노동의 결실인 토지가치를 가져간 사람도 과거의 것은 그대로 가지
> 라고 하면서 앞으로는 노동에 대한 착취를 끝내자는 것입니다. 과거
> 는 덮어 두되 앞으로는 공동체에 당연히 귀속되어야 할 지대를 토
> 지소유자가 지불하라는 것입니다.
>
> ―헨리 조지, 『노동빈곤과 토지정의』, 70쪽.

자신의 이익을 확보하는 것이 시장과 경제의 공리라면 공공의
해악과 계급 간의 마찰음을 줄여나가는 것은 정부와 정치의 역
할일 것이다. 정부가 지주에게 토지가치세를 부과할 수 있는 근
거는 자명하다. 모두의 노력은 모두에게로 돌아가야 하며, 세금
은 가급적 공동체를 위해 쓰여야 하는 것이기 때문이다. 지가와
지대의 상승을 불러온 원인은 생산에 종사한 모든 사람의 노력
이며, 그것이 아니라면 공동체의 세금이 적셔주는 사회기간시설
의 복지혜택이다. 모두에게서 걷은 세금을 바탕으로 공공재를 공
급하는 것은 정부의 기본 역할이다. 그러나 정부가 맡은 바 임무
를 충실히 수행해 좋은 교육기관, 병원과 보건소, 잘 닦인 도로,
훌륭한 치안상태, 쾌적한 공원, 편리한 대중교통 등이 들어선 경
우에도 마찬가지로 놀고 있던 땅의 가치가 상승한다. 그렇기 때

문에 정부는 지가상승에 대한 자신의 기여 지분을 회수해 공익 창출과 공해방지의 의무로 활용할 수 있는 것이다.

토지가치세는 불로소득에 대한 중과세를 통해 조세정의를 실현하면서 복지효과와 경제적 효율성도 증대시킨다. 이것은 자본주의 경제학에서 인정하는 단점이 없는 유일한 세금이다. 노동과 자본에 대한 무과세는 생산에 족쇄를 다는 조세왜곡을 원천적으로 차단한다. 노동에 관한 세금은 생산에 대한 벌금이고 노력에 대한 세금이다. 노력세를 물면서 열심히 노력할 사람은 없다. 노동의욕은 꼭 세금만큼 감소한다. 땅에 묶여 있는 돈을 해방한 만큼 생산성이 증가할 것이다. 최저임금을 올릴 때마다 사장과 아르바이트 노동자 사이에 반복되어온 갈등은 이제 자취를 감출 것이다. 또한 주로 사회의 하층 노동자들에게 면세를 해주는 것은 피부로 다가오는 복지혜택이다. 면세는 소득세에 대한 환급과 같기 때문이다. 수혜를 위해서는 한참을 기다려야 하는 복지 프로그램보다 면세효과가 직접적일 것이다.

마지막으로 토지가치세는 최선의 토지활용을 촉진한다. 헨리 조지는 지주 계급에게도 사회에 공헌할 기회를 주었다. 토지의 잠재가치까지 개발한다면 굳이 과세하지 않겠다는 것이다. 앉아만 있어도 땅값이 오른다면 굳이 노력을 들여 그 토지를 개발할 필요가 없다. 안전규제를 잘 준수하고 이것저것 골머리를 썩으면서 고층 건물 공사를 벌일 필요가 없는 것이다. 그보다는 페인트로 쓱싹쓱싹 흰색 금을 긋고 주차장을 만들어 60분당 얼마라고 정해서 '분세'를 받으면 된다. 현금으로 받는다면 세금탈루도 아주 쉽다. 무엇 하러 한 달을 채워 월세를 받을까? 그렇게 되면 고층 아파트가 되고, 주상복합공간이 되고, 전시회장이 되어 사회적 혜택을 낳을 수 있던 모든 기회가 날아간다. 기회를 헤프게 보고 돈을 쉽게 보려는 욕구가 강해질수록 그 기회비용을 모조리 사회가 지불해야 한다. 따라서 이것은 지대가 앗아가는 사회적 기회비용에 대한 중과세인 것이다.

불로소득의 민주화, 지대의 공공화. 헨리 조지는 이론의 세계에서만 체류한 게 아니라 구체적으로 해결할 방안을 들고 현실 정치에 나섰다. 첫 번째 뉴욕 시장 선거에서는 아쉽게 간발의 차로 2위를 거두었고, 두 번째 선거에서는 무리한 일정을 견디지 못하고 선거운동 와중에 사망했다. 그러나 그의 생각은 오늘날까지 살아남아 토지보유세, 종합부동산세 등의 이름으로 계승되고 있으며, 앞으로도 '토지공개념'의 이름으로 각국의 헌법에 녹아 지대의 횡포에서 문명사회를 보호할 것이다. 거짓의 진흙 속에서 진실의 진주를 발견해 뜻을 세우는 것 자체도 위대한 일이다. 그러나 세운 뜻을 이루고자 현실에 구체적으로 뛰어들어 삶의 마지막까지 불태우다 산화한 삶, 그런 멋진 삶이 어디 또 있을까.

욕망의 피라미드를 넘어서

헨리 조지는 기술문명의 진보에 발맞춰 사회도덕적 지능 또한 진보할 필요가 있다고 말한다. 지주공화국에서 진정한 민주공화국으로 이행하기 위해서는 '토지공개념'이 반드시 필요하지만, 그보다 중요한 것은 토지공개념을 받아들이지 못하는 정신적 속박에서 해방될 필요가 있다는 것이다. 지대의 악영향을 모두가 인지하면서, 또 그 해결책도 나와 있는 상태에서 한 치 앞도 나아가지 못하는 이유는 그것을 거부하는 우리의 마음 때문일 것이다. 마지막으로 토지가 어떻게 우리의 욕망을 부추기고 더 나은 미래에 대한 상상력을 구속했는지, 보통사람의 생애주기에서 천천히 다시 한번 살펴볼 필요가 있다. 보통사람들은 왜 복지를 포기하고 투기를 선택했을까?

시작은 젊음이다. 젊음의 장점은 뭐든 빠르게 배우고 쉽게 익숙해지는 적응력에 있다. 재도전에 유리한 육체와 심적 여력을 갖고 있다. 기회에 대한 반응도 빠르다. 배운 공부와 기술로 일을 시작하면 다달이 급여가 나올 것이다. 실적을 쌓으면 승진과 연봉 인상의 기회가 열려 있을 것이다. 조금만 두각을 보이면 더 나은 조건으로 이직도 권유받게 될 것이다. 대체로 젊음이 돈 굴리는 법에 무감각한 이유는 자신의 가능성이 남아 있기 때문이다. 그러나 늙기 시작하면 발전은커녕 현상유지조차 버겁다. 몸 여기저기가 아프고 삐걱거리고, 자식과 부모를 부양하며 인생의 대소사에 맞춰 잡다한 지출이 늘어난다. 볼품없어진 육신을 위한 품위유지비까지 든다. 직장에서는 치고 올라오는 후배들의 압박에 연봉인상은 바라지도 못한다. 쓸 돈은 늘어났는데 고정된 월급으로는 턱없이 부족하다. 노동소득 외에 투자소득이 추가로 필요해진다. 다른 능력을 키우는 것보다 다른 소득원을 찾고자 한다.

이른바 부업이다. 여기서 부동산 투자에 눈을 돌리는 것은 자연스러운 발상이다.

돈이 궁한 사람에게 가장 먼저 보이는 것은 팔아치울 물건이다. 뭐든 팔아서 굴릴 돈을 마련해야 한다. 아마도 엉덩이를 붙이며 살고 있는 집이 가장 먼저 떠오를 것이다. 내 집이면 좋고, 아니면 전세 보증금이라도 좋다. 은행에서 적당한 이자에 돈을 빌려 얹으면 벌써 꽤 큰 액수가 된다. 앞으로도 계속 땅값이 오를 것이라고 전망되는 사회에서는 너도나도 일단 땅을 사려고 할 것이다. 땅값은 모두의 기대를 먹고 더욱 치솟는다. 욕망에 눈이 멀면 땅이 주거수단이나 생산수단으로 보이지 않고 투기수단으로 보이게 된다. 한 채로도 충분한 집을 무리해서 두 채, 세 채, 32평이면 충분할 집을 넓혀 40평으로, 어떻게든 서울에서 100미터라도 가깝게 가려고 아등바등 발버둥 친다. 버티는 자가 승리할 것이라는 믿음으로 하우스 푸어의 삶을 감당하면서 융자금을 간신히 갚아나가다 결국 대출이자를 버티지 못하고 항복하고 만다. 곧이어 간발의 차로 오른 땅값을 보고 만성복통에 시달리는 삶이 헛된 야망의 상흔이 되어 남는다.

이제까지 지주를 사회 전체의 이익과 배치되는 나쁜 계급으로 묘사했지만, 그들도 사람이며 태생부터 사악한 탐욕의 화신은 아니었을 것이다. 불로소득이라는 쉬운 길을 내버려두었기 때문에 누구라도 땅을 얻으면 그렇게 변하는 것이다. 위장전입과 명의도용을 해서라도 말이다. 지주를 없애는 것은 보통 어려운 일이 아닌 사회적 과제지만, 지주가 되는 것 자체는 개인의 차원에서는 충분히 합리적인 인생의 목표가 될 수 있다. 지대 해방에서 가장 혜택을 볼 대다수의 사람이 토지가치세에 큰 거부감을 갖는 이유는 일확천금의 탑승기회를 내 앞에서 끊는다고 생각하기 때문이다. 빚을 잔뜩 떠안은 집을 가지고 있는 사람도 자신과 전혀 관련 없는 다주택자 규제에 반대하고, 타오르는 부동산 시장의 불을 끄려는 정부의 모든 움직임에 불만을 품도록 변하고 만다.

이는 흡사 다단계와 닮았다. 피라미드의 상층부에는 도달할 수 없는 이들과 가장 많이 착취당하는 이들이 오히려 그 체계를 수호하게 되는 과정 말이다. 토지사유제를 지키는 핵심은 땅주인이지만, 융자에 시름하는 하우스 푸어도 굳건히 체제수호에 가담한다. 빠져나오는 방법은 하나다. 계속 후속투자가 들어와서 집값 상승 기조가 끊이지 않게끔 만드는 것이다. 밑바닥에서 빠져나오는 방법은 새로이 하층을 두텁게 만드는 것이다. 그러려면 역시 땅값이 계속 오른다는 보장이 유지되어야 한다. 이 같은 사회의 집단환각 속에서 내 집 마련에 20~30년이 걸리고, 창업과 신규출점이 그만큼 막혀 이들이 고용하고 생산해낼 모든 사회적 부가 감소하게 된다. 그러나 모두가 나쁜 미래를 알면서도 아무도 빠져나올 수 없다. 그저 나의 투기는 평소 다져놓은 예리한 안목의 발현이며, 남의 투기는 요행을 바라면서 저지르는 반칙과 불법의 결과물이라고 믿는 어설픈 자기위안만 남을 뿐이다.

무엇보다 욕망의 피라미드에 갇힌 인류가 스스로에게 가하는 형벌의 이름은 상상력의 제한이다. 밝은 내일을 꿈꾸면서도 똑같은 하루에 갇혀 철 지난 어제를 놓아주지 못한다. 다른 모든 세금을 철폐하고 오직 지대에서 세수를 얻자는 토지가치세는 여전히 검토해볼 만한 매력적인 아이디어다. 물론 사회가 발전하고 행정부가 담당해야 할 영역이 많아진 오늘날에는 토지가치세로만으로 국가를 운영할 수는 없을 것이다. 그러나 점점 더 늘어나고 있는 복지비용을 조달하는 아주 획기적인 출처가 될 수 있다. 생산의욕을 감소시키는 소모적 복지가 아닌, 그것과 전혀 관계없는 불로소득에서 복지비용을 조달할 수 있기 때문이다.

만일 그 불로소득을 본격적인 세금으로 바꿔낼 수 있다면 보편적 복지를 위한 모든 아이디어를 실험해볼 수 있을 것이다. 그것이 전면적 무상교육을 실현하는 재원이 되거나 노인빈곤을 사회에서 퇴출시킬 두둑한 노령연금이 될지도 모른다. 모든 사람이 공공운송수단을 당연한 권리로 자유롭게 이용할 수도 있다. 나아가 무상의료의 시발점이 될지도 모른다. 미국 독립에 지대한 영향을 끼친 토머스 페인의 오래된 제안처럼, 빚으로 출발할 사회 초년생들의 의기소침을 줄이고, 그 대신 출발점에서 자신감을 불어넣어줄 청년들을 위한 보편적 사회정착금으로 쓰일 수도 있다. 혹은 재기가 필요한 모두를 구제해줄 자본금으로 쓰일지도 모른다. 선택은 다양하고 응용은 무한하다. 중요한 것은 우리의 의지다. 욕심의 눈가림이 낳은 사회적 근시에서 해방된 사람이 늘어날 때마다 피라미드의 벽돌은 하나씩 사라지고 '토지공개념'이 상식인 나라는 한 걸음 더 가까워질 것이다. 토지가 빨아들인 것은 과거의 진보가 아니라 미래의 상상력이다.

4장

죽음의 평등이
멸종할지도 모른다

유발 하라리, 『사피엔스』

"

스스로를 '지혜로운 인간'으로 부르던 이들이 자신의 지혜로 말미암아 동종의 절명을 이끌어냈다면 이것은 희극일까, 비극일까? 나는 피처럼 붉은 종이에 멋들어진 필체로 적힌 글귀에서 최후의 사피엔스가 남길 유언을 떠올렸다.

"From one Sapiens to another."

"

벌거숭이들이 일으킨 역사의 이변

현생인류의 족보를 찾아봤다. 인류 전체를 아우르는 종친회는 생물학이 담당하고 있겠다 싶어 고등학교 생명과학 교재부터 펴보았다. 교재는 사람의 출신성분을 '사피엔스종-호모속-사람과-영장목-포유강-척삭동물문-동물계'라는 분류학적 체계로 설명하고 있었다. 여기서 호모Homo는 '사람'을, 사피엔스Sapiens는 '지혜로운'을 뜻하는 라틴어이므로 여태껏 우리는 자신을 지혜로운 사람(Homo sapiens)이라고 불러온 셈이다. 내 눈에는 귀족들의 문자로 자기 자신을 '현자'라고 서술한 대목에서 우리 종의 묘한 자부심이 엿보였다. 물론 지금까지 현생인류가 구가해온 문명의 수준을 보고 있노라면 이 자화자찬이 속 빈 강정만은 아닌 것이 분명하다. 어찌 되었든 지금 현재 호모사피엔스는 지구상의 모든 고등동물 중에서 가장 강력한 종임이 확실하니 말이다.

하지만 처음부터 이들이 타고난 강자였던 것은 아니다. 초창기 호모사피엔스는 너무나도 짠하고 볼품없이 초라한 존재였다. 허약한 신체능력으로 무자비한 포식자들의 손쉬운 먹잇감이 되곤 했다. 다른 유인원에 비해서도 딱히 잘난 점은 없었다. 현생인류와 동시대에 살았던 네안데르탈인은 우리 조상보다 더 단단한 근육을 갖추고 있었다. 우리 종의 이름에 훈장처럼 새긴 지능마저도 그 시절에는 딱히 두드러지게 이름값을 하지는 못했다. 태초의 사피엔스는 이곳저곳에서 얻어맞고 다니는 불쌍한 벌거숭이에 불과했던 것이다.

그러던 어느 날, 유약한 벌거숭이들은 생태계의 폭군이 되었다. 역사에 두고두고 남을 이변이었다. 사피엔스가 지나간 흔적마다 다른 동물들의 연쇄적인 멸종이 뒤따랐다. 이 나신裸身의 원시인들 눈에 잘 띄는 커다란 종일수록 급격하게 지구상에서 사라졌다. 공교롭게도 현생인류의 이동경로와 동물들의 소멸궤적은 일치했다. 이전에 자리 잡고 살던 다른 인간 종과 친척 사피엔스 아종들 역시 예외 없이 모조리 살육되었다. 이들이 호모사피엔스와의 전쟁에서 학살되었는지, 경쟁에서 도태된 것인지, 교배 때문에 흡수된 것인지는 아무도 모른다. 다만 우리 인간 종은 다른 동물과 인류를 누르고 최상위 포식자로 발돋움했으며, 동족의 유해 위에서 유일한 유전적 패자霸者가 된 것만은 부정할 수 없는 사실이다.

이렇듯 사피엔스의 20만 년사史는 흑막 속에서 무수히 많은 질문거리를 쏟아낸다. 과연 무엇이 특출 났기에 별 볼일 없던 벌거숭이들이 지구의 지배자로 등극할 수 있었을까? 이들이 밟은 독특한 진화경로는 무엇이었으며, 그 진화의 파장은 어떻게 또다시 생태계 전체의 명운을 좌우할 정도로 확장되었을까? 또한 DNA의 개량을 멈추고, 그 대신 사회질서의 발전으로 진화의 방식을 바꾼 인류는 어떤 사회를 건설해왔는가? 나아가 궁극적으로 미래의 사피엔스는 무엇이 되길, 무엇을 하길 원하는가? 호모 사피엔스의 자서전에 담길 내용이 너무나도 많다.

그러나 우리는 잠시 호흡을 가다듬을 필요가 있다. 아마도 우리가 지금 들이마시는 숨은 꽤나 유서 깊은 역사를 가졌을 것이기 때문이다. 그 숨의 출처는 바로 우리 조상 사피엔스다. 우리 조상의 숨결은 수많은 이의 허파를 돌고 돌다가 마침내 우리의 들숨이 되었을 것이다. 오래된 숨결을 따라 쉬다 보면 살아남고자 고민하고 투쟁했던 그들의 온갖 잔꾀와 이야기들을 접할 수 있을 것이다. 때로는 총명하게 때로는 우둔하게, 이따금 사탕발림 하는 말과 악다구니를 내뱉기도 하면서 살아갔을 그들은 후대에 많은 흔적을 남겼다.

유발 하라리는 박물관의 큐레이터처럼 그것을 큰 줄기로 모아 『사피엔스』로 엮었다. 그와 함께 걷는 사피엔스의 역사 탐방에는 학술적 가치가 살아 숨 쉬면서도 그가 곁에서 덧붙이는 스토리텔링에는 재미까지 있다. 발자취를 좇다 보면 이야기가 흐를 것이고, 이야기에 타다 보면 마침내 그 숨결에 담긴 사피엔스 종 전체의 축적된 삶, 인생, 지식과 역사의 무게를 느낄 수 있을 것이다. 경외감에 가슴이 부푼 우리는 사피엔스 종 전체의 자아탐구 여행을 떠나기로 한다. 하나, 둘. 깊이 들이쉬고 후 하고 내쉬며 호흡을 정돈한다. 공유된 숨은 우리를 먼 과거로 이끈다. 우리는 그가 모는 투어버스에 탑승한다.

종교적 존재로 거듭나기까지

직립보행을 통해 두 손의 자유를 얻은 원시인류는 마침내 높은 지능과 도구를 한데 묶어내는 데 성공했다. 그동안 정글세계의 야만적 법칙 아래 숨죽이고 있던 고등지능이 드디어 야생의 원초적 폭력에 맞설 힘으로 빛을 발하는 순간이었다. 인간은 다른 동물처럼 신체 일부를 강화시키는 방향이 아닌 기술발전으로 신체적 열세를 극복하는 방식을 거쳐 진화했다. '불의 발견'은 이 과정의 극적인 기폭제였다. 동물들은 자유로운 두 손에 불과 무기를 쥔 인간을 상대하게 되자 순순히 권좌에서 내려와야 했다.

그런데 도구와 불의 힘을 빌린 존재는 호모사피엔스만 있는 것이 아니었다. 프로메테우스는 공평했다. 네안데르탈인과 데니소바인과 같은 다른 인류들도 능력은 엇비슷했다. 그렇다면 역사의 운명은 어째서 이들이 아닌 사피엔스를 최강의 인류로 점지했을까? 무엇이 우리 종과 다른 형제들과의 격차를 벌려 대자연의 선택을 독점하게 만들었을까? 사실 사피엔스의 영업비밀은 순전히 얻어걸린 돌연변이의 혜택이었다. 약 7만 년 전과 3만 년 전 사이의 어느 날에 찾아온 유전자의 돌연변이는 인류 공통조상에서 우리 종을 갈라놓았고, 유독 사피엔스의 뇌 시스템 배열에 각별한 신경을 써주었다.

그 결과 호모사피엔스는 새로운 두뇌를 통해 어제와 다른 방식으로 생각하고 말할 수 있게 되었다. 오직 눈에 보이는 것 이상은 말할 수 없는 다른 종들과 달리 사피엔스는 보이지 않는 것을 이야기하기 시작했다. 존재하지 않는 허구를 창조하고 진지하게 믿기 시작했다. 어떤 하나의 믿음에 서로의 확신이 보태졌다. 수다를 좋아하는 우리 종은 구성원들이 공유하는 맥락을 만들어 내 동일한 정체성 아래로 광범위하고 신속하게 결속했다. 그 결정체가 바로 신화였다.

동물의 세계에서 낯선 개체는 서로를 경계하며, 대체로 죽이거나 쫓아내려고 한다. 야생의 섭리가 그렇다. 종종 문명의 바깥에 사는 인간이나 무질서한 상황에 처한 사람들도 아마 마찬가지 방식으로 서로를 대할 것이다. 그러나 공통의 신화는 모르는 이들 사이의 적개심을 줄이고 친밀감을 높였다. 신념을 공유한 덕에 처음 보는 낯선 개체 간에도 금세 동질감이 생겨났다. 어둠 속에서 마주친 기독교도들이 서로의 십자가를 발견한 후에야 경계심을 풀고 안도의 한숨을 주고받으며, 이내 '형제'로서의 진한 포옹을 나눌 수 있듯이 말이다.

이렇듯 사피엔스의 유전자에 돌발적으로 발발한 '인지혁명'은 '공통의 상징'들이 탄생시켰다. 이 상징들은 낯선 개체들 사이에서 신속한 피아식별을 가능케 했으며, 그 덕에 사피엔스는 재빨리 적개심을 풀고 협력할 수 있게 되었다. 지혜로운 인간이라는 이름값에 걸맞게 사피엔스는 일면식도 없는 상대끼리 서로 치고받느라 힘을 낭비하지 않았다. 그 대신 대규모의 공동체를 만들거나 복잡한 전술을 짜고 정교한 협력을 가능케 하는 사회구조를 건설하는 데 힘과 지혜를 모았다.

수신호와 울음 따위의 초보적 말소리로는 끽해야 150명 무리

단위의 경직된 조직밖에 구성하지 못한다. 아무리 '보디랭귀지'가 만국 공통어라지만, 기껏해야 배가 고프다거나 아프다 정도의 반려견과 유사한 수준의 의사전달만 할 수 있을 뿐 복잡한 의사소통은 불가능하다. 그러나 인지혁명 이후 우리 종은 다른 종이 감히 범접할 수조차 없는 규모의 협력적 공동체를 만들 수 있게 되었는데, 이는 보이지 않는 상징과 질서를 말할 수 있는 우리 종만의 추상적 언어능력 덕분에 가능했던 것이다.

동물도 무리를 짓지만 국가나 도시를 만들지는 못한다. 그러나 인간은 피 한 방울 섞이지 않더라도, 멀리 떨어져 살더라도, 함께 일하고 밥을 먹으며 살아갈 수 있다. 다시 말해 국가를 형성하는 능력은 오로지 사피엔스만이 발전시킬 수 있었던 것이다. 국가는 눈에 보이지도, 만질 수도, 먹을 수도, 입을 수도 없지만 강력하게 존재한다. 국가라는 테두리 아래에서 사람들은 수많은 일을 함께하고, 혼자라면 불가능했을 수많은 일을 뚝딱 해치운다. 바로 이것이야말로 우리 종과 다른 종의 운명을 가른 확실한 차이점이었다.

고도의 협력이 낳은 상상의 거인인 국가는 유연하고 민첩하기까지 했다. 상상의 공동체 안에서 한 개체의 지능은 집합지능이었고 조직력은 근력을 앞섰다. 조직은 개인보다 많은 일을 하기 때문에 사피엔스들은 거인의 품안에 있는 것만으로도 주변환경과 사회관계에 관한 더 많은 정보를 실시간으로 갱신할 수 있었으며, 서로 초면인 불특정 다수조차 복잡한 행동을 짜임새 있게 수행할 수 있었다. 그렇기에 네안데르탈인은 사피엔스와의 일대일 대결에서는 승리할지 몰라도 집단 간의 전면전에서는 일방적으로 패배할 수밖에 없었다. 수신호를 통해 돌격과 후퇴 외의 고급 작전은 전혀 구사할 수 없는 네안데르탈인들이 병법을 숙달한 '사피엔스 십자군'의 조직적인 전술을 이길 수는 없는 노릇이었다. 시간이라는 강력한 힘은 경험이 되어 사회적 동물인 사피엔스의 잠재력을 꽃피웠다. 무리생활에서 벗어날 수 없는 네안데르탈인들과 언젠가 도시를 짓고 살 사피엔스 사이의 '종의 전쟁', 그 승패에 시간이 누구의 편을 들었을지는 자명한 일이었을 것이다.

그뿐만 아니라 이 거인은 꽤나 새롭고 유용하기까지 했다. 거인의 존재 덕에 사피엔스는 자신의 유산을 후대에 유전자로 상속하는 것이 아닌 문화로 대물림할 수 있었다. 다른 동물들은 진화라는 자연의 섭리를 따라 수십 대에 걸쳐 임신과 출산을 반복해야 겨우 새로운 정보를 유전자에 기입할 수 있다. 반면 사피엔스들은 '문화'라는 새로운 유전자를 창조해냈다. 자신들이 만든 거인의 뇌에 경험과 지식을 기록해 쌓아두고 후대가 곧바로 학습하면 그만이었다.

성인이 되어 아이를 낳는 데 최소 20년, 다시 그 아이를 사회에서 제구실할 성체로 키우는 데 20년, 도합 40년이 걸린다. 그러나 누군가가 반세기에 걸쳐 쓴 책이라 해도 읽는 데는 1년이면 충분하다. 이렇게 각 개체의 인지 내용은 문화전수라는 유전자의 우회로를 통해 전해져 진화기간을 크게 단축했고, 시시각각 새로운 환경변화에 능동적으로 대처할 수 있는 개선된 방안을 마련해주었다. 사피엔스만이 '시스템'이라는 것을 상상할 수 있었고, 자신을 바꾸는 것보다 시스템을 진화시키는 것이 훨씬 효율적이라는 깨달음을 공유하고 있었던 것이다.

세상을 바라보는 방식을 바꾸는 것, 그것이 야기한 협력 시스템, 강력한 응집력, '문화 유전자'를 통해 인지 내용을 새로이 전수하는 방법에 이르기까지가 바로 사피엔스를 종의 제왕으로 만든 비결인 '인지혁명'의 내용이었다. 인지혁명을 통해 사피엔스만이 유전자와 생물학의 감옥에서 벗어날 수 있었다. 이들만의 판을 짜는 능력은 같은 힘으로 더 거대하거나 혹은 더 섬세한 행위를 할 수 있는 협력체계를 설계하고 정교화하는 방식을 만들어냈다. 이제 호모사피엔스는 생물학적 힘을 사회적 힘으로 전환시키는 역사의 함수를 만들어 자신들의 노력을 축적해나가며 진보할 수 있게 되었던 것이다.

보이지 않는 것을 '믿고' '말하고' '생각하고' '공유'할 수 있는 능력. 이것이 바로 원시의 제왕 사피엔스가 국가문명을 잉태할 수 있었던 비결이었다. 사피엔스는 '인지혁명'을 통해 추상세계를 건설함으로써 비로소 '종교적 존재'로 거듭날 수 있었다. 사피엔스가 상상한 '종교'에는 '국가', '왕', '기독교', '문화' 등의 온갖 사회개념이 있었다. 그들은 현실세계에 가상세계를 덧붙여 '문명'을 건설했다. 사피엔스는 '보이지 않는 세계의 질서'를 통해 '보이는 세계의 무질서'를 정복해나갔던 것이다. 이렇게 믿음의 종족 사피엔스는 마침내 지구를 정복한 선택받은 종이 될 수 있었다.

과학이라는 새로운 종교

유발 하라리의 『사피엔스』는 혁명의 이야기다. 인지혁명은 사피엔스를 종의 제왕에 오르게 만들어 원시 시대의 야만을 끝장내주었다. 농업혁명은 인류에게 떠돌이의 삶을 종결시켜주었다. 그러나 농업혁명이 낳은 경제적 잉여는 날강도 같은 지배 계급을 낳았다. 지배 계급이 농사의 풍요를 모조리 훔쳐감으로써 농업혁명은 오히려 종족 내부의 야만, 즉 불평등한 문명이라는 배반된 혁명으로 끝나고 말았다. 마지막 혁명은 현재 진행 중인 과학혁명이다. 거북이걸음으로 일관했던 과거의 이야기는 생략하고, 곧바로 유발 하라리가 묘사하는 근대 과학의 치세로 넘어가자.

중세만 해도 뒷자리를 맴돌았던 유럽의 제국들은 근대의 바람이 불어오자 인류의 주도권을 둘러싼 우승열패의 게임에서 가장 앞서나갔다. 과학과 자본주의라는 최첨단 엔진을 장착한 유럽 제국주의 국가들은 대양과 대륙을 가리지 않고 폭주했다. 과학은 날카롭게 폭발적이었고, 자본주의는 지치지 않는 식욕으로 스쳐 지나치는 모든 것을 집어삼켰다. 역사상 수많은 제국이 있었지만 유럽의 제국만큼 전 세계를 강력하게 주무른 전례는 없었다. 이 모든 것은 신의 족쇄에서 풀려난 과학과 자본주의에 잠재된 악마적 힘들이 권력과 결탁했기 때문이다. 이처럼 근대는 과학과 정치와 경제의 삼두마차가 무수히 많은 것을 짓밟으며 진보의 트랙을 질주하던 시기였다.

새 생명을 얻은 과학은 종교의 권능을 찬탈했다. 어디서나 과학이라는 수식어는 분야와 영역을 가리지 않고 신뢰와 권위를 실어준다. 카를 마르크스조차 자신의 이론을 '과학적' 사회주의라고 칭하는 것만 봐도 그렇다. 이단재판의 칼날에 숨죽이며 자신을 숨겨야 했던 과학은 숨구멍이 트이자마자 인류에게 대단한 성공을 선물했다. 오늘날 과학의 신성함은 그 넘치는 쓸모 덕에 윤택한 삶을 누리게 된 우리의 만족감이 답례로 부여한 것이었다. 창세기 이래 대부분을 목가적으로 살아왔던 사피엔스는 어느 날 뜨인 이성의 횃불 덕에 자연과 삶과 운명에 불을 지르기 시작했다. 불에 익힌 운명의 선악과는 달콤했다. 점점 더 그것을 탐내고 더 많이 소유하기를 원했다. 과학은 신이 창조한 세상을 너무나도 새롭게 재창조했다. 믿음의 종족 사피엔스는 종교와 적대적인 성격을 갖는 과학조차 새 시대의 새로운 종교처럼 믿게 되고 만 것이다.

과학과 종교의 차이는 진리에 대한 관점 차이에 있다. 종교에서의 진리는 유한하므로 모든 지식은 신의 말씀 안에서 존재한다. 다만 무지한 내가 찾지 못할 뿐이므로 나보다 경전에 해박한 현자를 찾아가 물으면 그만이었다. 만일 책에 없는 내용이라면, 굳이 신께서 전할 필요가 없는 먼지 따위에 불과할 것이므로 그냥 관심을 끄는 게 상책이었다. 그러나 과학은 그렇지 않았다. 호기심 어린 눈을 가진 과학자들은 세상의 모든 것을 처음부터 다시 뜯어보기 시작했다. 궁금한 것투성이였고 모든 것이 의심스러웠다. 무엇이 중요한지 중요하지 않은지조차 알지 못했다. 과학자 집단은 세상이 모르는 것투성이기에 신나는 곳이라는 궤변을 늘어놓기 시작했다. 세상의 수재들이 모여 서로의 무식을 자랑하며 침을 튀겼다.

그러나 이들의 무지는 특별했다. 무지는 무책임함이 아닌 가능성과 동의어였다. 거꾸로 생각하면 우리가 아는 것이 하나도 없기에 알아내는 모든 것이 성과였다. 아는 것이 없다는 말은 앞으로 알아야 할 것이 많다는 말과 같은 의미였다. 과학은 '무한한 가능성'에 뿌리를 내렸다. 역설적으로 집단적 무지를 인정하는 능력이 과학의 연승가도를 다져나갔다. 과학이 물어다주는 지식은 나날이 눈덩이처럼 쌓여 삶을 획기적으로 개선했다. 마르지 않는 과학의 샘물은 어제보다 좋은 오늘, 오늘보다 나은 내일을 적셔주었다. 여기에 수학적 엄밀성으로 개선된 과학적 방법론과 기술개량은 선순환을 더욱 가속시켰다. 과학혁명이 추동하는 경이로움 앞에서 인류가 감히 진보를 믿지 않을 도리가 없게 되었다.

권력은 이 폭발력을 바로 알아보았다. 물론 정치인들은 새로운 지식에 관한 희열보다는 잿밥에 더 관심이 많았다. 미지의 세계에 관해 과학의 동기가 호기심이었다면 정치는 부와 힘을 탐했다. 과학자들이 합류한 신대륙 탐험대를 왕실이 적극적으로 후원했던 것은 그곳 동식물의 생태계가 궁금해서가 아니었다. 그보다는 거기에 아무도 손대지 않은 금덩이가 가득했고, 지정학적으로 매력이 있었으며, 경제적 잠재력이 가득한 신천지였기 때문이다. 과학은 벌이가 좋은 장사였고, 그 자체로 최신식 무기였다. 이처럼 유럽의 정치가 과학을 총애한 데는 이유가 있었다.

그뿐만 아니라 유럽의 과학과 유럽형 제국은 사고방식이 비슷했다. 이전의 제국들은 종교와 마찬가지로 자신만이 완전무결한 세계라고 믿으며, 그 위대함을 과시하는 데 집중했다. 종교는 더는 알려 하지 않았고, 다른 제국들은 일정한 범위에서 확장을 멈춰 명예로운 고립을 택했다. 그러나 유럽의 과학자와 제국주의자들은 자신의 무지를 인정하고, 자신을 미지의 세계로 계속해서 확장하려는 공통점이 있었다. 과학의 인식 밖의 세상에 또 다른 진리가 있다면 제국의 지도 밖 세상에는 또 다른 부가 있었다. 이렇게 보면 과학의 탐구욕과 제국의 정복욕은 사이좋은 이복형제였던 것이다.

여기에 자본이 의욕적으로 가세했다. 자본은 그냥 써버리는 돈이 아니라 성장을 위해 재투자하는 종잣돈이다. 일단 자본가들이 어떻게든 이윤을 남겨 자본주의 연료통에 부으면 자본은 요란하게 원자재와 노동력을 집어삼켜 더 큰 이윤을 쏟아내며 성장한다. 이 과정을 무한히 반복하며 주변의 모든 에너지를 빨아들인 자본이 급속도로 양적 팽창하는 것이 바로 자본주의적 성장방식이다. 자본주의는 과학과 제국의 서로 다른 욕심에 함박웃음을 지었다. 정치권력의 호출, 과학자들의 후원 요구가 빗발친 것도 한몫했지만, 그보다는 미지의 땅이 안겨줄지도 모를 일확천금이 자본가들을 매혹했다. 미개척 식민지는 저렴한 원료와 노동력을 공급해주는 값싼 생산기지였고, 동시에 이를 되팔 독점시장이었다. 자본가들은 무엇에 홀린 듯 위험을 감수하면서 마구 돈 꾸러미를 풀었다.

여기서 잠깐 중요한 등장인물을 간략히 소개하고 넘어가야겠다. 오늘날까지 사람들의 정신세계를 지배하고 있는 자본주의다. 사실 자본주의 또한 종교였다. 정확히 말하자면 시스템이 이데올로기가 되어 종교적 숭배를 받는 것이다. 고대 노예제에서 중세 봉건제로 이어지는 역사 발전 도식이 참이라면 그다음 차례는 '근대 자본제'가 오는 것이 맞다. 자본제는 제도, 즉 시스템이다. 이데올로기가 아니다. 그러나 인류가 그것을 강하게 믿고 따르고 흠모한 나머지 '자본capital'에 '-주의-ism'의 작위를 부여했다. 거기다가 자신의 생활양식을 모조리 자본주의에 맞춰 개조했다. 마침내 현실 인간의 마음과 행동을 포획한 '자본주의capitalism'는 이데올로기로 격상되었던 것이다. 이렇게 보면 이데올로기 또한 '근대 종교'라고 말한 유발 하라리의 지적은 꽤나 설득력이 있다.

다시 과학과 권력과 자본의 결탁으로 돌아가보자. 인간은 돈을 믿었고, 돈은 인간을 결속시키는 또 다른 종교였다. 돈의 종교 자본주의는 금융이라는 사도를 통해 세상을 더욱 긴밀하게 연결시켰다. 때마침 성장하는 과학과 제국의 협업에 자본의 공격적인 투자가 가능했던 것은 금융 시스템이 출현했기 때문이다. 이 시대의 사피엔스는 돈의 미래가치를 활용하는 방법을 터득했다. 돈이라는 것도 결국 종이뭉치나 고철덩이에 불과한 것에 국가와 사회와 사람의 '믿음'이 보태져 만들어진 것이다.

'신용'만 굳건하다면 사람들은 한꺼번에 은행에서 돈을 꺼내지 않을 것이고, 그 시간에 여러 사람이 보관해둔 잠든 뭉칫돈을 이곳저곳에 투자해 이윤을 창출할 수 있다. 제때 수익을 낼 수만 있다면 서로 다른 날 조금씩 찾아오는 예금주들의 인출 요구는 별문제가 되지 않는다. 은행 금고는 돈에 시간을 붙여 살찌우는 사육사였으며, 동시에 능력은 있으나 자본이 없는 사람들과 그 반대의 경우를 재빨리 연결해주는 솜씨 좋은 중매인이었다. 금융은 자신이 필요한 빈 곳마다 가득가득 돈을 부어 산업을 길러냈고, 당장 내일의 자금융통을 걱정해 사그라지는 야심가들의 불씨를 되살려냈다.

이렇듯 과학과 자본과 정치의 삼두마차는 발전을 거듭해 수천 마력馬力의 힘을 내는 산업의 기관차로 탈바꿈했다. 산업열차는 지구상의 에너지란 에너지는 모조리 빨아들여 거침없이 전진했다. 제국주의자들은 이 기관차를 난폭하게 몰았고, 납치당한 승객들은 큰 공황과 두 차례의 세계대전, 공산주의라는 이교도들의 도전이라는 대형 교통사고에서 거의 죽다 살아났다. 그러나 말도 많고 탈도 많았던 과속운전은 오늘날에도 현대경제로 사피엔스들을 인도하며 질주를 계속하고 있다. 마침내 호모사피엔스는 역사상 처음으로 영아사망과 절대빈곤의 위험에 대한 면역력을 갖추게 되었다. 첨단문명과 물질적 풍요의 부분적 혜택이었다.

유발 하라리는 사피엔스를 둘러싼 자연과 사회에 세워둔 질서를 탐구하기 위해 투어버스를 거침없이 몰았다. 그러다 문득 한 가지 의문에 사로잡힌 그는 버스를 세운다. 그렇게 발전된 세상에서 왜 우리의 행복은 여전히 제자리걸음일까? 유발 하라리는 버스에서 내려 다시 걷기 시작한다. 우리는 그의 뒷모습을 따라 걸으며 현대의 소요학파가 된 듯한 기분을 만끽한다. 그리고 사색에 잠긴다. 인간의 행복의 내용과 그것의 내면조건은 무엇일까. 아마도 우리 여행지의 종착역은 '행복'이라는 신흥종교가 되지 않을까.

배부른 소크라테스는 행복할까?

산업혁명은 전통적인 삶의 방식을 허락하지 않았다. 그것은 너무 느렸고 거추장스러웠다. 자연을 기다려줄 인내심은 메말랐으며 무한한 욕망은 멈출 줄 모르고 분출되었다. 아무래도 산업의 하이템포에 보조를 맞추려면 더 바삐 뛰어야 했다. 사피엔스들은 눈에 핏발이 선 채 밤낮으로 자연을 부추기고 보채고 윽박질렀으며, 이왕이면 빠르게 더 많이 뽑아내려 들었다.

　사회구조와 인간관계 모두가 공장형 시스템으로 다시 짜여야 했다. 산업열차의 운행시간은 표준시간대를 접수했고, 공장의 시간표는 그대로 학교의 시간표로 옮아갔다. 소와 돼지는 공장식 축산이라는 투명한 컨베이어벨트 위에서 급하게 먹고 재빨리 도축되었다. 산업혁명은 어떤 정치권력에도 직접 도전한 적은 없지만, 낡은 삶과 사고방식을 송두리째 전복했기에 혁명이었다.

　산업의 톱니바퀴는 공동체와 가족부터 재빠르게 갈아버렸는데, 수렵 시절부터 내려온 무리본능이 산업의 단위로는 너무 덩치가 컸기 때문이다. 시스템의 부품은 아무래도 작고 균일해야 했다. '개인'은 자신의 출신성분을 낡은 전통과 구시대적 악습의 해방자라며 의기양양하게 자랑했지만, 실상은 산업을 지휘하는 국가와 시장의 요구에 부응한 지적 창작물이기도 했다.

개인의 발명은 자유와 문명의 보급에 많은 이점을 가져다주었으나, 동시에 가족과 공동체가 제공하는 안락한 품을 흩어놓았다. 물론 진보의 격랑 속에서 물질적으로 크게 성공한 국가와 시장이 고독한 개인의 삶을 상당 부분 챙겨주고 있지만, 세상에는 돈으로 살 수 없고 힘으로 해결할 수 없는 것들이 있는데, 대표적인 것이 바로 가족의 손길과 정다움이었다.

이렇듯 현대인은 더 잘 먹고 더 잘 살았지만, 더 외롭고 더 불안했다. 무리동물로서의 본능과 문명인으로서의 풍요가 상쇄되어 행복지수가 전혀 오르지 않았던 탓이다. 경제학자들은 대개 행복이 물질적 욕망 충족이라고 생각한다. 그러나 철학자들은 인간의 예민하고 섬세한 감수성은 동물적 쾌락만으로는 충족될 수 없다고 본다. 다른 사람과 좋은 관계를 맺고 정서적으로 안정되어 있다는 자신만의 주관적 인식이 더 중요하다는 것이다. 여하간 전통적으로 깔려 있던 행복론은 쾌락 충족과 정서적 느낌 사이의 양자택일에 관한 논쟁이었다. 동시에 행복의 총량은 계속 커질 수 있다는 믿음을 내포하는 것이기도 했다.

그러나 여기서 생물학이 반기를 든다. 생물학의 현미경은 행복 또한 일종의 호르몬 분비에 따른 반응으로 본다. 아무리 인간이 호르몬의 작용을 의식적으로 거부하려 들어도 호르몬의 지배에서 완전히 자유로운 인간은 없기 때문이다. 종교와 이념이 잠깐은 우리를 속일 수 있을지는 몰라도, 우리의 생화학적 호르몬 체계 자체를 바꾸지는 못한다. 따라서 행복은 상황에 따라 일시적으로 오르내릴 수는 있어도 사람마다 일정한 수준에서 머물려는 경향이 있다는 것이다. 자연은 우리 선대에게 행복조절장치를 탑재해 감정의 댐이 넘치거나 메마르지 않도록 진화를 명했는데, 이는 먼 옛날부터 희로애락을 금방 잊고 평상심을 유지하는 것이 생존에 훨씬 유리했기 때문이다.

그렇기에 체온과 심박 수가 그렇듯이 기쁨도 노여움도 언제 그랬느냐는 듯 도돌이표처럼 귀소본능에 이끌려 평온함을 향해 돌아갈 것이다. 만약 조절장치의 오작동 때문에 조증과 울증을 앓는 환자들의 파괴된 일상을 직접 본다면 이것이 얼마나 타당한 주장인지는 더욱 분명해진다.

결론적으로 아무도 정답을 모른다. 만일 행복이 육체의 쾌락이라면 세상은 약물 중독자의 천국일 테고, 정신의 해탈이라면 종교인의 전유물이지는 않을까? 과연 행복은 '배부른' 소크라테스가 만들어가는 것일까, 세상의 발전과 반비례하는 것일까? 제 분수를 아는 호르몬의 명령에 불과한 것일까? '행복의 일상성'으로 말미암아 영원한 행복도 영원한 불행도 없다면 행복을 위한 삶의 노력과 시도는 다 무의미한 것일까? 그것도 아니라면 여느 불교도들의 무집착 상태일까? 사피엔스는 기술발전에는 능했어도 행복의 문제에 있어서만큼은 늘 헤맸다. 우리는 행복을 잃었다고 말하지만, 정확히 말하면 사실 행복이 무엇인지 아직 감조차 잡지 못한 것이다.

이렇듯 유발 하라리가 제시하는 현대인의 마지막 종교는 '행복'

이었다. 누구나 행복을 믿지만 아무도 행복을 모른다. 원래 사람은 모르는 것에 더 강하게 끌리곤 한다. 이 글을 쓰고 있는 나 역시도 '행복교'의 독실한 신도다. 그러나 나는 '행복' 하면 기쁨보다는 얼떨떨한 기분에 먼저 휩싸인다. 나는 행복을 모른다. 그러나 문득 이런 생각이 떠오른다. 어쩌면 행복에 있어 내용은 그다지 중요하지 않을지도 모른다. 행복이라는 단어 그 자체를 강하게 믿고 있는 그 느낌이 좋은 것일지도 모르겠다.

어쩌면 마지막으로 평등했던 사피엔스

부상하는 신흥종교가 있다면 몰락하는 구교가 있기 마련이다. 구교의 이름은 '죽음'이며, 몰락하는 것은 '죽음에 관한 보편적 믿음'이다. 죽음은 저승사자, 사신死神, 악령 따위의 얼굴을 하고 인간을 공포에 떨게 만들었다. 죽음 앞에서 인간은 대체로 겸손했으나, 가끔은 죽음에 맞서고자 야심차지만 헛된 노력을 반복한 바 있다.

일찍이 중국의 진시황은 영원불사의 불로초를 찾으려 했다. 춘추전국 시대의 대분열을 종식한 그 또한 늙고 죽는 게 두려웠다. 광활한 대륙의 권력을 모조리 동원했지만, 세상에 그런 건 없었다. 발아래에 천하를 두고 호령했던 황제도 하찮은 사기꾼에 속아 수은중독으로 겨우 반백년 살다 가버렸다. 오늘날 족히 100년은 사는 평범한 사피엔스의 반절도 못 살고 떠난 것이다. 죽음을 피하려다 오히려 죽음을 재촉한 그의 말로는 두고두고 조롱거리가 되었지만, 그의 환상은 동서고금에 회자되어 여전히 살아 있다. 무병장수를 넘어 불사의 몸을 갖고 싶다는 욕망은 우리가 손에 쥔 최첨단과학에 그 염원을 고스란히 전했기 때문이다.

21세기를 사는 우리는 그때의 시황제보다 거의 모든 면에서 개선된 삶을 살고 있다. 하지만 그런 사피엔스에게도 거역할 수 없는 억겁의 시간이 찾아와 생물학적 사형선고를 내릴 것이며, 결국 자연의 순리대로 무력하게 이 세상을 떠날 것이다. 그러나 첨단과학을 제대로 맛본 사피엔스 세계의 수많은 소小황제가 진시황의 유지를 받들어 자연의 철칙을 깨부수려 하고 있다. 이들에게 거액의 투자를 받은 유전공학자들은 아예 불사의 몸을 향한 인간개조를 목표로 '현대판 불로초 프로젝트'를 추진하고 있다. 벌써 세 가지 길이나 찾아냈다.

첫째는 생물학적 신체를 무한히 교체하거나 강화하는 것이고, 그다음은 기계와 신체를 결합하는 것이며, 마지막은 두뇌를 독립시켜 인간의 로봇 분신을 만드는 것이다. 그들의 그림에는 죽지 않는 줄기세포를 이식한 사피엔스가 최첨단 나노철갑을 껴입고, 알파고를 부하 삼아 데리고 다니는 미래상이 그려져 있다.

어찌 되었든 이 프로젝트가 성공한다면 사피엔스는 정말 영생을 얻게 될지도 모른다. 만약 그렇게 된다면 인간은 결국 늙어 병약해진다는 전제에서 출발한 모든 사회정치적 제도와 사고방식부터 전부 뜯어고쳐야 한다. 앞으로의 인간은 세대 구분도, 성별에 다른 신체 능력의 차이도 무의미해질 것이기 때문이다. 노인도 청년 못지않게 일할 수 있으며, 기계 팔을 장착한 여성의 가느다란 팔은 보디빌더 남성의 다부진 팔뚝보다 강할 테니까. 적어도 신체에 있어서 장애인의 개념은 사라질 것이다. 신체 능력의 차이가 무의미해진다면 이것이 정당화했던 모든 역할 구분 역시 무용해질 것이다. 최첨단기술로 중무장한 사피엔스는 지금과는 너무도 다른 상식으로 살아갈 것이다.

하지만 영생에는 아주 심각한 문제가 있는데, 그것은 바로 불평등이다. 불현듯 찾아오는 죽음은 빈부와 성별과 노소를 가리지 않는다. 누구나 언젠가 결국 죽기 마련이다. 그것이야말로 죽음이 인간 세계에서 평등을 구현하는 방식이자 자연이 죽음에 부여한 보편적 의미였다. 그러나 사피엔스의 불사는 죽음의 평등성에 치명타를 가할 것이다. 불로장생은 빈부와 직결될 가능성이 대단히 크기에 빈부의 차는 곧 유전자의 차이로, 나아가 생물학적 종이 달라지는 결과로 이어질 것이다. 오직 부유한 사피엔스만이 유전공학을 통해 다른 종으로 다시 태어날 수 있다.

이뿐만이 아니다. 부모가 아이의 유전자를 디자인해 돈으로 맞춤형 아기를 구매하는 시대가 온다면 이것은 정말 심각한 문제다.[7] 역사상 계급이 다른 적은 있어도 종이 다른 적은 없었기 때문이다. 종이 달라진 미래에 과연 서로가 몸과 마음을 나눌 수 있을까? 혹 사피엔스와 네안데르탈인의 비극적인 만남이 재현되는 것은 아닐까? 이 모두가 평등을 지키던 최후의 보루, 죽음의 훼손으로 예견된 일들이다.

나는 이 대목을 근심 어린 눈으로 써내려갔을 유발 하라리의 표정을 떠올린다. 그와 함께한 여행의 막바지에 도달했다. 그러나 행복이 쓰여 있을 줄 알았던 여행의 종착역에는 다가올 '종의 불행'만이 적혀 있었다. 언젠가 나도 죽고 그도 죽을 것이다. 태어나는 데는 순서가 있지만 가는 데는 순서가 없다. 글을 시작할 때는 그렇게 믿었다. 그러나 지금은 혼란스럽다. 미래에는 영영 가지 않는 사람이 나타날지도 모르기 때문이다.

죽음은 삶에 의미를 부여해준다. 삶은 유한하기 때문이다. 사람은 부재 앞에서 존재를 인식한다. 자유의 소중함은 억압 앞에서 선명해지고 음식의 귀중함은 허기에서 알 수 있듯이 삶의 선명함도 죽음이 긋는 소멸의 테두리 앞에서 또렷해진다. 미래의 관점에서 죽음은 삶의 결핍이다. 그러나 현재의 눈으로 보면 죽음은 삶에 충만함을 채워준다. 한계가 있어야 넘침과 부족함을 알 수 있다.

인류에게 죽음은 막연한 공포였다. 종교는 피조물인 인간이 창조주인 신을 믿는 행위다. 신은 생사여탈의 전능함을 통해 인간을 지배했다. 그러나 인류의 일부는 인간임을 포기하고 곧 과학을 입고 제국에 살며 자본을 먹어 신이 될 것이다. 죽음을 손아귀에 쥔 신은 더는 두려울 것이 없을 것이다. 그러나 신이 된 인간은 전능을 얻을수록 행복에 무감각한 불감증에 빠지고 말 것이다. 행복의 총량이 늘어나더라도 행복을 지각할 수 있는 수용량에는 한계가 있기 때문이다.

그렇게 된다면 신이 된 인간은 여전히 행복을 찾아 헤매다 '권태'라는 새로운 주적에 당황해 죽음이라는 이단에 자신을 내맡겨버릴지도 모른다. 그렇게 내몰려서 선택한 죽음은 존엄한 죽음도 영원한 불멸도 아닐 것이다. 강력한 힘을 가져 누구도 시간이 죽이지 못한다면 생을 다하는 방법은 자살밖에 남지 않는다. '전능한 존재의 죽음은 자살의 결과다'라는 명제가 참이 되는 세상은 지옥에 가깝지 않을까? 행복을 찾기 위해 죽음을 선택해야만 하는 상황은 꼭 병 치료를 끝내고자 죽음을 선택하려는 난치병 환자의 비릿한 말로를 보는 것만 같다.

○●○●○

숨을 헐떡이는 사피엔스는 이제 막 전환 시대의 기로에 멈춰 섰다. 아직 호모사피엔스의 일대기는 미완의 역사다. 지구상에 단 하나의 호모사피엔스가 존재하는 한 이들의 역사는 계속될 것이기 때문이다. 나는 스스로가 불완전했기에 함께할 수 있는 것들을 만들어냈던 우리 종의 역사가 자랑스럽다. 이뿐만 아니라 고비마다 다음 시대를 건설하고 그럭저럭 넉넉한 세상을 후대에 물려주려 했던 조상 사피엔스들의 노고와 지혜에 경이로움을 느낀다. 우리가 살고 있는 지금의 모든 것에는 종의 기원부터 축적된 무수한 인생과 희생이 녹아 있는 것이니까.

그렇게 보면 나는 꽤 많은 혜택을 받은 것일지도 모른다는 생각이 든다. 미래에 정말 평등이 '멸종 고위험군 희귀종'에서 결국 사망해버린다면 수십만 년 동안 이 땅에 나고 죽었던 사피엔스들 중에서 나는 평등의 보편적 존재를 관찰하고 최후의 평등을 흠모했던 몇 안 되는 행운아인 셈이다. 행운이 행복과 동의어인지는 모르겠지만, 이만하면 개중에 꽤나 행복한 사피엔스인 것은 아닐까? 그렇게 생각하면 우리 시대의 행복이 무엇인지 전부 밝히지는 못했어도 나는 이 책에서 적어도 부분집합은 찾은 것 같다. 평등의 냄새는 강렬했다고.

그러나 동시에 나는 미래의 어느 날 우리 종의 역사가 완성될 것을 걱정한다. 인류를 지구의 제왕으로 만든 힘은 공통된 믿음을 갖는 능력이었다. 그러나 이번에는 과학기술의 진보라는 양날의 칼이 종의 집단자살을 이끌게 될지도 모른다. '죽음의 평등'에 대한 사피엔스들의 자연스러운 공통의 관념이 무너진다면 새로이 자연도태를 넘어서 '인공도태'의 시대가 찾아올지도 모른다. 도태의 돋보기는 적자생존의 빛을 모아 열등한 개체를 아이 손에 붙잡힌 개미처럼 장난삼아 태워버릴 것이다. 그 결과 가난하고 열등한 호모사피엔스는 시간의 저주를 받아 소멸하고, 불로불사의 신이 되어버린 인류 '호모데우스'는 시간의 면역을 얻어 무탈하게 불멸할 것이다. 새로운 역사는 그것을 사피엔스 시대의 완성 혹은 종결이라고 부르리라.

그래서 나는 우리 종이 역사의 뒤안길로 사라진다면 차라리 운석에 얻어맞는 불운이라거나 대홍수를 탈출할 마지막 방주가 신의 노여움으로 불타버렸거나 하는 따위의 이유가 붙었으면 좋겠다. 지나친 성공과 창달로 부와 힘을 거머쥔 소수가 완전히 다른 종이 됨으로써 나머지 열등한 개체를 모조리 멸종으로 몰아

넣는 상황보다는 도리어 불가항력적인 운명을 믿는 편이 낫다. 그렇기에 나는 간절히 사피엔스의 역사가 끝나지 않기를 소망하는 것이며, 차라리 자연이 우리를 원치 않았기에 혹은 신의 심판에 따라 예정된 종적 사망을 강요당한 것이 낫다고 강변하는 것이다. 스스로를 '지혜로운 인간'으로 부르던 이들이 자신의 지혜로 말미암아 동종의 절명을 이끌어냈다면 이것은 희극일까, 비극일까? 나는 피처럼 붉은 종이에 멋들어진 필체로 적힌 글귀에서 최후의 사피엔스가 남길 유언을 떠올렸다.

"From one Sapiens to another."

2부

–

권력의

온도

5장

무엇이 진보를
가로막는가

재레드 다이아몬드, 『총, 균, 쇠』

"

문명의 역사는 운명에 대한 생각을 낳는
다. 운명은 주로 강요되는 것이지만, 때로
는 선택의 기회를 주기도 한다. 강요된 운
명에 좌절하더라도 선택할 수 있는 운명
에는 능히 대처하기 위해 우리는 생각을
멈춰서는 안 된다. 대체로 사람은 주어진
환경대로 생각하지만, 생각은 그 환경을
넘어설 수 있다. 여전히 히말라야는 높고
태평양은 넓지만, 그것에 다가서는 인간
의 생각은 늘 성장할 수 있다.

"

유전적 평등함과 지리적 불평등

도널드 트럼프의 깜짝 당선이 중요한 것이 아니다. 그가 불러일으킨 바람의 내용이 중요하다. 그는 타고난 장사꾼이다. 태생적으로 백인 우월주의자인 것인지, 그렇지 않다면 선거전략의 일환이었는지, 그 모두였는지, 여하간 그는 화려한 언변과 쇼맨십으로 인종적 편견을 효과적으로 자극했다. 가난한 백인들의 열광 속에 마침내 그는 초강대국의 대통령이 되었다. 확실한 것은 선거기간에 미국 정치판에서 가장 잘 팔리는 아이템 중 하나가 바로 '인종주의'였다는 사실이다.

미국은 이민자들이 세운 나라다. 혹독한 내전을 치르면서까지 노예제를 철폐했다. 불과 얼마 전까지만 해도 흑인 대통령이, 그것도 재선씩이나 했다. 마치 미국은 잠시나마 인종의 용광로에 자유와 인권의 정신을 녹여 세운 나라처럼 보였다. 그러나 칭찬과 희망의 유통기한은 늘 짧을 수밖에 없는 것일까? 최근 이 나라는 또다시 인디언의 무덤 위에서 흑인을 노예 삼던 '차별의 제국'이라는 구김살을 다시 보여주려는 모양이다. 대선기간에 트럼프가 내세웠던 슬로건은 "Make America Great Again"이었다. 차별을 토대로 쌓는 위대함이라니 이런 모순이 또 있을까?

제2차 세계대전, 나치 독일은 아리안족의 우수성을 수호한다는 명목으로 '더러운' 유대인들을 가스실에 몰아넣고 도륙했다. 같은 시기에 동양의 어느 섬나라 민족은 스스로를 아시아 인종을 넘어서 유럽인으로 탈바꿈했다는 괴기한 주장을 펼쳤다. 소위 '탈아입구脫亞入歐'를 내면화한 그들은 '아시아의 문명 유럽인'으로서 서구 제국주의의 침탈로부터 열등한 아시아 민족을 보호하는 것이야말로 일본 민족의 사명이며, 이들을 식민지로 삼아 대동아공영권에 편입시키는 것은 열등한 아시아 민족을 보호할 정당하면서도 가장 효과적인 조치라고 주장했다.

제국주의 시대, 유럽의 선교사들은 한 손에는 성경을, 다른 손에는 총칼을 차고 아프리카 대륙으로 건너갔다. 신학자들은 아프리카인을 '함의 자손'이라고 주장했다. 함은 그 아버지 노아로부터 "네 자손들은 종들의 노예가 되리라"는 저주를 받았으며(창세기 9:25-26), 이 저주의 신탁을 통해 아프리카인이 노예로 사는 것은 당연하다는 주장이다. 이렇듯 '선택받은' 백인은 그렇지 못한 흑인을 불결하고 미개한 존재로 몰아세웠다. 선교사들은 군대와 상인을 이끌고 몰려와 검은 대륙의 '저주받은' 사람들을 마구잡이로 노예선에 태웠다. 흑인은 복음전파에서 제외된 존재로 간주되었으므로 비인격적인 지배에 그 어떠한 죄책감도 따르지 않았다. 다만 오로지 '신의 뜻'을 성실히 이행한 것일 뿐이었다.

광기의 시대, 인종은 힘이 셌다. 지배와 정복과 착취와 수탈의 근거는 오로지 유전적 열등함이었다. 사람에게는 높낮이가 있다. 너희가 열등하게 태어났기 때문에 열등하게 살아가는 것이다. 미개한 유전자가 열등한 삶을 만든다. 우월한 유전자는 우월한 문명의 근거가 된다. 비참하고 미개한 삶은 그렇게 태어난 자들의 숙명이며, 이를 구원하는 것은 선택받은 자들의 우월함이다. 따라서 문명사회는 원시사회를 강제로라도 개화시킬 책임이 있다. 그것이 신이 백인을 창조한 뜻이며, 인간으로서의 도리라는 것이다. 원주민들은 땡볕의 농장과 분진과 매연으로 얼룩진 공장에서 절대로 착취당하는 것이 아니다. 다만 문명화 과정의 비용을 노동으로 지불해 백인에게 은혜를 갚는 것이다. 한국뿐만 아니라 '식민지 근대화론' 유의 주장은 여기저기에서 유행하고 있었다.

식민지의 후유증은 물적 가난에만 있는 것이 아니다. 지배의 핵심은 물리적 구타보다는 심리적 열패감을 주입하는 것이다. 몸의 상처는 금방 아물지만, 오래 남는 것은 항상 마음의 상처다. 겉으로는 가해의 역사에 분개하고 반발심이 일어나면서도 내심 '우리가 못났기 때문에 지배당했으며, 실제로 우리는 지금도 못 살고 못 배운 채 이 모양, 이 꼴로 살고 있다. 그것은 명백한 사실이지 않은가'라는 의심이 피어난다. 볼모로 잡힌 정신은 쉽게 사람을 놓아주지 않으며, 천천히 시간을 두고 자연스럽게 패배주의에 무릎 꿇게 만든다.

의심은 항상 원인과 결과를 뒤바꾸고 흡족한 증거를 찾을 때까지 사람의 기를 죽여놓는다. 일인당 GDP가 3만 달러가 넘은 지금의 대한민국에서도 조선이 왜 자주 근대화에 실패했는지 혹은 그럴 역량이 있었는지 없었는지에 관해서 논란이 일고 있으니 말이다. 역사학자나 정치학자들은 우리의 역사도 독자적인 근

대화의 길을 걸었는지를 가지고 '자본주의 맹아론'이나 '시민혁
명'의 역사를 발굴하려고 애쓰고 있다. 식민지 기간보다 오래 남
는 심리적 후유증, 그 열패감. 그렇기에 이 세계에 '착한 식민지'
따위는 없는 것이다.

　마찬가지로 태평양 남서부의 섬나라 뉴기니에서도 같은 고민
이 있었나 보다. 그곳의 카리스마형 정치가 얄리 또한 조국의 역
사와 미래를 생각하다가 그런 의문에 봉착했던 모양이다. 그는
똑똑한 자신의 백인 친구 재레드 다이아몬드 박사에게 자신의
심리적 의심을 극복하기 위해 아래와 같은 질문을 던졌다. 비슷
한 역사의 상처가 있는 곳에는 비슷한 고민이 피어나는 듯하다.

　당신네 백인들은 그렇게 많은 화물을 발전시켜 뉴기니까지 가져왔
　는데 어째서 우리 흑인들은 그런 화물들을 만들지 못한 겁니까?

　이 질문은 주어와 서술어가 각각 두 개씩 있는 두 줄짜리 문
장이지만, 박사가 간단명료하게 답할 수 없는 질문이었다. 문명과
인종 사이의 방정식은 손쉬운 해답이 아닌 만큼 그렇게 만든 원
리를 요구한다. 박사는 친구에게 편지도 통화도 아닌 『총, 균, 쇠』
라는 책으로 답을 해주었다. 그는 이 책에 DNA에서부터 출발하
는 우승열패 법칙의 오류, 제국주의적 사고에 대한 반성, 친구에
대한 진심 어린 우정을 정성스럽게 눌러 담았다. 특히나 그는 비
뚤어진 우생학이 '과학의 탈'을 쓰고 인간의 역사를 오염시키는
것을 철저하게 논박하고자 했다. 그는 자신의 반론 역시 다른 종

류의 편견이 아님을 보여주고자 역사학과 생태학, 병리학, 지리학과 언어학을 포괄하는 세련되고 과학적인 분석기법을 선보였다. 자신의 결론을 뒷받침하기 위해 그는 선사 시대와 현재를 넘나들었고, 지리적으로는 오대양 육대주를 아우르며 증거를 수집했다. 쏟아지는 증거와 정황은 그의 말이 옳았음을 증명했다. 그렇게 치열한 문제의식과 그에 못지않은 증명과정을 거쳐 탄생한 우리 시대의 '고쳐 쓴 인류 문명서'가 바로 『총, 균, 쇠』다.

나는 다이아몬드 교수의 수고로움을 마다하지 않는 학문적 열정, 신념을 입증하려는 근기, 분야를 가리지 않되 항상 객관성을 담보하고자 하는 과학적 태도, 그것을 다시 편견 극복에 활용하려는 순수한 문제의식이 두루 마음에 들었다. 하지만 이 책 자체는 고루하고 재미없는 학술서적이다. 이 책은 인류학에 관한 특별한 호기심과 엄청난 두께에 굴하지 않을 자신감이 없고서야 우리 같은 보통사람이 가볍게 읽기에는 처음부터 끝까지 일관되게 지루한 책이다. 아마도 대부분 책장에 고이 잠들어 있거나 읽다가 누군가를 잠재우는 베개 용도로 쓰였을 것이다.

그러나 뭐가 특별한지 모를 증거들이 풍기는 따분함을 다소 긴 호흡으로 꾹 참고 곱씹노라면 한약처럼 본맛이 우러나온다. 달이는 정성이 중요한 한약처럼 한마디를 증명하기 위해 쓰인 이 두꺼운 책에 분량만큼의 진심이 담겨 있기 때문이리라. 여하튼 박사의 대답은 간명하다. "각 나라와 민족에게 닥친 운명은 유전자의 우열에서 비롯된 것이 아니다." 타고난 지리적 조건은 인간 집단의 발전 규모와 가속도를 결정하기 때문에 유전적으로 평등한 인간집단들은 타고난 지리적 조건의 불평등 탓에 이렇게나 다른 발전경로를 걷게 되었다는 것이다.

가끔은 환경이 너무나 많은 것을 결정한다

언제 어디서나 잘 먹는 것은 중요하다. 잘 먹는다고 다 잘 사는 것은 아니지만, 잘 살려면 일단은 잘 먹어야 한다. 문명발전에 있어 충분한 식량 생산은 아주 중요한 토대가 된다. 식량 생산의 증가는 인구증가를 낳고, 불어난 인구는 그 자체로 큰 노동력이자 군사력이 되기 때문이다. 생존과 확장에 있어 잘 먹는 사람들이 군집한 큰 규모의 사회가 제대로 못 먹어 왜소한 사람들의 사회에 비해 크게 유리한 것은 자명하다. 하지만 이를 위해서는 중요한 초기 조건이 있다. 먼저 단위면적당 생산량이 큰 농업경제가 들어서기에 유리한 입지여야 한다. 수확에 유리한 작물화된 곡류가 있어야 하고, 농업 생산력을 배가시켜주는 가축들이 존재해야 한다. 그래야만 수렵·채집경제를 압도하는 농업경제를 가질 수 있다. 그러나 이 초기 조건들은 오늘날의 석유 분포처럼 지리적으로 매우 불균등했다.

유라시아 대륙에는 농업에 유리한 곡류의 종자가 풍부했다. 인간보다 몇 배나 근력이 센 동시에 그 자신이 중요한 단백질 공급원이 되는 가축 역시 다양했다. 유라시아 대륙에는 쟁기를 끌어줄 소와 말이 있었다. 돼지도 잘 자랐다. 그러나 아프리카와 아메리카는 그렇지 못했다. 식량이 될 가능성이 있는 곡류는 극히 드물었다. 그 땅의 야생동물들은 가축화에 부적합했다. 사람들은 피치 못해 오직 근력에만 매달려 농사를 지었다. 신화 속 아테네의 영웅 테세우스는 황소 괴물 미노타우로스를 능히 무찔렀으나 현실 속 사람의 곡괭이는 밭가는 황소의 쟁기질을 당해낼 수 없는 법이다.

또한 한반도의 남해안에서는 멧돼지가 섬과 섬 사이를 헤엄쳐서 넘었다는 소식은 종종 들려오지만, 대서양을 건넜다는 황소 이야기는 들어본 적이 없다. 민들레 홀씨가 태풍을 탄다고 한들 태평양을 날아갈 수는 없다. 그것은 볍씨도 마찬가지다. 이렇듯 사하라 사막과 태평양이라는 거대한 자연장벽은 유라시아의 가축과 곡류가 다른 대륙으로 전파되는 것을 차단했으며, 사하라 사막의 모진 기후는 설사 작물과 가축이 넘어왔더라도 자라기에 부적합했다. 그뿐만 아니라 다양한 가축과 정착해서 한데 어우러져 살았던 유라시아 사람들은 병원균에 관한 신체의 면역력을 충분히 높일 수 있었다. 여러모로 가축은 맛 좋은 고기, 농사와 운송의 수단, 전쟁의 무기, 예방접종 백신 등 쉬이 누릴 수 없는 큰 혜택이었던 셈이다.

더군다나 유라시아 대륙은 동서로 긴 가로축이다. 이는 같은 기온을 갖는 동일 위도에 대륙이 넓게 퍼져 있음을 뜻한다. 기온은 식물의 생장과 가축의 번식에 대단히 큰 영향을 미친다는 점에서 유라시아는 생산력 확산조건에 부합하는 지리적 이점을 지니고 있었다. 반면 아메리카 대륙과 아프리카 대륙은 남북으로

긴 세로축을 가진 탓에 그렇지 못했다. 농작물이 추위를 잘 탄다. 유럽의 밀은 중국에서도 자랄 수 있지만, 한국의 벼는 알래스카의 눈보라를 뚫고 북상할 수 없다. 이렇듯 위도 차이가 낳는 온도 차는 농업의 전파를 어렵게 만들었다.

거인국과 소인국의 첫 만남

예나 지금이나 사람은 안정적인 환경에서 아이를 낳고자 한다. 그것은 철저한 동물의 본능이며, 아늑하고 푹신한 곳에 숨어 새끼를 낳는 길고양이들과 우리가 닮은 점이기도 하다. 농사를 짓는다는 것은 논밭 근처에 집 짓고 한곳에 정착해 오래오래 살아간다는 뜻이다. 별탈이 없다면 집 마당에는 가축이 살 축사를 짓고 그곳을 지킬 야무진 개 한 마리를 키우며 일가족이 대대손손 한 마을, 한 집에서 살아간다. 이것은 사냥터를 전전하던 시절에는 상상할 수 없는 그림이다. 갓난아이를 품에 안고 사슴과 토끼를 쫓을 수는 없으며, 밥 먹듯이 이사를 반복하면서 애를 키울 수는 없기 때문이다. 내일 사냥감이 없어 굶을지도 모르는 상황에서 임신과 육아는 엄청난 부담을 초래한다.

그러나 농경·정주생활은 비교적 안정적이다. 아이를 돌보기에도, 일을 하는 데도 안성맞춤이다. 또한 묵은쌀이 햅쌀에 비해 맛은 없어도 곡물은 오래 보관하고 저장할 수 있는 장점이 있다. 채집과 사냥으로 얻은 과일과 고기가 금방 상해버리는 것과는 대조적이다. 이렇게 농사꾼들은 사냥꾼들보다 안정적으로 밥을 얻고, 식량의 저장으로 미래를 계획할 시간을 번다. 경제적으로나 시간적으로나 아이를 가질 여유가 생기는 것이다.

이렇듯 농업의 발달에 따른 생산력의 증가와 정주생활은 덩달아 인구증가로 이어졌다. 사람이 많으면 그 안에 천재도 많은 법이기에 자연히 기술향상의 가능성도 덩달아 커졌다. 또 식량 생산과 대규모 인구는 발전된 정치 시스템의 필요로 이어졌다. 그뿐만 아니라 남는 식량이 있다는 사실은 한 사회의 누군가는 농사를 짓지 않고 다른 직업에 종사해도 된다는 것을 뜻한다. 어떤 이가 고랑을 일굴 때 다른 이는 문장과 그림의 문화를 일구고, 또 다른 누군가는 기술을 연마하더라도 밥벌이가 가능한 경제가 꾸려졌다. 식량 생산이 문명건설의 전반적인 확률과 속도를 크게 높인 촉매가 되었던 것이다.

쌀과 가축, 총과 균과 쇠의 차등적인 분배는 '고등'문명과 '원시'문명 간의 불균등한 격차를 낳았다. 마치 『걸리버 여행기』의 거인국과 소인국을 연상시키듯 말이다. 거인국 구대륙과 왜소한 신대륙의 첫 접촉이 참혹한 결과를 낳았던 것은 어쩌면 당연한 일일지도 모른다. 스페인의 정복자 피사로는 너무나 손쉽게 잉카제국의 황제 아타우알파를 인질로 사로잡았다. 200명도 안 되는 스페인의 철갑부대가 8만 명의 잉카 군대를 능히 대적했던 것이다. 잉카 군인들은 말이라는 '괴생물체'를 전장에서 난생처음 목격했다. 철갑옷을 두른 스페인 병사들은 힘찬 달음박질과 억센 근육을 자랑하는 그 기괴한 생물체에 높이 탑승해 있었다. 잔뜩

겁을 집어먹고 혼란에 휩싸인 잉카 제국의 병사들을 나무곤봉과 돌팔매가 보호해줄 수는 없었던 것이다.

또 하나의 비극은 전염병이었다. 유럽인들의 병원균은 신대륙 사람들의 대다수를 절멸시켰다. 균에도 빈부격차라는 게 있었을까? 온갖 가축의 분뇨는 병원균의 요람이었고, 유럽인들은 숱한 전염병으로 이미 내성이 생긴 상태였다. 그러나 가축이 없어 병균도 없고, 그 탓에 항체마저 없었던 신대륙 사람들은 속수무책으로 병에 걸려 죽어나갔다. 그들에게 유럽인은 '부유한 보균자'였으며 동시에 살아 있는 생화학 무기였다. 유럽 사람들의 기침 한 번에 아메리카 대륙 전역이 호환마마에 시달렸던 것이다. 황금의 제국 잉카는 허무하게 멸망했고, 그 땅의 황제 아타우알파는 무기력하게 처형되었다. 병원균은 강력했고, 말은 우람하고 재빨랐으며, 무쇠는 돌보다 단단했다. 석기문명은 전혀 철기문명의 상대가 되지 못했다.

그러나 압도적인 식량 생산력, 병원균, 철제 무기의 차이는 아메리카와 오스트레일리아, 아프리카의 사람들이 무능했기에 발생한 것이 아니었다. 사람의 두뇌는 거기서 거기다. 동시에 사람은 무에서 유를 창조할 수 없다. 척박한 토질과 강추위와 무더위는 원시문명인들이 어떻게 해볼 수 있는 그런 영역이 아니었던 것이다. 이것이 핵심이다. 단지 고립된 원시사회에서 열악한 초기 환경조건은 극복하기 힘든 제약이었을 뿐이며, 이로 말미암아 각 대륙이 단지 상이한 문명발전의 속도를 갖게 되었다는 점이다. 물론 시간이 아주 충분했다면 이들 대륙에서도 자체적으로 고등문명이 발생했을 것이다. 뒤집어 말하면 유라시아에서만 고등문명이 싹틀 수 있었던 것은 모두 곡식 종자와 가축 품종의 불균등한 지리적 분포와 기후의 뒷받침이 운 좋게도 유라시아에 존재했던 덕이다. 좋은 머리나 건장한 체격이 아닌, 땅과 바다와 날씨와 씨앗에 고마워할 일이다.

이처럼 초기 식량 생산조건의 편재는 동시대에 석기문명과 철기문명이 공존하게 하는 '비동시성의 동시성'이라는 역설로 귀결되었다. 그러나 그것은 철저히 불운한 환경 탓이지 그 지역 사람의 무능 탓은 아니었다. 왜 한반도 땅에는 중동처럼 석유가 콸콸 솟지 않느냐며 자연을 탓해봐야 아무 소용이 없다. 마찬가지로 환경의 척박함에서 그 나름대로 발전을 구가한 당대의 사람들에게 열등하다 어쩌다 할 우월감의 발로를 내비칠 자격도, 그런 말을 뒷받침할 과학적 근거도 전혀 존재하지 않는 것이다. 계속해서 진보했던 구대륙과는 달리 신대륙의 문명이 정체되어 있었던 이유는 기껏해야 석기 시대 인간 정도가 결코 넘을 수 없었던 자연장벽에 부딪혔기 때문이다.

그러나 재레드 다이아몬드 박사가 상세한 설명을 해주었는데도 아직 한 가지 의문은 여전히 해소되지 않고 남는다. 같은 유라시아 구대륙 내의 유럽과 아시아의 운명은 어쩌다 엇갈리게 된 것인가? 해답은 권력에 있었다.

권력이라는 정치적 절벽

『총, 균, 쇠』의 말미에는 명나라 정화 제독이 이끄는 대형 선단이 짤막하게 언급된다. 그리고 어째서 그렇게나 강력했던 중화제국이 바다에서 굴기하지 못하고, 한때의 미풍으로 좌초될 수밖에 없었는지를 설명한다. 당대 지구상 그 누구보다도 폭넓은 세계 원정을 단행했던 정화의 함대는 역사의 뒤안길로 사라졌으며, 이후 중국은 애로호 사건, 일본과의 전쟁에서 모두 해군력의 열세로 패배한다. 그 결과 동아시아의 맹주로 중화문명권을 이루며 수천 년을 군림했던 중국은 유럽 제국주의 국가들의 반‡식민지 상태로 전락하고 말았던 것이다.

정화 제독을 태우고 바다를 내달렸던 배는 길이가 약 120미터, 폭이 약 56미터로 그 규모가 1,500톤급에 달했으며, 세 개의 큰 돛대기둥을 가진 대형 범선이었다. 선단은 총 62척의 배에 2만 7,000여 명의 선원이 탑승해 약 2년 4개월 동안 그 항로가 캄보디아와 태국을 비롯해 인도, 페르시아 만을 거쳐 동아프리카 연안에까지 이르렀다고 한다. 동시대 콜럼버스가 아메리카 대륙을 발견할 당시의 배는 길이 27미터, 폭 9미터, 규모 400톤 미만으로 총 90명이 세 척에 나눠 탄 초라한 선단에 불과했다.[8] 그러나 이렇게 압도적인 차이가 있음에도 정작 대항해 시대를 열어젖히며 전 세계를 제국주의 야욕에 물들인 것은 유럽이었고 무너진 것은 중국이었다. 도대체 무슨 일이 있었던 것일까?

분명 중국은 우세한 초기 조건과 강력한 국력을 가졌음에도 그것을 유지하지 못한 채 서구 열강에 뒤집혀 지배를 받는 수모를 겪게 되었다. 구대륙과 신대륙 사이의 엇갈린 운명에는 지리적 고립이 아주 주효했지만, 같은 구대륙에 있는 중국과 유럽의 뒤바뀐 운명은 면역력의 차이나 쇠붙이의 유무 따위에서 비롯된 것이 아니었다. 꽤 괜찮은 입지를 갖춘 중국의 경우는 스스로 자초한 정치적 고립이 크게 작용했으며, 그 이면에도 역시 권력과 지리적 조건의 역학관계가 숨어 있었다. 이 대목에서 비로소 『총, 균, 쇠』는 권력을 다루는 작품으로 변모하게 된다.

권력은 스스로가 도취해 자폐적으로 고립하려는 경향이 있다. 폐쇄된 세계의 유일한 제왕으로 군림하면서 아무런 간섭이나 제어 따위는 받지 않은 채로 이따금 광기 어린 폭주로 치닫는 것을 좋아한다. 이것은 언제 어디서든 발생하며, 어느 집단이나 종종 빠지기 마련인 권력의 기본 생리다. 박사에 따르면 운 좋게도 유럽은 권력의 자폐적인 고립에서 쉽게 벗어날 수 있는 지정학적 조건을 갖추었으나 중국은 그렇지 못했다는 것이다.

중국의 경우, 우세한 초기 조건과 막힘없는 지리적 연속성은 빠른 중앙집권에 용이한 환경이었다. 역사의 중요 지점마다 여지없이 출현한 강력한 왕조들은 '군집된 물리력'이 중요한 국력으로 인정받던 봉건 시대였기 때문에 때 이른 절정을 중국 대륙에 선사할 수 있었던 것이다. 그러나 대항해 시대에 접어들자 '연결된 국토'와 '중앙집권화된 권력'의 조합은 불협화음으로 전락해버렸다. 하나 된 힘은 순풍을 만나면 강하게 밀고 나가지만, 잘못된 결정을 내리면 그보다도 더 빠르게 지도 전역을 들불처럼 휩

쓰는 결과를 초래하고 만다. 중국의 강력한 중앙집권 체제는 별 저항 없이 자기 자신을 외부세계와 완전히 차단할 수 있었다. 파벌 다툼에서 승리한 집권세력이 내린 시대착오적인 '쇄국정책'은 돌이킬 수 없는 결과로 되돌아왔다.

'해금정책海禁政策'이라 불리는 이 실패한 선택은 곧장 중국 대륙 전역으로 신속하게 확산되었다. 마치 기원전 213년에 진시황이 유생을 파묻고 서책을 불살랐듯이 정화 시절의 기술력을 갖춘 조선소와 항구가 영영 회복할 수 없는 지경으로 파괴되어버렸던 것이다. '하늘의 아들天子'인 중국 황제의 불호령에 콜럼버스를 초라하게 만들었던 정화 제독의 영예로운 역사는 단숨에 불타 재가 되고 말았다.

반면 유럽은 '분권화된 권력'이 심심하면 일으키는 횡포에서 산과 강으로 '분절된 국토'가 기술을 보존하는 해방구 역할을 했으며, 국가 간 경쟁구도를 만드는 데 유리하게 작용했다. 대항해 시대에 유럽은 포르투갈이 안 되면 스페인이 있듯 어느 한 곳이 막히면 다른 어디로 출구가 생기곤 했다. 콜럼버스 역시 유럽의 여러 도시국가에서 후원을 거절당했으나, 마침내 스페인의 이사벨 여왕에게서 지원을 받아 '신대륙'을 발견한 것이었다. 유럽에는 한 명의 황제가 아닌 무수히 많은 권력자가 존재했기에 어느 누군가는 가능성과 개방의 접촉창구인 항구의 가치를 알아보았고, 경쟁적으로 기술개량을 장려했으며, 서로 뒤처지지 않기 위해 항구마다 두둑한 후원금을 얹어 꾸린 선단을 세계 각지로 파견하는 일이 가능했던 것이다.

대체로 권력자의 생각은 자신의 통치범위에서 진리처럼 군림했다. 오류 있는 생각을 권력으로 밀어붙일 수 있었고 합리적인 비판을 억누르기 쉬웠기 때문이다. 옳고 그름의 사리분별은 대개 권력과 충성의 논리 앞에서 무력하다. 중국의 천자는 넓은 대륙을 다스리는 사람이었고, 그가 진리라고 생각하는 통치이념은 그의 권력이 닿는 범위만큼 위세를 떨칠 수 있었다. 중국의 황제는 국가발전을 위해 좋은 선택도 내렸지만, 이따금 분서갱유와 해금 정책의 경우처럼 잘못된 선택을 했다. 그리고 그 선택이 불러온 결과는 회복 불가능한 실패로 이어지고는 했다.

그러나 권력자가 열 명이라면 열 개의 다른 생각이 가능했다. 유럽에서는 강력한 힘으로 다른 나라를 압도하는 나라가 없이 작은 나라들이 각축을 벌였기 때문에 이견을 제시하고 다른 생각을 할 지리적 틈새가 있었다. 독일에서 추방당한 카를 마르크스가 영국에서 『자본론』을 저술할 수 있었듯 말이다. 이것은 수많은 제후가 천하통일을 위해 경쟁을 벌였던 춘추전국 시대의 중국 또한 마찬가지였다. 자신의 사상을 퍼뜨리기 위해 여러 나라의 국왕을 만나 유세한 제자백가처럼 권력자들이 경쟁하면 다양한 생각이 등용될 문이 넓어진다.

물론 중국이 중앙집권을 통해 전혀 발전하지 못한 것은 아니다. 중국은 통일왕조를 맞을 때마다 정치적 안정을 얻었다. 다만 권력자의 잘못된 선택이 일으킬 수 있는 후유증이 권력과 영토의 크기만큼 컸으며, 그 과정에서 진보가 어렵게 성취한 것들이 회복이 안 될 정도로 상실되는 경우가 종종 있었다는 것이다.

콜럼버스에게 찾아온 행운은 여러 유럽 국가의 국경을 넘어 스페인에서 주인을 만날 수 있었다. 콜럼버스의 제안을 거절했던 여러 군주는 뒤늦게라도 앞선 자기 결정을 번복하고 너도나도 바닷길에 동참했다. 그러나 황제가 한 번 바다를 걸어 잠그기로 한 중국에서는 모든 시설이 흔적도 없이 파괴되었기에 불가능한 일이었다. 바닷길을 닫아버린 중국과 바다로 뻗어나간 유럽. 그 한 번의 선택은 유럽 문명과 중국 문명이 나아갈 운명의 궤도를 뒤틀었다. 각지에서 경쟁적으로 발전한 유럽의 기술이 중국의 규모를 꺾고 말았던 것이다. 이렇듯 잉카의 황제 아타우알파와 스페인의 정복자 피사로의 잘못된 만남은 근대의 한복판에서 봉건시대에 머물러 있던 중국과 제국주의 영국의 아편전쟁으로 재현되고 말았다.

권력의 욕심은 끝이 없으며 같은 실수를 반복한다고, 대장정의 기적 끝에 국민당을 축출하고 대륙을 붉게 물들인 마오쩌둥 시대의 중국도 같은 실수를 반복했다. 마오의 중국은 '죽竹의 장막'에서 스스로를 세계와 차단한 채 권력의 반지성적 폭주에 흔들리고 있었다. '객관'이 있어야 할 자리를 '의지'가, '지표'가 있어야 할 자리를 공허한 '구호'가 대신했다. 폐쇄된 중국에는 절대 권력자의 자아도취적 입김만이 가득했다. 단숨에 영국을 따라잡겠다던 마오의 호언장담은 광활한 대륙의 모든 인민을 대약진운동으로 몰아넣었다.

그러나 이번에도 중국의 대나무는 영국의 강철이 되지 못했다. 권력자의 입맛과 비위를 맞추는 데만 혈안이 되어 있던 관료들은 거짓통계와 허위보고를 일삼았다. 숫자 밖의 배고프고 가난한 인민은 도약하지 못하고 오히려 한참 뒤로 고꾸라져버렸으며, 고철깡통은 빈 밥그릇이 되어 수천만 인민의 대량아사로 이어졌다. 뒤이어 가난으로부터 대륙을 해방시킬 개방과 진보의 씨앗마저 권력의 졸개 역할을 자처한 홍위병들의 죽창에 꽂혀 소멸하고 말았다. 대약진운동과 문화대혁명을 거친 대륙의 인민은 권력의 실책에 대한 대가와 책임을 오롯이 주린 배와 가득한 공포로 지면서 때늦게 암흑의 청동기 시대를 강요당해야 했다. 황제의 해금정책이 순식간에 대륙 전역으로 퍼졌던 것처럼 독재의 바이러스는 전쟁보다도 더 많은 사람을 빈곤과 죽음으로 몰아가고 말았다. 그 시기 중화 대륙에는 과잉권력이라는 병균이 파다하게 퍼졌고, 그것은 총으로 사람을 겁박해 쇠붙이를 모조리 쓸어가버린 또 한편의 비극적인 '총', '균', '쇠'였던 것이다.

○●○●○

세상에 열등한 인간은 없다. 불운한 인간의 역사가 있었을 뿐이다. 재레드 다이아몬드 박사는 주어진 초기 환경이라는 자연의 절벽을 전반부에, 자폐적 권력이 만들어낸 정치적 절벽을 후반부에 두고 자신의 논리를 전개했다. 유전적으로 평등한 인간들 간의 운명을 가로지른 것은 지나치게 너무 많은 것을 미리 결정해버린 환경의 불가항력이었다. 그러나 때로 인간은 어리석게도 비대한 권력이 내린 잘못된 결정에 스스로를 가두곤 했다는 것을 역사는 나란히 보여준다.

진보를 가로막는 것은 무엇이었는가. 바깥을 향했던 시선은 자연히 내가 두 발로 딛고 서 있는 땅, 한반도를 되살피게 만든다. 대대로 한반도는 대륙과 바다를 잇는 연결의 땅이었다. 독자적인 정체성을 유지하면서도 섬과 대륙의 문물을 수입하고 수출하고 또 섞어가면서 새로운 문화를 창조해내는 지리적 요충지였다.

그러나 냉전이라는 시대적 절벽과 분단이라는 정치적 장벽은 한반도를 북쪽이 꽉 막힌 인공의 섬으로 탈바꿈시켰다. 여기에 기생한 군사독재정부는 국민의 머리에 국가보안법이라는 손오공의 금강고를 덧씌워 진보적 생각을 품을 때마다 국민의 머리를 고통스럽게 조여버렸다. 대한민국의 수출품은 최고의 항구를 거쳐서 바다 밖으로 뻗어나갔지만, 반도인의 사고지평은 38선의 철조망과 함께 엄하게 갇혀버렸다. 지리적 분단과 반공독재의 후유증은 한반도에서 상상력의 한계와 철학의 빈곤으로 이어지고 말았다.

조금이라도 열린 생각을 갖고 있던 사람들은 납치나 감금, 고문을 당했으며, 심한 경우 법살되는 등 인공의 섬은 폐쇄적인 독재권력 아래 야만의 시대를 아등바등 겪어냈다. 땅이 좁다고 생각까지 좁아져서는 안 되지만, 우리는 철 지난 반공 콤플렉스의 위력 앞에서 여전히 협소한 이념의 영토에 살고 있다. 좁은 생각의 땅에서는 새로운 이념이 들어올 때마다 그 사상의 본질과 이해를 위한 진지한 시간보다는 어느 편인지 입장을 빨리 정하라는 닦달에 시달렸다. 서로를 이해하고 다른 생각을 천천히 따져

볼 숙고의 날보다 진영논리에 파묻혀 생산적 논의를 가로막는 극단화 현상을 마주하게 되었다.

이 때문에 한반도의 진보를 위해서는 두 가지 장벽을 걷어내야 한다. 하나는 인공의 지리적 장벽인 휴전선이고, 다른 하나는 반공독재에서 비롯된 생각의 절벽이다. 평화와 민주주의를 키워내는 것은 듣기 좋으라고 하는 괜한 말이 아니다. 사람과 물자와 생각의 흐름을 차단하는 벽을 걷어내는 것이고, 그럼으로써 더 자유롭고 평등하게 우리의 세상을 변모시키는 것이다.

문명의 역사는 운명에 대한 생각을 낳게 만든다. 운명은 주로 강요되는 것이지만, 때로는 선택의 기회를 주기도 한다. 강요된 운명에 좌절하더라도 선택할 수 있는 운명에는 능히 대처하기 위해 우리는 생각을 멈춰서는 안 된다. 대체로 사람은 주어진 환경대로 생각하지만, 생각은 그 환경을 넘어설 수 있다. 여전히 히말라야는 높고 태평양은 넓지만, 그것에 다가서는 인간의 생각은 늘 성장할 수 있다. 적어도 나는 그렇게 믿는다.

6장

밥보다 솔직한
이념은 없다

조지 오웰, 『카탈로니아 찬가』

"

무릇 진보좌파의 기본 덕목은 사람을 교체 가능한 소모품으로 이용하지 않는 데 있다. 한 인간은 다른 인간이 대체 불가능하기에 존엄하다. 진보좌파는 사람과 진실과 정의를 사랑한다. 자본과 권력이 감춰둔 진실을 밝혀내고, 정의가 외압에 굴복하지 않도록 수호할 의무가 있다.

"

벼랑 끝의 평화

1936년 7월 스페인에서는 기어이 '벼랑 끝의 평화'가 깨지고야 말았다. 민주적으로 선출된 좌파정부를 프랑코를 필두로 한 군부우파세력이 불복해 쿠데타를 일으킨 것이다. 당시 스페인의 좌우대립은 첨예하고 극심했으며, 민주주의는 위태롭고 허약했다. 선거에는 권위가 없었다. 좌우 어느 정파든 마치 유행인 양 선거 불복을 읊어댔다. 강성 마르크스주의자 라르고 카바예로는 "나는 계급투쟁이 없는 공화국을 원한다. 그러나 그러려면 한 계급이 사라져야 한다"[9]라며 보수우파를 공공연히 협박했으며, 선거에서 패배한다면 폭력혁명을 일으켜 부르주아를 절멸하겠노라고 선언했다. 우파세력 또한 언제든 쿠데타를 감행하겠다며 시시각각 으름장을 놓았다. 자본주의도 사회주의도 아닌 미성숙 공화국에서 치러진 치열한 선거전의 결과, 간발의 차로 좌파가 이겼다. 예견된 불복과 쿠데타가 뒤를 이었다.

시계추를 잠시 뒤로 돌려보자. 한때 스페인은 잘사는 나라였다. 재정복운동 끝에 800년간의 이슬람 지배를 물리쳐 세운 가톨릭 왕국이었으며, 콜럼버스의 아메리카 대륙 발견과 무적함대의 위용으로 대항해 시대를 풍미한 해양 강대국이었다. 그러나 옛 영광에 취한 스페인의 왕족과 귀족들은 산업혁명에 능동적으로 대비하지 못해 서서히 뒤처졌다. 무적함대가 영국에 패배한 것을 시작으로 스페인은 유럽의 변방으로 밀려난다. 이어 1898년 신생국 미국에도 처참히 두들겨 맞고, 쿠바와 필리핀을 빼앗기는 수모를 겪었다. 무능한 정치는 혼란한 세상을 불러낸다. 군부는 어수선한 틈바구니에서 수십 차례나 군사정변을 일으켰으며, 전국 각지에서 불만에 찬 노동자들의 무분별한 파업이 뒤따랐다.

1923년 프리모 데 리베라의 쿠데타가 성공해 그가 군사독재관으로 있던 약 7년간은 스페인에 일시적 안정이 찾아온 듯 보였다. 그러나 그의 근대화 정책이 때마침 발발한 세계 대공황의 여파와 함께 침몰함에 따라 왕정은 붕괴하고, 그와 당시 국왕 알폰소 13세는 국외 망명길에 오른다. 새로 들어선 공화정에서 좌파와 우파는 각각 한 번씩 정권을 번갈아 잡았다.

그러나 그때마다 담장 사이로 미래에 대한 파괴적 언어와 행동이 오갔으며 화해 불가능한 정치보복이 돌고 돌았다. 마침내 1936년 2월, 좌파와 우파는 물러설 곳 없는 벼랑 끝에서 명운을 건 대결을 벌였다. 자유주의자·사회주의자·노동조합·아나키스트·공산주의자들의 범좌파 계열이 '인민전선'으로 한데 모여 급하게 헤쳐 모인 범우파세력에 15만 표 차이로 근소하게 승리를 거두었던 것이다. 이것이 바로 쿠데타와 혁명 사이에서 질식해버린 민주주의의 장례식이자 스페인에서 내전이 시작되기까지의 복잡다단한 전말이다.

공화정부는 우파의 쿠데타를 예방하기 위해 반정부 성향의 군부 수장들을 국경의 외딴섬으로 추방시킨다. 일찌감치 반란군의 핵심 인물로 점쳐지던 프랜시스 프랑코 역시 추방령에 따라 북아프리카 대서양의 카나리아제도로 쫓겨나 있었다. 그러나 공화정부의 추방령은 프랑코에게는 반군 징집령을 뜻했다. 당시 스페인의 정예부대는 북아프리카에 주둔해 있었는데, 하필이면 프랑코가 북아프리카와 모로코 등지에서 식민지 반란을 진압하며 잔뼈가 굵은 '아프리카 군대'의 수장이었던 것이다. 프랑코는 침착하게 자신의 의중을 숨기면서도 아프리카 정예병과 모로코 용병을 접수해 즉시 쿠데타 준비에 착수했다. 이어 군사정변이 터졌고, 프랑코를 필두로 군부·왕정복고파·파시스트·가톨릭·부유층과 지주들은 한데 뭉쳐 '국민군'을 형성했다.

국민진영 역시 여러 분파의 연합체였지만, 지켜야 할 기득권이 있다는 점에서 사생결단의 각오로 똘똘 뭉쳤다. 특히 프랑코라는 카리스마형 지도자를 필두로 파벌 내 교통정리를 순조롭게 끝내고 일사불란한 지휘체계를 갖출 수 있었다. 반면 단순한 선거동맹에 불과했던 '인민전선'은 일단 선거에서 이기고 나자 분파별로 제각각 동상이몽에 빠졌다. 정부의 형식상 주도권은 온건파에게 있었지만, 영향력은 급진 노동계에 있었다. 공화정부의 주류 온건파는 정권 내 다른 파벌을 믿지 못했는데, 특히 정부가 아직 노동조합에 대한 통제력이 부족한 것을 크게 염려하고 있었다. 한마디로 보수는 부패할 권리를 계속 누리기 위해 일치단결했지만, 진보는 사분오열로 막 골머리를 앓고 있었던 참에 쿠데타가 터진 것이다.

공화정부는 다른 파벌 동지들에 대한 막연한 의심을 저버리지 못해 반란을 조기에 진압할 기회를 놓치고 말았다. 당시 대통령 마누엘 아사냐와 총리 카사레스 키로가는 쿠데타가 일어났다는 사실 자체를 애써 부정했을뿐더러 참전을 자처하는 전국 각지의 노동조합 의용군에게 무기를 넘겨주는 것을 차일피일 미루다가 일을 키웠다. 공화정부가 보유한 나머지 정규군은 초라하기 그지없었고, 그나마 남아 있던 시내 순찰경비 조직조차 그 반절 이상이 이미 반란군에 합류한 상태였다. 더군다나 상대는 프랑코의 아프리카 정예군이었다.

오직 결기가 충만한 노동자들을 무장시키는 것이야말로 공화정부에 남은 유일한 선택지였다. 그러나 대체로 노동조합의 구성원들은 강성 좌익 기질에 무정부주의적 성향이 강했는데, 온건 노선을 지향했던 공화정부의 지도자들은 무장한 좌파투사들과 노동전사들이 민주정부를 전복시키고 폭력혁명의 길로 나아갈까봐 잔뜩 겁을 냈던 것이다.

어리석은 망설임은 참담한 결과를 낳았다. 아무리 무식쟁이라도 노동자들은 기본적으로 앞뒤 분간은 하는 사람들이었다. 국민진영은 공화정부가 현실을 부정하며 혼란상태에 빠진 틈을 타 이삭줍기 식으로 단숨에 영토의 3분의 1을 점령한다. 악화일로에 접어든 공화정부는 뒤늦게 노동자들의 무장을 허용했다. 무기를 갖춘 노동자들은 넘치는 기세와 돋보이는 손재주를 십분 활용해 쿠데타군에 강력한 반격을 가했다. 이를테면 금속노조는 트럭에 강철을 덧대 전차 못지않게 개조했고, 건설노조는 바리케이드를 튼튼하게 다졌다. 각자가 제 위치에서 직능을 극대화했던 노동전사들과 아나키스트들의 분투로 국민진영의 쿠데타는 잠시 기세를 잃고 내전은 대치국면으로 접어들게 된다.

단기간에 승부를 내는 데 실패한 국민진영의 프랑코는 즉각 독일과 이탈리아의 두 철권 독재자 히틀러와 무솔리니에게 지원을 부탁한다. 베를린과 로마는 마드리드에 또 다른 파시즘 국가가 들어서기를 원했다. 그뿐만 아니라 스페인 내전은 남의 땅에서 자신들의 최신형 폭격기와 전차를 마음껏 실험할 수 있는 최적의 기회였다. 히틀러와 무솔리니는 눈치 따위는 보지 않고 프랑코를 전폭적으로 밀어주기 시작했다. 여기에 좌파정부의 개혁에 반발해 해외로 도망쳤던 스페인의 기업가들 또한 후원금을 아낌없이 프랑코 편에 보냈으며, 미국과 영국에서도 활발한 로비 활동을 벌여 양국의 개입을 사전에 차단했다.

보수당이 집권하던 영국은 스페인 내전이 또 다른 세계대전으로 번질까봐 겁을 냈고, 내심 스페인의 좌익정권이 파시스트들에게 전복당하길 바라며 말뿐인 중립을 유지했다. 스페인처럼 좌파정권이 들어섰던 프랑스는 영국의 압력에 못 이겨 스페인 공화정부와의 이념적 우애를 저버린 채 마지못해 불간섭을 선언했다. 특히 공화정부의 구원요청을 받은 소련은 영국과 프랑스의 눈치를 보며 이리저리 주판알만 튕겼다. 더군다나 우방이라 믿어 의심치 않았던 소련의 지도자 스탈린은 꼭 약삭빠른 구두쇠처럼 굴었다. 사회주의 혁명 모국을 자처하던 소련은 공화정부에 '자

본가스럽게' 대가를 요구했다. 공산주의에도, 이념적 동지 간에
도 공짜는 없었다. 공화정부는 할 수 없이 소련에 막대한 금괴를
상납해가며 안보를 구걸했다. 마침내 '남는 장사'라고 판단한 스
탈린이 영국과 프랑스의 심기를 거스르지 않는 최소한의 선에서
공화군 지원을 결정하게 되었다. 쿠데타가 좌우내전으로, 다시
열강들의 국제전으로 번지는 순간이었다.

공화군의 오욕, 국민군의 야욕

국민군의 공군력은 압도적이었고, 공화군의 방어선은 허술했다.
파죽지세의 국민군은 점령지마다 잔혹한 '빨갱이 사냥'에 나섰
다. 공포로 공화국의 사기를 꺾어놓기 위해 체계적으로 또 조직
적으로 살인과 강간을 권장했다. 국민군의 병사들은 명령대로
충실히 연쇄살인마와 강간범으로 돌변했다. 응급환자가 가득한
병실에 무턱대고 수류탄을 터뜨렸으며, 부녀자들은 물론 어린 소
녀들을 성 노리개로 삼다 귀찮아질 즈음 쏴 죽였다. 민간인, 귀순
자, 포로 할 것 없이 닥치는 대로 줄 세워 총살했다. 내전 중 국민
군이 자행한 '백색테러'에 희생된 사람들은 집계된 것만 무려 약
8만 명에 달했다.
　그러나 국민군의 장교들은 이 집단 살육을 단지 국가의 썩은
환부를 도려내 마르크스주의 '이단'으로부터 가톨릭의 순수성
을 회복하는 '정화작업'이라고 강변했다. 한술 더 떠 친파시스트

가톨릭 사제들은 '빨갱이 무신론자들을 십자가에 못 박아 죽이는 위대한 성전'이라며 이 대학살을 축복했다. 마찬가지로 내전 초기 공화진영에서도 종종 학살이 있었다. 쿠데타에 흥분한 몇몇 강성 좌익분자가 일부 사제와 지주, 부자들을 핍박하고 살해한 것은 분명한 사실이었다. 그러나 인민전선 지도자들의 적극적인 만류와 사법질서의 회복 덕에 곧 자의적 폭력은 잦아들었고, 그 규모에서도 적색테러는 백색테러에 비할 바 없는 새 발의 피에 불과했다.

그러나 외신들은 앞다투어 공화군 좌파 측의 '적색테러'만을 부각해 보도했다. 주로 가톨릭 성직자 살해 관련 뉴스나 수녀 강간 따위의 자극적이고 폭발력이 큰 기사들만 추려 보도하는 통에 수십 배 규모로 수만 명을 쥐 잡듯 잡아 죽였던 국민군이 아니라 외려 공화정부의 도덕적 이미지만 실추되었다. 외신의 편파보도는 국제사회의 도움이 절실했던 공화정부의 평판에 관한 국제여론을 크게 악화시켰다. 가뜩이나 신무기로 중무장한 국민군과 비교해 전력도 열세인 공화군은 세계적으로 미운털까지 박혀 사면초가에 빠지고 말았다.

1936년 11월, 국민군은 수도 마드리드 턱밑에 진을 치고 포격과 비행공습을 동원한 파상공세를 감행했다. 그러나 이번에도 공화정부는 운 좋게 무너지지 않고 기적적으로 구사일생하게 되는데, 이는 때맞춰 도착한 국제여단이 처절하게 희생하며 수도 마드리드 공방전에서 끝끝내 버텨주었기 때문이다. 국제여단은 세계 각지에서 공화정부를 돕기 위해 자원입대한 외국인 의용부대 중 하나였다. 국제여단뿐만 아니라 다양한 의용군이 공화국을 구원하기 위해 조직되었다. 대개 혁명가와 지식인, 좌익 계열의 운동가들이 세계 각지에서 몰려와 파시즘의 발흥을 막고자 참전했지만, 개중에는 호기와 모험심 강한 젊은이들이 전쟁의 스릴을 맛보기 위해 합류한 경우도 있었다.

훗날 전체주의에 맞서 위대한 풍자소설을 써낸 문장의 검투사 조지 오웰도 취재차 바르셀로나에 왔다가 내친김에 의용군에 입대해 종군기록을 시작한다. 카탈루냐는 언어와 기질이 스페인 본토와는 확연히 다른 분리주의적 성향이 뚜렷한 지방이었으며, 바르셀로나는 그 지방의 핵심 도시이자 노동자의 기세가 대단한 혁명 특구였다. 그곳의 주인은 정부도 반군도 아닌 노동자였다. 내전 발발 직후, 카탈루냐의 노동자와 아나키스트 세력은 지역 곳곳을 접수해 독자적으로 자치 해방구를 만들고, 작지만 위대한 평등을 실험하고 있었던 것이다.

각 도시에는 분위기라는 것이 있다. 오웰은 그런 혁명의 도시 바르셀로나 구석구석에 녹아 있는 사소한 것들에 넋이 나가 뭉클함을 느낀다. 혁명의 노래가 온종일 거리에 울려 퍼지면서 검붉은 깃발들이 나부끼는 거리에 붉은 활력을 불어넣었다. 팁을 단호하게 거절하는 웨이터들의 당당함, 창녀들에게 다른 직업을 권하는 포스터들, 존칭이나 사치스러운 복장 대신 들어선 격 없고 속 편한 말투와 옷차림새. 바르셀로나에서는 그가 항상 흠모했던 평등이 살아 숨 쉬고 있었다. 공기 같은 평등 아래서 사람들은 빈부와 위아래 없이 오직 친구와 동지로 살고 있었다.

이러한 분위기는 그가 살던 영국에서는 결코 찾아볼 수 없는 것이었다. 그는 순진한 유치원 아이들에게조차 서민혐오와 특권 의식을 끊임없이 부추기는 영국을 싫어했다. 옷차림과 억양, 발음 법 하나하나에 녹아 있는 영국 특유의 우월의식과 천민자본주의에 넌덜머리가 나 있던 반골의 영국인 조지 오웰에게 바르셀로나는 말 그대로 신천지였던 것이다.

특히 오웰은 이곳에서 처음 만난 스물대여섯 살가량의 이탈리아 출신 젊은 의용병에게서 강렬한 친밀감을 느낀다. 그와는 나이도 열 살가량 차이 날뿐더러 국적도 민족도 모두 다르고 말도 통하지 않았지만, 어찌 된 영문인지 먼 옛날부터 죽마고우였던 것 같은 아주 강한 동지애를 느낀다. 세계 각지에서 활약하는 혁명가와 지식인들이 펜 대신 총자루를 쥐게 만든 카탈루냐의 항구도시 바르셀로나. 한 사람의 이방인이 또 다른 이방인과의 능력과 지위를 비롯한 온갖 조건과 환경을 초월해서 우정을 나눌 수 있는, 남녀노소를 불문하고 첫 만남부터 낯섦 따위란 전혀 존재하지 않는, 바르셀로나는 그런 곳이었다.

밥의 정직함과 이념의 비루함

오웰은 무정부주의 성향의 통일노동자당P.O.U.M 소속으로 입대해 한 주 동안 레닌 병영에서 형편없는 기초 군사훈련을 받는다. 국제여단의 다국적 전사들은 파시즘에서 민주주의를 구하고 노동자들의 희망을 사수해내겠다는 의지로 충만했지만, 공화정부의 장비 보급은 그에 한참 미치지 못했다. 단적으로 모름지기 제복이란 일제히 입는 옷으로 통일성이 핵심인데, 그들에게 지급된 넝마에 가까운 제복은 다 따로 놀았다. 의용군들에게 지급된 무기 또한 여기저기서 닥치는 대로 공수해온 구닥다리 소총과 구경에 맞지 않는 탄환 몇 개뿐이었다. 이들은 총 쏘는 법도 제대로 배우지 못한 채 곧장 고지 사수 임무를 받고 파견된다. 그런데도 오랜 기간 우월한 화력을 보유한 국민군과 대치할 수 있었는데, 그것은 전쟁에서 꼭 무기가 전부는 아니었기 때문이다.

사람들의 일반적인 생각과는 달리 대개 전쟁의 속도는 자진모리장단이 아니다. 길게 늘어선 땅 구덩이 속에서 서로를 죽일 듯 노려보며 대치하는 참호전에서는 하루 온종일 정적만이 감돈다. 영화처럼 기관총 세례에 맞서 무턱대고 돌격하지도, 밤낮으로 폭탄비가 내리지도 않는다. 사실 전쟁은 체력과 정신력의 소모전이다. 혹시나 죽을지 모른다는 두려움과 다행히 살아남았다는 지겨운 안도감의 반복이다. 누가 누구를 더 많이 죽이느냐가 아닌 두려움과 지겨움과의 싸움에서 누가 더 잘 버티고 잘 참아내느냐의 문제인 것이다.

그래서 전쟁에는 낭만이랄 게 없다. 대부분의 나날은 지독한 똥냄새를 견디며 한 톨의 감자를 꾸역꾸역 밀어 넣고, 더러운 물로 해갈하며, 축축한 참호에서 세월아 네월아 비루하게 허송세월하는 것이다. 차라리 전쟁은 추운 날 춥게 자고 더운 날 덥게 자면서 이와 빈대와 옴과 모기의 괴롭힘에 속수무책으로 당하는 것을 즐겨야 하는 어떤 마조히즘에 가깝다. 그런 곳에서는 애국심이니 혁명대업의 완수니 하는 온갖 고상한 것들이 설 자리가 없다. 단지 깨끗한 잠자리에서 등 따숩고 속 편하게, 배 두둑하게 잠을 자는 것이야말로 인생 최고의 낙인 것이다.

그런 곳에서 사람들은 소소해지고 단순해진다. 땔감을 주우면서 시시콜콜한 농담을 따먹는 재미, 어쩌다 보급받는 커피 한 모금과 담배 한 개비에서 인생의 황홀함을 느낀다. 공포와 권태가 짓눌렀던 감각이 한순간에 돌아나고, 그 속에서 우정이 피어난다. 대개는 곳간에서 인심이 나지만, 때로는 궁핍 앞에서 인간미가 돋보이기도 한다.

훗날 오웰은 우에스카 전투에서 목에 관통상을 당하고도 기적적으로 살아남아 병원 신세를 지는데, 입원생활을 하는 동안 스페인에서 만났던 크고 작은 인연이 병문안을 온다. 말도 통하지 않는 친구들은 한 달치 봉급에 해당하는, 전란에는 금은보화보다 귀한 담배를 잔뜩 두고는 부끄러운 듯 도망가기도 한다. 오웰은 그런 인간미를 느낄 때마다 이 기구한 전쟁에 참전한 의미를 얻는다.

그러나 전쟁에는 오웰이 겪은 미담만 있는 것이 아니다. 아름다운 이야기는 이 거대한 비극 속, 사소한 일부분에 불과하다. 내가 이 말 많고 탈 많은 전쟁에서 가장 안타까웠던 것은 오웰이 지나치듯 서술한 보통사람들의 전쟁 참여 동기에 있었다. 스페인의 평범한 사람들은 이념이 뭔지도 모르는데, 그냥 배가 고파서 참전했다. 사람들은 여기저기 밥 주는 곳 따라 국민군과 공화군을 넘나들었고, 부모들은 입을 줄이려고 사춘기가 막 지난 소년들을 입대시켰다. 귀순의 본질적 이유는 거창한 이념에 감화되어서라기보다는 밥을 잘 먹고 싶어서였는데, 이쪽의 선전방송에서 맛나고 따뜻한 밥을 잔뜩 자랑했기 때문이다. 따뜻한 밥은 철책과 참호와 총알 세례를 무릅쓸 도주의 각오가 될 수 있었던 것이다.

극한의 상황을 맞닥뜨린 평범한 사람들에게 스탈린과 트로츠키의 차이를 설파하는 것, 파시즘과 가톨릭 독재를 구분시키는 것은 어떠한 의미도 갖지 못한다. 납득은 머리가 아닌 밥이 한다. 사람은 거창한 이념과 교리 한 줄보다 싹이 난 감자 한 톨의 소중함에 목숨을 건다. 복잡한 전쟁은 사소한 것에 이판사판의 각오를 다지게 만들지만, 이 사소한 이유가 복잡한 전쟁을 지탱하는 기둥이 되는 것이다. 그러나 밥에 거는 목숨은 결코 비루한 것이 아니다. 오웰이 나눈 전우애처럼 인간으로서 최소한의 온정과 이성을 지닌 보통사람들은 잘 먹지도 따뜻하게 입지도 못하는 곳에서조차 훈훈한 사람 냄새를 피우고 그것을 나누기 때문이다.

외려 비루한 이들은 전쟁을 주도하던 이념 중독자였다. 적어도 평범한 사람들은 "너무 '계몽'되어서 가장 일상적인 정서도 이해하지 못하는 지식인"[10]보다 낫다. 종이 위의 세상은 현실로 찾아오지 않으며, 신들의 이야기는 결코 인간의 자서전이 될 수 없다. 이념은 괴물을 낳지만, 밥은 온기를 낳는다. 그들의 탐욕은 세상을 제 맘대로 휘어잡으려는 비뚤어진 지배욕에 있지만, 보통사람들의 욕심은 오로지 철저히 맛좋은 밥알에 있기 때문이다. 어설픈 이상주의자들은 무수한 사람을 천국행 '노아의 방주'에 태웠다. 그러나 선장이 된 그들은 내릴 수 없는 방주 그 자체를 지옥으로 만들 수 있다는 사실을 결코 입 밖에 내지 않았다.

바르셀로나의 비극

전쟁 초기의 실책으로 중도 온건파의 마누엘 아사냐가 식물 대통령으로 전락하고 만 이후, 공화진영의 파벌다툼은 득세하는 공산주의자들에 맞서 이를 경계하는 노동조합원과 무정부주의자들의 대립구도로 이어졌다. 노동자들의 대표이자 강성 좌익 성향의 라르고 카바예로가 총리와 전쟁부장관에 올라 서류상의 권력을 쥐었지만, 소련이 후견하는 공산당 일파의 발호에 상당히 애를 먹고 있는 상황이었다. 당시 스페인의 좌익세력은 노동조합, 무정부주의자, 사회주의자와 공산주의자 등이 있었으나 파벌의 이름과 그 이름이 표방하는 이념은 서로를 전혀 닮지 않았다.

특히 명목상 가장 좌익이어야 할 공산당이 가장 우익스러웠다. 그 까닭은 영국을 비롯한 열강들의 자극을 원치 않았던 스탈린의 지령에 있었다. 이 때문에 공산주의자들이 앞장서서 혁명에 반대했고 자본주의를 지지하는 모순을 보였다. 역설적으로 스페인에서는 반공주의를 신봉하는 '극우' 공산주의자가 탄생한 것이다. 앞서 언론의 편파보도 탓에 프랑코의 백색테러가 적색테러 뒤에 묻어간 것이 첫 번째 진실의 실종이었다면, 독재자의 지령에 따라 이념과 신념이 시시각각 정반대로 오갔던 것이야말로 스페인 내전이 감춘 두 번째 진실이었다. 스탈린은 오류가 없어야 했고, 그가 파리를 새라고 하면 토를 달 것도 없이 파리는 새였다. 스페인의 공산주의자들은 진정한 의미에서 '공산주의자'이기 보다 스탈린이라는 한 개인을 맹목적으로 숭배하는 '스탈린주의자'였다.

공화진영의 새로운 총리 카바예로는 노동자들의 대표이자 스페인 본토의 '자생 공산주의자'였다. 동시에 공산당원은 아니었지만, 소련과 스탈린의 노선에 대한 열렬한 추종자이기도 했다. 그러나 그것과 관계없이 카바예로 또한 서서히 발톱을 드러내는 공산당 파벌의 축출대상으로 전락하고 만다. 소련의 외교사절과 고문들이 오만한 태도를 보이며 사사건건 스페인 내정에 간섭하려 들었고, 그가 까칠한 태도로 맞섰기 때문이다. 심기가 거슬린 소련의 정보원들은 곧바로 본국에 그를 낙마시켜야 한다는 보고를 올려 모스크바로부터 승인 명령을 하달받았다. 자의식과 독립심이 강했던 총리 카바예로가 더는 소련의 이익을 추구하는 데 쓸모가 없다는 판단에서였다.

스페인의 스탈린 추종자들은 아예 스페인의 공화정부를 장악하려 물밑작업에 들어간다. 관료들과 야심 있는 젊은 장교들을 차례로 구워삶아 공산당 조직에 흡수했다. 공산당에 가입하지 않은 장교들의 진급을 누락시키거나 상한선을 두었으며, 당원이 아닌 자는 경찰학교에 입학조차 할 수 없었다. 비공산당원 부대에는 무기와 식량을 의도적으로 부실하게 보급했다. 아무것도 모르는 사람들 사이에서는 공산당 당원 가입 열풍이 불었다. 소련의 안보지원으로 겨우 연명하는 공화국에서 공산당은 구세주로 통했고, 공산당의 차별대우는 일종의 승진혜택으로 여겨졌기 때문이다. 군경과 관료를 비롯한 정부의 수족을 모두 접수한 공산당은 단숨에 화려한 선전술로 대중의 지지를 끌어냈다.

공산당의 논리는 단순했고, 언어는 간결했다. "우리의 지도자는 영웅이고 저들은 악마다. 악마의 동조자가 우리 내부에 있다. 그 첩자는 바로 우리 지도자에게 반대하는 사람들이다. 모조리 죽이자." 꼭 공산당은 막 권투를 배워 동네 친구들에게 주먹 자랑을 하지 못해 안달 난 불량배 같았다. 자신들은 철저하게 옳았기 때문에 조금이라도 옳지 못한 이들은 폭력을 동원해서라도 강제로 교정하려 들었다. 특히 사사로이 비판을 일삼는 이들은 내부총질이나 해대는 프랑코의 첩자들이자 정신감정이 필요한 환자들로 간주했다. 다른 의견에 관한 인내심이라고는 눈곱만큼도 용납하지 않았다. 눈곱이 떨어진 자리부터 광기가 차올랐다.

공산주의자들의 권력 장악 시도에 아나키스트들이 앞장서서 대항한 것은 불가피한 일이었다. 그들이 보기에 공산당이 권력 접수에 본격적으로 나선 이상 자신들이 그동안 이룩해왔던 자치 해방구를 반드시 빼앗으려 들 것이며, 지배 없는 세상을 꿈꾸는 자신들에게 완벽한 복종을 요구하려 들 것임이 불을 보듯 뻔했기 때문이다. 태생적으로 남에게 지배받기 싫어했던 아나키스트 계열은 프랑코의 반란군보다 동지들을 더 적대하는 공산당을 비판했다. 이어 동네방네 '스탈린의 반혁명과 야비함'을 고발하는

'불온한' 선전문을 써 붙였다. 마침내 공산당이 칼을 뽑았다. "아나키스트들은 인민군 '소속'으로 들어올 것." 두 세력 간에 크고 작은 충돌이 빗발쳤고 인명피해가 발생했으며, 누적된 악감정이 언제 터져 나올지 몰라 긴장이 감돌았다.

공산당의 지령에 따라 바르셀로나 지방정부는 카탈루냐 광장 한복판에 있는 전화국을 접수하라고 명령한다. 전화국은 아나키스트들의 혁명 아지트이자 심장부였다. 이 내전 속 내전, 바르셀로나의 비극은 공화정부 측 무장경찰 돌격대의 전화국 급습으로 시작되었다. 검붉은 깃발과 손수건을 총대에 돌돌 만 아나키스트들이 트럭을 타고 잔뜩 몰려와 저항했다. 싸움이 크게 번졌다. 한쪽에는 정부군과 공산당 계열이 총집결했고 반대쪽에는 아나키스트들과 통일노동자당, 전국노동연합 계열이 몰려들어 대치했다.

휴가차 바르셀로나에 왔던 오웰은 갑작스러운 내전 발발에 곧장 통일노동자당 당사로 달려갔다. 이어 거리마다 바리케이드가 쳐졌고, 무차별 기관총 난사와 소총 응사가 교회 탑을 오갔다. 약 나흘간의 시가전이 벌어졌다. 파시스트와의 싸움을 위해 참전한 의용군들은 졸지에 같은 노동자들에게 총구를 겨누게 되었다. 이 '비극의 한 주' 동안 전쟁의 당사자들은 영문 모를 반목과 불신의 소용돌이에 휘말렸다. 오웰은 당시를 이렇게 기록한다.

맞은편의 치안대 병사 하나가 무릎을 꿇더니 바리케이드 너머로 사격을 시작했다. 나는 그때 관측소 보초를 서고 있었다. 나는 상대를 향해 소총을 겨누며 소리쳤다.

"이봐! 우리에게 쏘지 마!"

"뭐?"

"우리에게 쏘지 말라고. 아니면 우리도 응사를 할 거야!"

"아냐, 아냐! 너희한테 쏜 게 아냐. 봐— 저 아래를 좀 봐!"

그는 소총으로 우리 건물 아래쪽의 샛길을 가리켰다. 과연 그곳에
는 파란 작업복을 입은 젊은이가 소총을 들고 모퉁이를 돌아 달아
나고 있었다. 그가 지붕 위의 치안대를 향해 총을 쏜 것이 분명했다.

"나는 저자한테 쏜 거야. 저자가 먼저 쐈다고."(이 말은 사실이었을 것
이다.)

**"우리는 너희를 쏘고 싶지 않아. 우리는 노동자들일 뿐이야. 너희와 똑
같다고."**

그는 반파시스트식 경례를 했다. 나도 응답을 했다. 나는 건너편을
향해 소리쳤다.

"맥주 좀 남았어?"

"아니, 바닥났어."

—조지 오웰, 『카탈로니아 찬가』, 174~175쪽

(강조는 글쓴이, 이하 동일).

결국 바르셀로나 시가전은 공산당의 승리와 아나키스트들의
굴복으로 끝났다. 아나키스트들은 제대로 싸울 수 있었음에도
스스로 공방전을 포기했다. 지금 공산당의 미친 짓에 더 말려들

었다가는 공화국에 내일은 없다. 정말 돌이킬 수 없는 내전 속 내전이 되고 만다. 동지끼리 싸워 프랑코 좋은 일만 해줄 이유가 없다는 대승적인 생각에 스스로 저항을 그만두었던 것이다. 공산당은 공화진영 내 주도권을 빼앗기 위해 공동의 운명 전체를 걸고 비열한 도박을 벌였고, 억지와 협박 끝에 단지 힘이 세다는 이유만으로 정통 다수파에 등극했다.

한쪽의 승리는 다른 한쪽에 대한 보복을 뜻한다고 했던가. 아나키스트 세력의 지도자와 그 측근 몇몇이 피살당한 채 발견되었고, 문란한 사생활을 비롯한 인신공격성 비방이 신문에 줄지어 실렸다. 여기서 가장 큰 본보기가 되었던 것은 오웰이 속했던 통일노동자당이었다. 그들은 세가 가장 약했고 트집 잡을 게 많았다. 억지가 지나치면 친구관계도 죄가 되는 경우가 있다. 특히 통일노동자당의 당수 안드레스 닌은 한때 트로츠키의 동지였던 경력이 있었다. 강철의 지도자 스탈린에게 감히 맞서다 쫓겨난 반역자 트로츠키와 친구였다는 사실만으로도 그는 이미 '유죄'였다. 통일노동자당의 당수가 지금은 트로츠키와 연 끊고 갈라선 지 오래라도 그게 중요한 것이 아니었다. 공산당 입장에서는 크게 엮을 건수를 물었다는 게 중요했다. 오웰은 당시를 다음과 같이 회고한다.

통일노동자당 지도자들이 무전으로 프랑코 장군에게 군사 기밀을 전송했고, 베를린과 연락을 취했으며, 마드리드의 비밀 파시스트 조직과 협력하여 활동하였다는 것 등이었다. (……) 그러나 공산주의

매체의 근거 없는 보도 외에는 **단 한 건의 증거도 제출되지 않았다.**
2백 건의 〈구체적인 자백〉이 있었다면, 누구라도 유죄 판결을 피할
수 없을 것이다. 그러나 그 이야기는 다시 나오지 않았다. **사실 그것
은 누군가의 상상력이 2백 번 작용한 결과에 불과하다.**

—조지 오웰, 같은 책, 224~225쪽.

공산당과 바르셀로나 당국은 자국민을 상대로 심리전과 정치
공작을 벌였다. 이들에게 주적은 프랑코가 아니라 혁명 지도자
의 배신자들이었다. 그 덕에 공화정부를 위해 목숨과 재산을 버
려가며 참전한 의용군들은 한순간에 역적으로 둔갑했다. 졸지에
밖에서 프랑코에게 몰매 맞고, 안에서 스탈린주의자들에게 뭇매
맞는 팔자 사나운 처지로 전락하고 말았던 것이다. 그들이 있을
자리에는 마땅히 존경과 감사함이 있어야 했다. 그러나 공산당
이 제작한 한 편의 사기극에서 그들에게 주어진 배역은 '반역자
트로츠키와 반군 수괴 프랑코의 사주를 받은 간첩 떼거리 1, 2,
3……'이라는 엑스트라였다. 진실하지도 윤리적이지도 못한 삼류
영화였다.

공산당은 공화국의 정치지도를 새로 그린다. 먼저 벼르고 있던
카바예로부터 낙마시켰다. '바르셀로나의 비극'에 대한 정치적 책
임을 그에게 덮어 씌워버린 까닭이었다. 곧장 후임으로 공화정부
의 금괴를 헐값에 소련으로 팔아넘기는 데 크게 일조한 후안 네
그린을 올렸다. 네그린 일파는 작정하고 소련의 충실한 개가 되
어 공화정부와 아나키스트들이 이룩한 진보적 정책이나 모든 혁

명적 자치를 되돌렸다.

이후 바르셀로나에서는 모조리 실종되어버린 줄 알았던 부르주아들이 위풍당당하게 복귀했고, 극심한 빈부격차에 노동자들은 눈치를 보았으며, 숙청의 칼날을 두려워한 사람들은 입을 굳게 다물 수밖에 없었다. 이 모든 것이 공산당 치하에서 벌어진 '자본주의'의 부흥이었다. 한마디로 공산당은 반란군과의 전투가 아닌 내분을 일으켰고, 혁명이 아닌 반동을 완수했던 것이다.

인간은 혁명의 도구도, 자본의 소모품도 아니다

바르셀로나에서 비극의 한 주를 겪은 오웰은 곧바로 전선에 복귀했으나 이내 우에스카 전투에서 적이 쏜 총에 목을 관통당해 죽을 고비를 맞는다. 치료를 위해 되돌아간 바르셀로나에는 적막함만이 감돈다. 숙청의 칼바람이 불고 있었고, 통일노동자당은 곧장 불법화되었으며, 당과 관련된 인사들을 색출하겠다는 공산당의 숙청작업이 시작되었다. 과거의 소속이 오늘의 죄가 되는 세상이 오고야 만 것이다.

그는 당시를 그렇게 회고한다. "스탈린주의자'들이 권좌에 올랐다. 모든 '트로츠키주의자'들이 위험에 처한 것은 당연한 일이었다."[11] 때를 놓친 무수한 사람이 탈주자나 간첩 따위의 억지누명을 쓰고 수감되거나 목숨을 잃었다. 곧장 공산당의 비밀경찰이 오웰의 방에 들이닥쳐 그동안 써온 글들을 압수했다. 본능이

탈출을 재촉했다. 결국 그는 아내 아일린과 함께 야반도주해 풍찬노숙을 하며 천신만고 끝에 스페인을 탈출한다.

오웰은 야간열차를 타고 스페인에서 빠져나왔지만, 그의 전쟁은 이제부터가 시작이었다. 총알 대신 문장과 논리를 장전하는 언어의 전쟁은 그의 주특기였다. 그러나 오웰은 영국에서 또 한 번의 커다란 좌절을 느끼게 되는데, 그것은 그의 생생한 현장 고발을 영국의 진보좌파세력이 전혀 믿으려 하지 않았기 때문이다. 그들에게 공화국은 오차 없는 '파시즘의 희생자'여야 했다.[12] 보기 싫은 진실을 마주하느니 차라리 보지 못한 것으로 치자는 어떤 자기세뇌가 영국의 지식인들 사이에 팽배했다. 「스페인의 진실을 고발한다」라는 오웰의 기고문은 여러 잡지사의 외면 끝에 표류해야 했고, 이 『카탈로니아 찬가』 역시 오웰의 친구 골란츠가 운영하는 좌익 독서클럽에서조차 퇴짜를 맞게 된다.

오웰의 육신은 스페인의 수용소에 갇히지 않고 빠져나왔지만, 오웰이 지적한 진실은 냉소와 외면이라는 투명감옥에 대신 갇혀야 했다. 차라리 실체가 있다는 점에서 프랑코는 한결 수월한 상대였다. 오웰이 영국에 돌아와 맞서야 했던 것은 "우리는 조건 없이 선하고 저들은 어찌 되었든 나빠야만 한다"는 광신적 진영논리였다.

그뿐만이 아니다. 끝내 오웰의 분통을 터뜨린 것은 방구석에 앉아 상상력만으로 이리저리 펜대를 휘둘러 상황을 좌지우지하는 언론의 행태였다. 오웰은 아예 『카탈로니아 찬가』의 한 장을 언론의 거짓보도나 오보를 반박하고 정정하는 데 할애했다. 공화국을 지키기 위해 참전했던 전쟁은 이제 진실을 사수하는 외로운 공성전이 되었던 것이다.

전쟁의 가장 끔찍한 특징 가운데 하나는 모든 전쟁 선전물, 모든 악다구니와 거짓말과 증오가 언제나 싸우지 않는 사람들에게서 나온다는 점이다. (……) 그런 일은 후방의 기자들이 담당했다. (……) 총알과 진창으로부터 수백 킬로미터는 떨어진 곳이었다. 당 사이의 불화에서 비롯된 비방은 물론이고 모든 일반적인 전쟁 선전 활동, 즉 탁자를 치며 열변을 토하거나, 과장된 영웅담을 늘어놓거나, 적을 헐뜯는 일들 역시 **보통 모두 싸우지 않는 사람들,** 많은 경우 싸우느니 차라리 백 킬로미터가량 먼저 달아나겠다고 하는 사람들에 의해 이루어졌다. 이 전쟁의 우울한 결과 가운데 하나는 좌익 언론도 우익 언론만큼이나 똑같이 거짓되고 부정직하다는 것을 내게 가르쳐주었다는 점이다.

—조지 오웰, 같은 책, 88~89쪽.

모든 전쟁이 똑같다. **병사들은 전투를 하고, 기자들은 소리를 지르고, 진정한 애국자라는 사람은 잠깐의 선전 여행을 제외하면 전선 참호 근처에도 가지 않는다.**

—조지 오웰, 같은 책, 90쪽.

이후 네그린의 공산당 정권은 당의 체면치레를 위한 무리한 공격을 감행해 패배를 거듭했다. 패배의 귀책사유를 감추기 위해 무고한 사람을 간첩으로 만들어 잡아 죽였다. 국민군은 수월하게 공화군의 영토를 조여나갔다. 공화정부가 소련에 상납하던 금괴가 떨어지자마자 장사꾼 스탈린은 미련 없이 손을 털었다.

1939년 3월 27일, 수도 마드리드가 함락되었다. 약 3년에 달하는 내전 끝에 프랑코가 웃었다. 공화정부는 망명길에 올랐지만, 사실상 지구상에서 소멸하고야 말았다. 승자 프랑코의 연쇄적인 보복과 탄압이 시작되었고, 공식적인 처형만 3만 5,000명에 달했으며, 최대 50만 명가량의 포로가 수용되었다.

스페인 내전의 원죄는 투표의 정당성을 무시하고 쿠데타를 일으킨 프랑코 일당과 극악무도한 떼죽음을 자행한 국민진영에 있다. 그러나 공화진영이 가까스로 출발시킨 방주를 망망대해에서 불태운 책임은 온전히 스탈린의 꼭두각시놀음이나 하던 스페인의 이념 중독자들에게 있었다. 국민진영의 학살과 공화진영의 비공산당원 내부숙청이라는 '중첩된 비극'에 밥과 정의를 사랑하는 무수한 사람이 무참히도 짓밟혔다.

공화군의 못된 우방인 소련의 뒷배를 믿고 활개를 쳤던 이들이 벌인 더럽고 치졸한 조작과 공작의 연쇄는 결코 그들의 선전대로 '멋진 신세계'를 가져다주지 못했다. 오히려 그들의 자살골 덕에 프랑코는 손쉽게 승리를 거머쥐었으며, 그 프랑코가 37년에 달하는 집권기간에 만든 세상은 학살과 감시에 수천만이 벌벌 떨던 '전체주의의 툰드라' 시대였다.

스페인 내전은 우파의 파시즘과 좌파의 공산주의라는 전체주의 이란성 쌍둥이 간의 대리전이었다. 또한 진실이 종교화된 이념에 질식사한 역사적 사건이었다. 평범한 욕망으로 보통의 나날을 살아가는 다수의 사람은 논리의 총알받이로 전락했고, 이념의 총력전이 벌어진 그 땅에서는 복잡한 비극이 단순한 행복을 앗아갔다.

이 비극은 누구보다 엄격한 기준으로 세상을 살아가야 했을 사람들, 이를테면 성직자와 지식인이 가장 신바람 난 칼춤을 추었다는 데 있다. 프랑코의 윤리적 경호실장을 자처하며 학살을 축복했던 가톨릭 사제들 못지않게 권력을 정의의 길로 계도하기는커녕 스탈린의 나팔수로 기생하며 살아가던 지식인을 오웰은 통렬하게 고발하고 있는 것이다.

무릇 진보좌파의 기본 덕목은 사람을 교체 가능한 소모품으로 이용하지 않는 데 있다. 한 인간은 다른 인간이 대체 불가능하기에 존엄하다. 진보좌파는 사람과 진실과 정의를 사랑한다. 자본과 권력이 감춰둔 진실을 밝혀내고, 정의가 외압에 굴복하지 않도록 수호할 의무가 있다. 모든 인간의 존엄을 한 사람의 자연인에게 귀속시키는 온갖 종류의 영웅 숭배는 철저히 악이다. 인간은 인간을 사랑할 수는 있지만, 결코 숭배해서는 안 된다. 인간은 자유롭기에 모두 동등한 것이다. 휴머니즘은 인간과 사회와 역사의 진보에 가장 근본이 되는 것이다. 이것은 철저히 상식적이기에 굉장히 혁명적인 이야기다.

그러나 스페인의 좌익진영과 영국의 좌파 지식인 사회에서는 정확히 그 반대의 일이 벌어졌다. 스페인에는 두 가지 파시즘이 있었다. 하나는 프랑코의 구닥다리 파시즘이었고, 다른 하나는 공산당의 적색 파시즘이었다. 인간을 혁명의 도구로 치부하는 소련제 공산주의나 공장의 부품으로 갈아 넣는 자본주의 파시즘이나 오웰에게는 모두 똑같이 타도해야 할 전체주의에 불과했다. 그의 말마따나 "프랑코는 시대착오였고, 인민전선은 사기였다."[13]

이념이란 인간의 행복과 번영에 기여하는 것이지 강제력에 빌붙는 납탄이나 감시 카메라의 적외선 따위가 되어서는 안 된다. 그러지 않는다면 미래는 바르셀로나에서 벌어졌던 비극이나 국민진영이 자행한 대학살의 반복일 것이다.

사람은 책에 적어놓은 대로 살 수 없다. 모든 인간은 불완전한 존재이기 때문이다. 그래서 사람은 서로를 돕고 상대방의 결점을 보완해가며 하나의 사회와 세계를 만들면서 산다. 그 다수의 평범한 사람 사이의 접착제가 바로 도덕이다. 사람 사이의 선한 관계를 어떻게 이어 붙이는지가 역사 발전의 척도라고 볼 때, 한 인생의 평범한 나날을 지탱하고 바로잡는 도덕이야말로 진보의 중요한 기초가 되는 것이다. 그래서 오웰에게 모든 이념은 도덕이어야 했다. 오로지 개인이 자유의지에 따라 자발적으로 양심에서 우러나와 행동하는 바로 그런 종류의 것 말이다.

도덕은 빗장과도 같다. 인간에게는 힘으로 어쩌지 못하는 그런 단단한 마음의 빗장이 있다. 그 빗장은 스스로 마음이 동할 때만 문을 연다. 사람이 광기에 쉬이 휩싸이지 않는 것도, 이념에 완전히 흡수되지 않는 것도, 전장의 참극에서조차 품위와 온정을 지켜나가는 것도 다 이 빗장의 굳건함 덕분이다. 오웰은 힘과 탐욕으로 그 빗장을 열어젖히려던 모든 시도를 적나라하게 고발했다. 또 괴물을 무찌르다 또 다른 괴물이 되어버리고 만 자들의 위선을 기록했다.

모든 혁명은 사실 내면의 보수며 진실의 사수에서부터 출발해야 한다. 적어도 나는 그렇게 생각한다. 진정성과 헌신이 뒷받침되지 않는 '진보', '정의', '혁명' 따위의 구호는 과시용 멋 부림에 지나지 않을지도 모른다. 어쩌면 우리는 부패할 기회를 갖지 못해서 청렴할 뿐이고, '갑질'할 특권이 없어서 평등을 외치는 것인지도 모른다. 한 대 쥐어 박아줄 힘이 없어 마지못해 평화를 애호하는 것이거나 악당을 두려워하면서도 내심은 악당을 동경하는 것일 수도 있다.

오웰의 『카탈로니아 찬가』는 이렇게 말한다. 우리 모두가 이념과 철학과 관계없이 괴물이 될 수 있다고. 거짓이 진실을 이기고 권력이 우정을 짓밟았던 모난 역사의 지층에서, 밥 한 그릇에 온 하루와 욕심을 다 바쳐 사는 평범한 사람들의 기구한 역사가 오늘날의 우리에게 전한다. 당신의 빗장은 안녕하신지요. 시작은 자기 자신부터 솔직해지는 데 있다.

7장

분노가 논리적이면
분노가 아니다

아돌프 히틀러, 『나의 투쟁』

"

민주주의라는 높은 산의 봉우리에는 지식의 만년설이 가득하지만, 산자락에는 묵음 처리된 이들의 울분과 한탄이 쌓이고 만다. 할 말을 못 다한 사람에 대한 외면 혹은 무시에서부터 나치즘과 같은 극단의 망상이 자라고 음모론이 곰팡이처럼 피어나기 쉽다. 여기서 배우지 못해 허튼소리를 한다는 식자층의 차가운 지적은 아무런 도움이 되지 못한다. 분노를 논리적으로 표출하면 분노가 아니기 때문이다. 억울함은 하소연이 되기도 하지만, 극단적 증오가 되기도 한다. 후자가 히틀러의 길이었다.

"

악마의 신앙고백록

나는 독일을 지배하고 있었던 혼돈을 극복하고 질서를 회복하여 국민경제의 모든 분야에서 생산을 비약적으로 높였다. (······) 700만의 실업자들을 한 사람도 남김없이 보람 있는 생산활동에 종사토록 하는 일에도 성공했다. (······) 나는 독일 민족을 정치적으로 하나로 아울렀을 뿐만 아니라, 군사적으로도 비약적 확장에 성공했다. (······) 나는 1919년에 빼앗긴 땅을 제국으로 되찾고 불행의 밑바닥에 시달리는 수백만의 독일인 동포를 다시 고향으로 데리고 왔다. 나는 천년의 역사를 자랑하는 독일 민족의 생존권을 다시 통일했다. 더욱이 나는 이러한 모든 것을 한 방울의 피도 흘리지 않고, 우리 국민에게도 다른 국민에게도 전쟁의 고통을 맛보게 하지 않고 해치웠다. 21년 전의 나는 아직 이름 없는 노동자였고 병사였다. 그러한 내가 이러한 일을 나 자신의 힘으로 해치운 것이다.

—1939년 4월 28일, 아돌프 히틀러의 연설 중에서

이것은 역사상 가장 극악무도했던 독재자가 내뱉은 자화자찬이다. 그러나 유감스럽게도 그의 발언은 일말의 거짓도 없이 모두 사실이다. 업적 없는 악마는 없다. 실패만 반복해서는 악마가

될 수 없다. 악행도 유능해야 저지를 수 있으며, 무능하고 유약한 악은 두드러질 기회도 없이 일상의 무게에 희석되기 때문이다. 모든 악마는 한때의 성공한 영웅이었다. 위인이 타락해 이름 있는 악인이 되는 것이다.

성장형 악마 아돌프 히틀러의 인생 이력도 이와 같은 곡선을 그렸다. 그는 서른 살까지 고아연금으로 적당히 연명하며 변변찮은 직업도 이력도 없던 오스트리아 태생의 촌뜨기에 불과했다. 그러나 그는 자신의 장르를 정치로 바꾸자마자 탁월한 예술적 소양과 연설능력을 발휘해 패전과 경제적 고난 속에서 좌절한 독일 민중을 탈출시킬 정치계의 아이돌로 급부상했다.

불안과 흥분의 시기에 혜성처럼 나타난 그는 소수당에 불과했던 나치당을 집권당으로 키워냈으며, 마침내 그 자신은 독일 제3제국의 총통에 올랐다. 당파싸움과 파벌이익에 갇혀 결단을 내리지 못했던 기성 정치가들과는 달리 그는 민주선거로 집권해 일당 독재국가를 선물하겠다는 자신의 공약을 충실히 이행했다. 그의 독일은 자급자족 경제와 완전고용을 이루어내 세계 2위의 경제대국으로 발돋움하며 승승장구의 신화를 써내려갔다. 이것은 대량실업과 대공황으로 혼수상태에 빠진 전 세계 선진 자본주의 국가와는 극명하게 대비된 모습이었다.

그뿐만 아니라 히틀러는 미국의 대통령 우드로 윌슨의 민족자결주의의 허점을 역이용하는 날카로운 외교 감각을 보여주기도 했다. 그는 윌슨의 말대로 '민족의 운명은 스스로 결정하는 것'이라면 독일 민족이 다수 거주하고 있는 타국의 땅은 곧 독일인의 의지가 결정하므로 자연히 독일은 이 땅을 흡수할 권리가 있다고 보았다. 히틀러는 독일인이 많이 거주하는 지역을 야금야금 공략해 무력행사 없이 독일의 덩치를 불려나갔다. 그는 1938년 『타임』지 올해의 인물로 선정되었으며, 1939년에는 무려 '노벨평화상' 후보로 거론되기도 했다. 그가 모두를 속인 것인지, 모두가 그에게 속은 것인지는 알 수 없다. 어찌 되었든 그가 당대 세계 민중에게서 가장 화려한 정치를 구사하는 글로벌 리더라는 평가를 받았던 것은 부정할 수 없는 사실이다.

그의 투쟁은 병약한 오스트리아를 병합하고 파죽지세로 체코를 굴복시켰으며, 프랑스의 증오와 복수심이 어린 '베르사유 조약'을 몇 마디 말과 몇 번의 도장 날인 끝에 휴지조각으로 만들어버렸다. 아리아 인종의 혈통을 보존하겠다며 피에 강한 집착을 보였던 히틀러는 피 한 방울 묻히지 않는 협상으로 이룰 수 있는 모든 성과를 거둔 후에는 기꺼이 피를 지불하기 시작했다. 그것은 아무도 원치 않았던 또 한 번의 세계대전이었다. 먼저 그는 평소 철천지원수라고 경멸하던 소련의 스탈린과 '독소 불가침 조약'을 맺었다. 이 한 쌍의 좌우합작 전체주의 독재국가는 사이좋게 폴란드와 동유럽을 나눠 가졌다.

이후 나치 독일은 영국과 프랑스와도 일전을 감행했다. 속전속결로 유럽을 제패한 히틀러의 군대는 어제의 동지였던 스탈린에게 다시 칼날을 겨누었다. 한때 나치의 하켄크로이츠 십자 갈고리 문양은 진격하는 전차의 지휘에 맞춰 유럽의 전역에서 펄럭였다. 그러나 히틀러가 세계를 고쳐놓겠다고 벌인 전쟁은 총통과 제국의 동반 몰락으로 이어졌다. 그는 동반 몰락의 마지막을 두 가지 장면으로 연출했다. 하나는 '최종적 해결책'이라는 코드네임의 비극적인 인종청소로, 다른 하나는 히틀러 자신과 그의 연인 에바 브라운의 권총자살 전날에 치러진 결혼식이라는 파란만장한 결말로 말이다. 히틀러의 빈자리에는 종전의 양대 주축인 미국과 소련 사이의 차가운 체제 전쟁이 들어섰다. 여기까지가 바로 전쟁 범죄자 히틀러의 축약된 인생 이력이자 그가 역사에 남긴 족적이다.

나치 독일의 퓌러 아돌프 히틀러. 그가 세상에 터뜨린 것은 응축된 플루토늄 원자탄이 아니었다. 그는 희대의 웅변으로 문명사회에 충동과 야만의 말 폭탄을 던졌다. 사상의 폭탄이 떨어진 인간의 내면에는 근대 인간문명이 세운 정치제도, 권리, 도덕에 관한 총체적 믿음이 무너져 내렸다. 독재자의 권력충동은 극단의 피해망상과 결합해 대량살육의 현실정치 프로그램으로 이어졌다. 대학입시에 낙방한 미술학도였던 그가 정치가가 되어 인간의 가슴에 그려놓았던 것은 파괴의 미학이었던 것이다. 히틀러는 생물학적으로 사망했으나 그가 남긴 인간성의 흉터가 제대로 아물었는지는 아직 단언할 수 없다. 히틀러가 인간에게 새로운 야만을 새겨놓은 것이 아니라 단지 안에서 곪은 악을 적나라하게 드러낸 것에 불과했기 때문이다.

세계적인 불온도서로 악명 높은 아돌프 히틀러의 『나의 투쟁』은 비뚤어진 한 이상주의자의 어설픈 신앙고백록이자 그가 한껏 꾸며 독일 국민을 향해 보낸 정치적 프러포즈가 담겨 있다. 이 책은 그가 정계의 유망주 시절 벌였던 뮌헨 폭동의 실패로 잠깐의 수감생활을 하는 기간에 구술한 것으로 반유대주의와 인종주의를 비롯한 나치즘의 원형과 국가 전반에 관한 자신의 정치적 입장이 기술되어 있다. 달변으로 유명한 그의 말솜씨와는 달리 글솜씨는 영 엉망이고, 곳곳에서 남이 대신 문장을 기워준 흔적이 역력하다. 다소 엉성한 논리전개는 물론 앞뒤가 충돌하는 외교정책, 조직생활에 필요한 사소한 행동지침 따위가 중구난방으로 조잡하게 수록되어 있다. 그러나 그 나름의 체계를 갖춰 히틀러가 전하고자 했던 일관된 메시지에서는 고약한 냄새를 풍기는 어떤 정치적 악의와 경고가 드러난다.

현실도피에 빠진 독일 민중을 사로잡은 악마의 신앙은 과연 무엇이었는가. 어째서 한 정치가의 망상의 세계관이 현실의 세계를 대신하게 된 것일까. 당대 독일은 지구상에서 가장 교육수준이 높은 나라였다. 그러나 히틀러의 열변이 토해낸 나치의 발상은 압도적 다수의 어두운 내면을 이끌어내는 데 성공했다. 대중의 소망을 지도자의 열망으로 화답해주는 과정에서 독일인은 총통에게 자신의 목소리를 바치고 무엇을 얻었는가. 흉악범의 이념일지라도 그 오염원을 적극적으로 파헤쳐볼 필요가 있다. 나치즘을 박제된 이념으로 봉인해두고 파우스트의 파멸적 거래를 차단하기 위해 수많은 이가 자진해서 들이켰던 이 독극물의 성분을 살펴보기로 하자.

순혈과 잡종의 변증법

진화론의 창시자 찰스 다윈은 타락한 정치가 때문에 또다시 억울한 누명을 써야 한다. 이른바 히틀러식 인종 진화론은 다음과 같다. 이것을 제대로 파악해야 그의 범행동기를 제대로 읽을 수 있다. 모든 역사는 피에서 시작한다. 피를 흘리는 자는 죽음의 길로, 피를 보존한 자는 생명의 길로 걷기 때문이다. 생존이란 죽음과의 투쟁이고, 생명의 태동은 난자와 결합하기 위한 정자들의 경쟁에서 출발하는 자연적인 현상이다. 우월한 인자를 보존하면 지배자가 되고, 열등한 유전자를 버리지 못하면 도태된다. 순혈은 우월하고 혼혈은 열등하다. 생각은 바꿀 수 있지만 피는 바꿀 수 없는 것이다.

피와 유전자와 인종의 철칙은 현실정치에도 그대로 반영된다. 정치는 민족의 자기보존 충동에서 동기를 부여받고, 자민족의 존속과 번영, 다시 말해 생명과 빵을 쟁취하는 것을 그 목적으로 한다. 한 사람의 천재가 수많은 대중을 먹여 살리듯 하나의 우수한 민족이 나머지 열등한 민족을 지배하며 이끌어나간다. 그렇기 때문에 평화는 대결 끝에 타민족을 제압한 상태이며, 인종 간에는 우열이 있으므로 평등이란 애초에 존재하지 않는 단어다. 자유는 누구나 가져야 하는 기본적 권리가 아니라 가장 우수한 민족만이 투쟁 끝에 손에 독점해야 할 자연의 선물이자 민족 단위의 개념이다.

개인에게 허락된 유일한 자유는 공동체의 영광을 위해 헌신하고 희생하는 것이며, 이상을 위해서 희생하는 것이 한 개인이 누릴 수 있는 가장 숭고한 죽음이다. 아이를 위해 목숨 버리기를 마다않는 부모의 마음처럼 민족의 진보는 오직 그 공동체에 소속된 개인의 숭고한 희생이 모여 가능하다. 전체를 위해 개인을 희생하는 능력과 의지. 그것이 있는 민족은 선택받은 민족이며, 그것이 없는 민족의 생활권은 공동묘지일 것이다. 나의 투쟁은 우리의 투쟁이며, 우리의 투쟁이 곧 민족 최강을 가리는 종족의 투쟁이다. 하나의 민족은 하나의 제국으로, 세계의 게르만 민족은 한 명의 총통을 중심으로 단결하라!

> 아리아 인종은, 어떠한 시대에도 그 빛나는 이마에서 언제나 천재의 신성한 불꽃을 번쩍이고, 고요한 신비의 밤에 지식 불을 밝히며, 인간에게 이 지상 다른 생물의 지배자가 되는 길로 오르게 한 그 불을 언제나 새롭게 피어오르도록 만든 인류의 프로메테우스이다. 사람들이 그를 내쫓는다고 한다면, 그때는 깊은 어둠이 아마도 몇 천 년이 채 되기 전에 다시 지상에 깔릴 것이다. 그리고 인간 문화도 없어지고 세계도 황폐할 것임에 틀림없다.
>
> —아돌프 히틀러, 『나의 투쟁』, 421쪽.

　확실히 히틀러는 아리아 인종, 그중에서도 게르만 민족만이 신의 선택을 받은 특별한 민족이라고 정말 진지하게 믿었던 것 같다. 신이 최초로 공들여 만든 인류의 표본, 모든 예술과 문화를 창조한 민족, 과학기술의 발전을 이룩하고 인류의 미래를 진두지

휘할 유일한 지배민족이 바로 독일 민족이라는 것이다. 아리아 인종의 발아래 재활용이 가능한 민족이 있고 역사의 오물통으로 폐기처분해야 할 인간쓰레기 집합도 있다. 인종의 분리수거는 바로 신이 독일인에게 부여한 사명인 것이다.

이렇게 히틀러처럼 생각의 온갖 기준을 인종 하나로 놓고 여기 저기 입맛대로 편집해서 보면 세상과 역사가 뒤집혀 보일 수 있다. 사람은 종종 적나라한 현실 그 자체보다 자신의 망상 속 은폐된 세상에서 진실과 거짓이 반전된 듯한 도착의 세계에서 더욱 카타르시스를 느낀다. 그러나 문제는 그가 유일무이한 권력자였다는 사실이다. 안으로 굽는 팔의 세계가 주먹이 되어 뻗어나가는 것은 필연적인 일이었다.

그는 안으로는 순종 독일인 품질관리에 힘썼다. 순종 아리아인 혈통증명서를 발급했고, 독일인이더라도 불치병자나 혼혈인은 불임수술로 출산을 금지했다. 사자가 병약한 새끼를 물어 죽이거나 늙은 수컷을 버리는 것이 자연의 이치이듯 히틀러는 장애인을 비롯해 기형아와 허약체질의 아이를 즉각 살해하며 고대 스파르타식의 처방을 따랐다.

밖으로는 왜곡된 렌즈를 통해 반전된 세상을 보면서 독일 민족이 손봐줘야 할 이민족의 목록을 채워나갔다. 먼저 그에게 늙은 다민족국가 오스트리아는 젊은 순혈국가 독일과 대비되는 잡종들의 모자이크 제국이었다. 오스트리아는 독일 민족의 나라인데도 민주주의 의회제도를 통해 신성한 아리아 인종과 열등한 소수민족을 동등하게 처우하는 죄악을 저질렀다. 오스트리아 소재의 100만 독일인이 민주주의라는 역차별의 하대 속에서 자신들을 구출해주기만을 기다리고 있는 것으로 보였다. 서쪽에는 아프리카를 식민지로 삼더니 흑인과 교잡해 오염된 라틴 종족의 프랑스가 있었다. 동쪽에는 노예slave 태생의 하등종족 슬라브slav족의 본거지 러시아가 있었고, 거기서는 공산주의가 태동해 인간 평등의 낙원이라는 헛소리를 외쳐대고 있었다.

그러나 무엇보다 가장 최악은 뼛속까지 배신의 유전자를 가진 유대 민족이다. 당시 히틀러를 비롯해 상당수의 독일인이 1차 대전에서 독일이 패배한 사실을 인정하지 못하고 있었다. 동부전선은 차르의 러시아가 레닌 패거리의 기습에 붕괴하면서 독일과 강화조약을 맺으며 정리되었고, 서부전선에서는 여전히 독일군이 프랑스를 점령하고 있었다.

그렇다. 적들은 단 한 번도 독일 땅을 밟아보지 못했다. 우리의 털끝도 건드리지 못했다. 세상에 그런 패배도 있는가? 우리는 승리를 절도당한 것이다. 누군가가 배후에서 음해하고 독일의 승리를 팔아넘겼기 때문에 허무한 항복과 '베르사유 조약'이라는 징벌적 손해배상을 강요받게 된 것이다. 아주 유력한 혐의자가 떠오른다. 독자적으로 존재하지 못하고 누군가에게 기생해서만 살아남을 수 있는 떠돌이 민족, 무엇이든 팔아먹지 않으면 생존하지 못하는 장사치들의 족속, 바로 유대인의 짓임이 분명하다. 히틀러는 이렇게 단정했다. 아니, 히틀러도 이렇게 단정한 사람 가운데 하나였다.

하등종족이 건넨 아편

유대인은 신 앞에 두 가지 악행을 범했다. 일찍이 유대인 유다가 예수를 배신한 것이 첫째요, 유대인 카를 마르크스가 유물론이라는 무신론으로 신을 모독한 것이 그 둘째다. 유대인은 첫 번째 형벌로 나라를 잃고 떠돌이의 삶을 선고받아 죗값을 치르고 있지만, 여전히 죄를 뉘우치지 못하고 더욱 악랄한 공산주의라는 무신론 바이러스를 퍼뜨리고 있다. 영악한 유대인은 혁명과 폭동에도 재능이 있어 마르크스의 달콤한 요설을 빌려 아예 독일을 위협하는 공산국가 소련을 건국했다. 그 주동자인 레닌과 트로츠키 모두 유대인이다. 이것이야말로 가장 유력한 배신의 증거다.

"만국의 프롤레타리아들이여, 단결하라"고 말했던 독일 민족의 사문난적 마르크스가 건넨 아편은 중독성이 매우 강했다. 유대 공산주의가 주창한 구호에 담긴 '국적불문'이라는 말은 독일인에게 조국을 잊게 하고, 존귀와 우열의 차이가 있는 여러 이민족을 '프롤레타리아'라는 평등한 말로 한데 뒤섞는다. 이렇게 되면 민족의 순수성은 해쳐지고 잡종들의 오염된 피로 버무려질 것이다.

유대인은 자신의 역마살을 숨기기 위해 국적을 지웠고, 열등함을 감추려 계급 뒤에 숨었으며, 독일의 약체화를 위해 파업을 조장하며 분열과 가난을 퍼뜨렸다. 유대인이 전 세계를 떠돌며 기생해왔듯이 도시 빈민 '프롤레타리아' 계급도 시궁창을 배회하며 먹을 것을 구걸하는 것은 결코 우연이 아니다. 역사상 '프롤레타리아'라는 게 실존했던 적이 있는가. 대대로 독일 국민은 존재했어도 그런 건 없었다. 그것은 유대인 마르크스가 지어낸 허구적 유령이자 파괴해야 할 괴력난신이며 가난을 전염시키는 역병일 뿐이다. 이 모두가 강인한 아리아 인종을 약골로 만들려는 유대인의 계획적 음모인 것이다.

지하세계에서는 노동자로 위장했던 유대인은 지상에서는 고리대금업자로 독일 민족을 이자의 늪에서 시름하게 만든다. 자본주의 역시 유대인이 탐욕의 잔치를 벌이면서 타락시켰다. 그 옛날부터 기독교에서 금기시하는 금융업·고리대금업과 같은 천한 돈놀이에 종사하던 자들이 아니었던가. 윌리엄 셰익스피어의 희곡 「베니스의 상인」에서 주인공 안토니오의 심장 주변의 살 1파운드를 떼어가려 했던 악덕 고리대금업자 샤일록도 유대인이었다. 선량한 독일 노동자들이 피땀 흘려 생산하면 탐욕스러운 유대인들은 각각 자본가와 사채업자와 투기꾼이 되어 신나게 이자놀음을 벌인다. 그러면서도 물밑에서는 공산주의를 통해 노동자들의 분열을 부추기고, 언론·문화·예술계를 장악해 정신지배를 획책하고 있다. 한마디로 두 얼굴의 유대인들은 왼쪽에서는 위선적 공산주의로, 오른쪽에서는 속물적인 자본주의로 독일 경제를 좀먹고 민족의 순수성을 타락시키고 있는 것이다.

홍해를 가르며 파라오에게 신음했던 유대인을 구원한 모세처럼 유대 공산주의의 파업과 유대 자본주의의 착취에서 시름하는 독일 백성을 구원할 지도자는 누구인가. 아리아인의 구세주를 열망하는 염원에 히틀러는 자본주의에 신물 나고 사회주의를 혐오하는 모든 계층을 아우를 자신만의 '변종 사회주의'를 창조해 화답한다. 히틀러는 사회주의의 모든 것을 유대인과 결부시켜 혐오했지만, 다음 두 가지 부분을 수정해 사회주의로부터 모든 것을 배워나갔다. '민족은 계급에 우선한다.' '동포는 동지보다 위대하다.' 사회주의는 프롤레타리아에게는 조국이 없다고 가르쳤지만, 국가사회주의는 민족과 국경을 명확히 한다. 국제 자본가와 국제 프롤레타리아는 더는 독일 땅을 밟을 수 없다. 오직 독일인만이 독일인의 생활권에서 자급자족한다. 게르마니아에서는 실업도 없지만 임금인상도 없다. 파업은 반역이다. 유대인을 제거하면 착취는 저절로 추방된다. 민족의 앞날을 위해 하나로 똘똘 뭉친 힘을 보이는 것이 독일 민족의 유일한 목표다.

여태껏 히틀러는 그 자신은 유대인이 독일 민족을 예속시키기 위해 정신적 아편을 건넸다고 주장했다. 그러면서도 그는 아편중독을 치료하기보다는 인종 민족주의와 국가사회주의를 섞어 만든 '나치즘'이라는 자신만의 새로운 약물을 공급했다. 나치즘은 순도 100퍼센트의 배타성과 폭력성, 잔학성, 폐쇄성 따위로 이루어진 악성 독약이었다. 물론 어느 시대나 책을 읽는 사람은 소수고, 그 두꺼운 『나의 투쟁』을 심도 있게 성경처럼 꼼꼼히 되짚어가며 읽은 사람은 더더욱 소수였을 것이다. 그러나 그는 내용이 치밀한 학자가 아닌 형식의 힘을 아는 권력 정치가였다. 가장 큰 문제는 사악한 내용이 멋진 형식에 담겼을 때 발생한다. 나치즘의 내적 논리를 완결지은 히틀러는 포장지에도 큰 신경을 썼다. 피상적으로 느껴졌던 나치즘이 익숙한 공기가 되도록 힘썼다.

히틀러는 어떤 단어가 사람들에게 사랑받는지를 알고 있었다. 그와 그의 동지들은 대다수의 독일인이 좋아하는 낱말인 '국가'에 당시 가장 최신식 사상이라 불렸던 '사회주의'를 보태고 인구의 대다수를 차지하는 '노동자'를 덧붙여 우리에게는 '나치'라는 약어로 익숙한 '국가사회주의 독일노동자당'이라는 당명을 완성했다. 또한 그는 생각이 멋져서 사람이 멋있는 게 아니라 멋있는 사람의 생각을 멋있게 보도록 짜여 있는 인간의 감각적 약점을 꿰고 있었다. 히틀러는 예나 지금이나 옷을 잘 입는 이탈리아의 로마로 날아갔다. 그곳에서 선배 독재자 무솔리니에게 제복의 멋, 훈장과 휘장의 수려함을 전수받았다. 좌익이 뽐내던 붉은 완장에 하켄크로이츠 나치문양을 덧새겨 소속이 없는 이들에게 채워주었다. 이와 함께 은밀한 동료애를 나치식 경례와 같은 상징에서 느낄 수 있게 만들었다. 무엇보다 혐오의 메시지는 간결했다. 그는 일자무식의 사람들도 쉽게 구호를 퍼 나를 수 있게 한두 줄의 간결한 구호를 만들어 위험한 추종자를 늘렸다. 이것이 그가 설계한 생각의 아우토반에서 무분별한 증오가 속도제한 없이 유통될 수 있었던 비결이었다.

주먹으로 하는 사랑의 배신

프랑스 혁명의 사상가 장 자크 루소가 말했다. "만약 너희가 자유롭기를 거부한다면, 일반의지가 강제로 너희를 자유케 하리라." 나폴레옹은 그 구호를 잽싸게 집어 들고 프랑스 국민군을 이끌어 전 유럽과 한판 크게 붙었다. 독일의 철학자 헤겔은 진격하는 나폴레옹을 보고 "저기 시대정신이 걸어온다"며 환영했으나 나폴레옹은 그 시대정신을 도둑질해 황제에 즉위하며 단두대로 황제의 목을 쳤던 공화국 프랑스의 역사를 역행시켰다. 그를 위해 〈영웅 교향곡〉을 썼던 베토벤은 황제가 된 나폴레옹의 반동에 분개해 그를 위해 헌정한 악보의 겉장을 갈기갈기 찢어버렸다.

나폴레옹이 일반의지를 훔쳤다면, 히틀러는 그것을 오염시켰다. 히틀러는 게르만의 의지를 전 세계에 강제하기 위해 대군을 일으켰다. 로마의 시저가 "왔노라, 보았노라, 이겼노라"며 로마인의 긍지를 진작시켰다면, 나치의 히틀러는 "속았노라, 당했노라, 패했노라"며 독일인의 분노와 적개심을 부추겼다. 독일의 철혈재상 비스마르크는 "정치는 가능성의 예술"임을 보여주었고, 총통 히틀러는 불순물 없는 철과 피로 "게르만 민족의 가능성"을 시험하려 했다. 루소가 발견한 일반의지가 민중의 거센 파도였다면, 독재란 한 사람의 사적인 의지가 민중의 일반의지를 집어삼키는 '의지의 역류'라고 할 수 있다. 나폴레옹이 녹아버린 밀랍날개처럼 추락했고 히틀러가 더욱 악랄하게 타락했듯, 대중이 영웅을 바라고 다시 그 영웅에게 배신을 당하는 서사는 역사 속에서 흔히 있는 이야기다.

마르크스의 말처럼 종교는 인민의 아편이었지만, 인간은 아편 없이 살 수 없는 존재였다. "신은 죽었다"며 중세의 장례식을 치렀던 철학자 니체조차 신의 공백을 참을 수 없어 초인 시대의 도래를 염원했다. 고대 그리스의 논객 트라시마코스는 "정의는 강자의 이익"이라고 단언했으며, 그의 말을 뒷받침하기라도 하듯 사람들은 강한 사람을 사랑했다. 신은 사라졌어도 대중은 그에 버금가는 영웅의 신화를 원했다. 영웅의 핵심 조건은 강함이다. 순수한 힘은 그 자체로 매력이다. 누가 세상에서 제일 강한지는 우리가 유년시절 골목에서 대장을 정할 때부터 한 나라의 최강의 검객과 지도자를 고를 때까지 이어지는 대중의 호기심이다. 강한 사람의 말은 엉터리일지라도 일단은 호소력을 갖고 따르게 만드는 마력이 있다. 정치학에서 권력을 '타인의 의지에 반하는 일을 강제로 시킬 수 있는 힘'이라고 부르는 것에도 이와 같은 이유가 숨어 있다. 절대 권력자는 항상 일반 사람들의 영웅 소망 사고에 힘입어 성장한다.

사람은 자신이 나약하면 집단에 소속되어 그것을 대신 메우려 한다. 인간의 군집 경향은 꽤나 현명한 생존비법이다. 소속감의 핵심은 해당 집단에 얼마나 강한 사람들이 포진해 있느냐다. 집단이 위대할수록 그 일원인 나의 가치가 올라가고 자긍심에 도취된다. 소속감이 바라보는 세상은 여기에 들어온 사람과 그렇지 못한 두 종류의 인간으로 나뉜다. 초고층 빌딩의 경비원은 곧 초고층 빌딩 그 자체가 되고, 사원증을 걸고 완장을 두르는 것은 자신감을 입는 것이다. 소속은 사람에게 안정감을 주고, 그 대가로 대개는 수월한 협조를 이끌어낸다. 사람들은 보통 힘이 두려워 비참하게 억지로 한다고 생각하기보다 이왕이면 자발적으로 열심히 해서 높은 사람에게 인정받고자 하는 욕구를 갖기 때문이다. 그것이 권력이 지구전 끝에 '인정'과 '소속감'을 부여해 대중에게 얻어내는 부드러운 복종이다. 비밀경찰 조직 게슈타포로 상징되는 공포 통치의 껍데기에는 부드러운 복종이라는 속살이 짝을 이루고 있었던 것이다.

히틀러는 민주정부에게서 어떠한 애정도 느끼지 못하고, 장기간 실업상태에 놓여 있던 수많은 무소속자에게 당원증과 함께 소속감을 선물함으로써 만들어진 초인의 자리에 오를 수 있었다. 수많은 실업자가 나치당의 제복을 입자 직업이 생겼고, 함께 빵을 먹고 함께 흥을 볼 수 있는 동료를 얻었으며, 가족과 주변인의 호의적인 시선을 누릴 수 있었다. 초점 없이 무기력했던 삶에 우리 민족의 번영이라는 구체적인 삶의 목적도 생겼다. 소속이란 이렇게나 좋은 것이다. 소속을 너무나 사랑한 나머지 사람들은 마침내 소속과 구속의 미묘한 차이를 사랑이라고 착각하게 되는 눈먼 상태에 도달한다. 충성과 배신에 관한 무리생활부터 전해져 내려온 인간의 본원적인 도덕 감정이 사랑을 두텁게 만든다. 이때쯤이면 사람들은 자신의 지도자에게 동의하지 않는다. 그저 찬사를 보낼 뿐이다. 마침내 복종에 사랑이 더해져서 충성이라는 배타적인 감정이 일게 되면 권력의 정점에 서 있는 자는 대중을 지배한 것이 아니라 대중의 일상을 지배할 수 있게 된다. 이것이 바로 히틀러가 증오의 지도자인 동시에 애정의 아이돌이 될 수 있었던 까닭이기도 하다.

더군다나 사랑이 갖는 독특한 특성은 상대와 자신을 동일시하게 만든다는 것이다. 집단을 향한 사랑도, 지도자를 향한 사랑도 크게 다를 바 없다. 집단과 집단의 우두머리와 내 자존심의 삼위일체가 이루어진 순간부터, 내 것으로 쟁취한 사랑은 이내 남들에게서 그 사랑을 사수하기 위한 전쟁으로 변모한다. 사랑과 폭력은 쉽게 이성적 사고를 마비시킨다는 공통점이 있다. 지키는 사랑을 위한 모든 방법이 정당한 것으로 간주된다. 맹렬히 타오르는 사랑은 문제해결 방법으로 폭력에 이르는 모든 절차를 쉽게 생략해버린다. 정당방위가 과잉방어로, 때로는 최선의 방어인 선제공격으로 번지는 것은 순식간이다. 이른바 주먹으로 사랑하는 법을 배우는 것이다. 폭력이 익숙한 곳에서는 그것을 카리스마라고 부른다.

열성적 사랑이 씌운 콩깍지는 평소 아무리 공정하고 다정했던 사람조차 난폭한 군중심리에 빠뜨리기 쉽다. 구속당하는 이가 구속하는 사람을 변호하며 그것을 사랑이라 말했을 때, 주먹으로 했던 사랑의 결과는 아우슈비츠의 가스학살과 장애인을 비롯한 사회적 약자의 제거, 세계대전으로 상징되는 잔혹한 폭력이었다. 과연 독재자를 사랑한 민중은 진정한 의미의 배신을 당한 것이었을까. 아마도 인간에게는 자신의 불완전함을 인정하며 그에 맞춰 살기보다는 초월적인 누군가를 기다리며 메시아와 함께 인생역전을 꿈꾸는 파괴적 본능이 있는 것만 같다. 히틀러와 그의 꿈을 위해 자발적으로 목숨을 바친 사람은 얼마나 되었을까. 혹은 그가 꿈을 꾸지 않았다면, 그 꿈에 사랑을 보내지 않았다면 억울한 죽음이 그만큼 줄어들지는 않았을까. 대중은 다른 누구에게 속은 것이 아니라 자기 자신에게 배신당한 것이리라.

만년설이 녹아내릴 때

두 칸짜리 비좁은 지하실에서 노동자의 일곱 식구가 살고 있다고 하자. (……) 집이 비좁고 옹색하여 아이들 사이에는 자주 다툼과 불화가 일어난다. **이들은 서로 도우면서 생활하고 있는 것이 아니라, 부대끼면서 생활하고 있는 것이다. 넓은 집에 산다면, 잠깐 떨어져 있는 것만으로도 곧 화해할 수 있는 아주 하찮은 대립도 여기서는 끝이 없다.** (……) 그러나 이 싸움이 부모 사이에서 이루어지고, 그것도 거의 매일 계속된다면 그들의 참상이 드러나게 되어 (……) 아이들 장래에는 나쁜 영향을 미칠 것이다. 더 나아가 만일 이 불화로 말미암아 만취한 아버지가 어머니에게 폭력을 가한다면 어떻게 될까?

이런 환경을 모르는 사람으로서는 상상할 수 없는 일이다. (……) **가정에서는 공부가 화제로 오르지도 않는다. 오히려 그 반대다.** (……) 심지어 그들의 어린 자식을 꿇어앉히고, 도리를 가르치기는커녕 교양 없는 욕지거리로 일관하는 날이 대부분이다.

　　　　　　　　　　　　—아돌프 히틀러, 『나의 투쟁』, 160~162쪽.

나와 생각이 같은 사람을 만난다는 것은 삶에서 정말로 반가운 일이다. 내가 하고 싶었던 말을 속 시원하게 대신해주는 사람, 나의 고민거리를 명쾌하게 정리해주는 사람을 발견하는 것은 대개 누구에게나 우연한 기쁨일 것이다. 그러나 당혹스럽게도 나에게 나타난 이는 앞에 인용한 『나의 투쟁』의 한 대목을 쓴 히틀러였다. 나는 이 대목을 읽으면서 가난한 집안에 대한 이보다 탁월한 묘사가 있을까 하고 감탄했다. 이 책이 전반적으로 유대인 증오와 전쟁계획으로 범벅된 히틀러의 저작이라는 것도 잠시 잊고 말이다. 넓은 집에 살았다면 각자 자기 방에 들어가 있는 것만으로도 해결될 사소한 문제가 가난한 집에서는 불화의 근원이 되며, 어두운 집안 분위기에 짓눌려 사는 아이들은 어쩌면 인생이 절반쯤 결정되어 있는지 모른다는 불안하지만 유력한 가능성. 비좁은 집에서 좁은 인생이 탄생하게 되는 배경. 가난에 대해 내가 접했던 어떠한 좌익 혁명가나 지식인, 대학교수의 글보다 쉽고 직관적으로 그림처럼 와 닿는 묘사였다.

이 대목을 쓴 그와 악랄한 사상을 펼친 철권의 독재자가 과연 동일 인물인지는 크게 중요하지 않았다. 핵심은 그에게서는 전혀 '먹물' 냄새가 나지 않았다는 것이다. 히틀러는 성공한 선전은 가장 배우지 못한 사람조차 직관적으로 이해시킬 수 있는 것이라고 말했다. 민중을 위한 정치를 하겠다는 사람 중에서 민중의 언어로 그들의 눈높이에 맞춰 더욱 쉽게 말을 하고 글을 쓰는 사람을 나는 아직 찾지 못했다. 배웠다는 사람들의 현학적인 말놀음 혹은 방대하고 난해한 이론체계가 보통사람들에게 어떠한 감흥을 불러일으킬 수 있을까.

그러나 기성의 정치가나 식자층은 열대지방의 만년설처럼 홀로 고고히 있으면서도 대중은 그저 가르치고 이끌어야 할 대상이라고 여겼다. 대중의 목소리를 대변하고 그들의 욕망을 변호해야 한다는 생각을 전혀 갖지 못했다. 단지 자신의 철학적 세련됨을 뽐내면서 대중이 갖는 욕망은 무식으로 말미암아 발생하는 추잡한 배설이라고 얕잡아보는 태도를 보였다. 또 열대지방의 뜨거운 땡볕 아래에서 차가워지지 못하는 지상의 대중을 한심하게 또 심드렁히 내려다볼 뿐이었다. 만년설의 기후는 열대의 예외이며, 정치의 세계는 논문의 세계가 아닌데도 말이다.

사람들은 자신을 무시하는 것은 누구보다 빠르게 알아차린다. 히틀러의 난폭하고 조잡한 사상을 지성이 제압하지 못한 이유는 그가 인간의 약점을 철저히 파고들었던 것도 있지만, 식자층이 애용했던 그들만의 언어가 담론경쟁에서 패배한 결과이기도 했다. 독일의 기성 정치가들은 보통 말로 자신의 세계관을 표현하고 그곳의 입장권을 나눠주는 자기주장에 관심이 없었다. 장바닥의 저렴한 언어를 상종조차 하기 싫었던 엘리트들의 언어 결벽증으로는 바닥을 닦는 정치를 해낼 수 있을 리가 없었다. 꼭 욕설과 고함이 아니더라도 '거리의 언어'를 일상의 보통 언어로 번역해내는 것이야말로 배운 사람의 의무였을 것이다. 따라서 지성의 연약함과 이성의 나약함이 인간의 본능적 야수성에 잠식당해 나치즘이 발흥했다는 것은 반절의 진실이다. 나머지 진실의 절반은 지성이 연약했던 것이 아니라 게을렀고, 이성이 나약했던 것이 아니라 콧대가 높았던 것이다.

앞서 살펴보았듯이 평소 갖고 있던 생각을 명쾌하게 대신 표현해주는 사람을 만나는 것이 인연의 쾌감이라면, 자신의 감정이나 소외감, 불만 따위를 스스로 조리 있게 정리하지 못하는 것은 불쾌한 불편함이다. 자기 목소리를 제대로 내지 못하는 만큼 부당함과 불편함을 감수하고 살아야 한다. 그렇지 않다면 원만한 인간관계를 앞세워 친구와 지인의 능력을 빌리거나 그만큼의 비용을 부담해 서비스를 구매해야 한다. 그러나 안타깝게도 그럴 지성을 계발할 기회를 갖지 못했거나 환경이 열악해 충분히 배우지 못한 사람들의 침묵은 민주주의 체제에 균열을 내고 만다. 그들은 논리라는 높은 장벽을 넘지 못하지만 분명 고통을 느끼고 있기 때문이다. 이것은 우리가 의학지식이 모자라 의사 앞에서 어디가 아픈지 제대로 설명하지 못하는 것과 같은 이치다. 세상의 누군가에게는 대신 목청을 높여줄 사람이 필요하며, 그 목소리를 어떻게든 청취하고 담아내는 것이 민주정치의 의무일 것이다. 그래서 그 역할을 정치가 담당한다. 정치가 그들의 목에서 음소거를 풀어냄으로써 공공서비스를 제공하는 것이다. 법정에서 의뢰인이 변호사에게 의존하듯이 대중이 정치인에게 목소리를 의탁하게 되는 것은 자연스러운 일이다.

그러나 세상에 잘 배우고 잘 사는 사람들의 목소리만 가득하고 배우지 못한 이들의 억울한 감정이 비중 있게 다루어지지 못한 채 공허한 메아리가 되어 튕겨 나올 때 정치에 대한 불신은 극에 달하고 사람들 스스로도 자신의 의견을 '묵음'으로 처리해 버린다. 민주주의라는 높은 산의 봉우리에는 지식의 만년설이 가득하지만, 산자락에는 묵음 처리된 이들의 울분과 한탄이 쌓이고 만다. 할 말을 못 다한 사람에 대한 외면 혹은 무시에서부터 나치즘과 같은 극단의 망상이 자라고 음모론이 곰팡이처럼 피어나기 쉽다. 여기서 배우지 못해 허튼소리를 한다는 식자층의 차가운 지적은 아무런 도움이 되지 못한다. 분노를 논리적으로 표출하면 분노가 아니기 때문이다. 억울함은 하소연이 되기도 하지만, 극단적 증오가 되기도 한다. 후자가 히틀러의 길이었다.

플라톤은 민주정을 어리석은 이들의 난폭한 정치라고 폄하하며, 철인왕이 지배하는 이상국가를 디자인했다. 그러나 정작 대중의 의존을 외면한 것은 정치와 언론과 학계의 엘리트들이었다. 히틀러 시대의 민주주의가 몰락했던 이유는 플라톤의 경고처럼 그 구성원들이 바보였기 때문이 아니라 엘리트들이 민주주의를 자신들의 사유지로 만들어놓았기 때문이다. 여기서 밀려난 의지할 곳 없는 사람들이 자신의 불안함을 달래는 방법은 미신이라도 믿는 것이다. 누구도 자신의 불안한 하소연을 들어주지 않는다면 차라리 확실한 거짓을 믿겠다는 심리. 재수 없는 사람들의 잘난 척보다 저열하지만 솔직한 증오에 한 표를 던지겠다는 오기. 음모론이나 과격한 행동으로 이목을 끄는 성난 사람들에게 어쩌면 진위 여부와 논리적 치밀함은 그다지 중요하지 않다. 그보다는 같이 화를 내줄 사람, 그들의 투쟁을 함께하면서도 그 분노가 정당하다고 보장해줄 강하고 유명한 사람이 필요했던 게 아니었을까. 그것이 음모를 찾고 선동가에게 권력을 내다 바치게 만들었던 평범한 사람들의 심리적 동기가 아니었을까.

어리석었으며 또 영악했던 한 인간의 투쟁을 덮었다. 그 투쟁의 비릿한 파장은 책장과 함께 책상 위에서 멈추었다. 현실로 돌아온 나는 책상 밖의 세상을 바라본다. 이어 한 무리의 인간집단을 지나친다. 그 집단은 평균적으로 늙었고 드셌으며 항상 화가 나 있었다. 처음에는 이러다 말겠지 싶었던 어르신들의 시위는 거리가 뙤약볕 아래 놓일 때나 북극의 한기가 가득한 냉골일 때나 사시사철 계속되었다. 어르신들의 고함 속에 펄럭이는 태극기는 성실하기까지 했다. 분노도 꾸준하면 무언가를 새로 보게 만든다. 우리 사회가 놓쳐왔던 방치되고 외로운 사람들이 이렇게나 많이 속으로 분을 삭이고 있었구나. 성난 노병들의 분별없는 혐오에 나잇값을 하지 못한다는 비아냥과 냉소가 이어지고, 신문의 한구석에는 '21세기 파시즘'이라는 그럴듯한 제목이 붙는다.

어떤 사람의 과격한 이상행동에는 사실 정반대의 동기가 숨어 있을지도 모른다. 몇몇 어린아이는 일부러 문제행동을 일으킴으로써 선생님의 관심을 이끌어내기도 한다. 사소한 민원으로 공무원을 못살게 구는 어르신에게는 사실 말동무가 필요했을 수도 있다. 간호사에게 욕설을 내뱉는 나이 든 환자는 멀리 떨어져 오래 못 본 자식이 보고 싶었을 수도 있다. 이러한 행동은 감옥에서는 밥을 굶지 않는다며, 일부러 서툰 범죄를 저지르고 경찰에게 잡아가라 애원하는 가난한 노인의 마음과 크게 다르지 않다. 외로움의 표현과 관심의 갈구, 구걸을 용납하지 못하는 한 인간 내면의 자존심은 인간으로 하여금 정반대의 가면을 쓰게 만든다. 나는 대중의 분노가 화산처럼 쏟아져 만년설을 녹여 생긴 분노의 산사태를 떠올렸다. 그들이 사악한 누군가를 찾기 전에 우리가 그들에게 귀를 열어야 한다. 비난받아 마땅한 내용과 비난받아서는 안 될 사람들의 아우성에 오늘도 아스팔트는 뜨겁게 달아오른다.

8장

정치를 너무
미워하지 말지어다

막스 베버, 『직업으로서의 정치』

"

힘을 멀리하는 자는 착한 사람은 될 수 있
어도 의로울 수 없는 이유가 여기에 있다.
착한 사람은 세상의 불한당과 싸워주지
못하며, 음지의 불우한 이들을 구원할 수
없기 때문이다. 정치의 세계에서만큼은
외려 성자가 정의롭지 못한 법이다. 불의
가 판치는 세상에서 혼자만 착한 것은 아
무런 의미도 없다. 역사의 진보에는 홀로
남는 착한 이보다 함께 가는 의인이 필요
하다.

"

불의 발견, 권력의 재발견

피를 겁내지 않는 청년의 용기가 없다면 세상은 바뀌지 않는다. 4·19혁명의 기폭제가 된 김주열, 한국 노동운동의 신화가 된 전태일, 6·10민주항쟁의 상징이 된 박종철과 이한열 열사가 그랬다. 이들의 이름이 흘러가는 세월에 변색하지 않는 것은 죽음의 동기가 숭고하기 때문이다. 이들이라고 내일의 사리사욕을 꿈꾸지 않았으며, 생존본능의 매혹적인 경고가 무섭지 않았을까? 그럼에도 정의의 청춘들은 거대권력에 굴복하지 않고 당당하게 역사의 불의에 맞섰으며, 오로지 인간만이 할 수 있는 방식으로 자신의 생을 마감했다. 우리 열사들의 선명한 죽음은 세상을 조금이나마 더 좋은 곳으로 바꾸는 계기가 되었다.

그렇더라도 언제까지나 잃을 것 없는 청년들의 목숨을 담보로 세상을 바꿀 수는 없는 법이다. 목숨은 얼마 못 가진 그들의 마지막 재산이다. 누군가의 우발적인 희생을 통해서만 바꿀 수 있는 세상이라면, 그런 세상은 차라리 존재하지 않는 편이 더 낫다. 분명 가장 이상적인 모습은 가급적 희생자가 생기기 전에 알아서 문제를 수정하고 예방하는 것일 테다. 나는 그것이야말로 정치의 역할이며 한 사회의 정치발전을 가늠케 할 척도라고 생각한다. 그래서 우리는 민주주의라는 시스템을 설계해 적당한 선에서 양보와 타협을 이룸으로써 죽음이라는 최후의 수단을 가급적 멀리하도록 제어하고 관리하는 방법을 고안했다. 대한민국의 민주주의가 성숙해질수록 최루탄과 화염병이 자취를 감추는 것은 꽤나 자연스러운 현상이다.

인류의 정치사는 제어되지 않는 거대권력의 폭주가 드리운 뼈아픈 트라우마를 갖고 있다. 비대한 권력은 건강하지 못할뿐더러 느리고 아둔하기까지 했다. 권력의 과체중은 후들거리는 두 다리로 갈지자로 걸으며 사회의 여린 곳을 짓뭉개기 일쑤였다. 그래서 현명하고 합리적인 사람들은 힘 있고 사악한 독재자의 흑심과 충동이 세상을 망가뜨리지 못하도록 족쇄를 여러 겹씩 쳐두었다. 교과서에서 배우는 '권력분립의 원리'나 '견제와 균형의 원리'라고 부르는 것들이 여기에 해당한다. 그래야만 평범한 다수가 그럭저럭 감내하고 살아가는 평온한 일상을 권력의 만행으로부터 지켜낼 수 있기 때문이었다. 한마디로 민주정치에서 가장 빨리 달리는 법은 곧 무사고 안전운전이며, 그를 위해 필요한 것은 가속페달이 아닌 브레이크라는 역설적인 깨달음을 우리 정치제도에 유산으로 새겨둔 것이었다.

그러나 일상의 평온함을 위해 밀봉해둔 권력은 막상 긴급히 필요할 때마저 꺼내 쓰기 어려웠다. 세상을 단숨에 망가뜨리지 못하도록 만든 권력의 제동장치가 세상을 단박에 좋게 만드는 것도 불가능하도록 출력량을 엄하게 제한해둔 터였다. '빨리빨리'를 입에 달고 살며, 바꾸려면 확 바꾸고 그게 아니면 그냥 내버려두라는 한국인의 화끈한 성미에는 이 상한선이 영 마음에 들지 않는다. 찬물도 더운물도 아닌 미지근한 물로는 민심의 갈증을 달랠 수 없는 모양이다. 그래서 사람들은 정치가 세상을 좋게 만든다는 효능감보다는 열심히 참여해봤자 별반 다를 게 없다는 무기력과 피로감을 더 크게 느끼고 있다. 우리네 삶에서 정치권은 문제아 집단이고, 권력은 위험한 인화성 물질에 불과할 뿐이다.

권력은 불과 같다. 인류의 역사에서 걷잡지 못한 불이 무수히 많은 사람을 집어삼켰지만, 동시에 잘 관리된 불은 음식을 익혀 먹는 데서 촉발된 진보의 원동력이었다. 마찬가지로 권력은 변질되기 쉽고 남을 해하기 쉬운 위험을 안고 있지만, 그것을 잘 관리해 적재적소에 적용하게 할 수만 있다면 그만한 혁명도구도 없는 법이다. 정치는 바로 이 권력을 접수해서 세상을 좋게 바꾸는 일이다. 특히 민주주의 사회는 다수 시민의 집합된 의지와 수렴된 동의가 있다면 무엇이든 바꿔낼 수 있는 제도적 길이 열려 있다.

비록 일거에 뒤집는 혁명에 비해 단계적으로 변화를 누적시키는 정치는 다소 느리고 답답하지만, 바로 그 정치야말로 가장 보편적이고 가장 폭넓게 세상을 바꾸는 힘의 원천임은 분명하다. 그래서 나는 상상한다. 원시인류가 처음 불을 발견했을 때 느낀 그 두려움과 호기심으로 공포스럽고 의뭉스럽기만 한 권력을 어디 한번 진보의 가능성으로 재발견해볼 수는 없을까 하고 말이다.

나는 세상의 진보를 원하는 사람들만큼은 권력을 외면해서는 안 된다고 생각한다. 권력을 비판하는 것도 큰 의미가 있지만, 결국 세상 전반을 크게 변화시킬 중요한 조건은 바로 권력을 손에 넣어 적절히 행사하는 것이다. 권력이 모든 것을 바꿀 수는 없지만, 권력 없이 바꿀 수 있는 것은 거의 없다. 정의에는 반드시 힘이 필요하기 때문이다. 그래야만 소중한 사람과 귀중한 가치를 지킬 수 있을 뿐만 아니라 기득권의 횡포를 보기 좋게 맞받아칠 수 있다. 힘을 멀리하는 자는 착한 사람은 될 수 있어도 의로울 수 없는 이유가 여기에 있다. 착한 사람은 세상의 불한당과 싸워주지 못하며, 음지의 불우한 이들을 구원할 수 없기 때문이다. 정치의 세계에서만큼은 외려 성자가 정의롭지 못한 법이다. 불의가 판치는 세상에서 혼자만 착한 것은 아무런 의미도 없다. 역사의 진보에는 홀로 남는 착한 이보다 함께 가는 의인이 필요하다.

물론 나쁜 사람이 힘을 과시하며 악행을 저지르는 것에 분노하는 것은 지극히 당연한 반응이다. 그러나 거기서 멈춘다면 변하는 것은 아무것도 없다. 권력의지의 결핍은 항상 권력의지의 과잉에 잠식당해 세상을 파국으로 몰아간다. 중요한 것은 그들에게서 권력을 되찾아 정의롭게 행사하는 것이다. 사회운동은 권력의 문제점을 폭로하지만 어떻게 권력을 행사할지에 대해서는 답을 해주지 못한다. 권력의 방향을 결정하는 것은 정치의 역할이다. 만일 정치가 제대로 작동했다면 우리는 다른 사람의 이타적인 순교나 억울한 죽음 없이도 변화를 이룩해낼 수 있었을 것이다. 악하고 무능한 권력자의 횡포에 맞서 엄동설한에 촛불을 들고 거리에 나가 풍찬노숙을 하며 시위를 벌이지 않아도 되었을 것이다.

그래서 우리에게 절실히 필요한 것은 제대로 된 정치다. 변화를 부르짖는 사람일수록 권력정치에 눈을 크게 떠야 한다. 마무리 없는 문제제기는 자칫 위선으로 비칠지도 모른다. 그러나 쉽사리 나서기 어려운 것도 사실이다. 세상이 크게 변했기 때문이다. 이제는 모든 것을 성질대로 한 번에 바꿀 수도 없고 바꿔서도 안 될 만큼 세상이 복잡해졌다. 격돌하는 사안마다 각자의 삶과 애환과 욕망이 너무나도 첨예하게 엮여 있다. 괜히 나서서 도리어 문제를 망쳐버리는 수도 있다. 누군가를 희생시키지 않고 일상을 중지한 채 매일매일을 내전과 혁명의 '인공지진'으로 몰아넣지 않고서 문제를 푸는 방법은 단 하나다. 바로 진지하게 숙고하고 참을성 있게 하나씩 풀어낼 정치를 이용하는 것이다.

그래서 혁명의 후반전은 정치라고 했던가. 그렇다면 다가올 차례, 이 세상에 필요한 것은 혁명의 교과서라기보다는 정치의 교과서가 아닐까. 뿜어져 나오는 권력의 물줄기를 틀어 세상 속 행복의 저수지를 채우는 데 쓰기 위한 체계적인 안내서가 필요하니 말이다. 그래서 지금 여기에 막스 베버Max Weber의 『직업으로서의 정치』를 각색해서 소개해보려 한다. 혁명가 마르크스Marx의 짧은 선언문 뒤에는 학자 막스Max의 얇은 강연문이 나설 차례다. 민주공화국의 주권자라는 신탁을 받은 우리는 어쨌든 정치의 공기 아래에서 숨을 쉬며 살아야 한다. 그러나 흔해서 중요함을 잊고 살았던 공기의 존재처럼 우리가 정치의 역할을 잊고 산 것도 사실이다. 탁한 공기는 맑은 공기의 귀중함을 일깨운다. 나는 이 소책자가 그런 역할을 하리라 믿는다.

막스 베버는 독일 사람이다. 그 무렵 독일제국은 1차 대전을 일으켜 패했다. 황제의 시대가 갔다. 카이저의 빈자리에는 헌법 제정단이 처음으로 회의를 연 도시의 이름을 따 '바이마르공화국'이라는 민주정부가 들어섰다. 바이마르공화국의 지도자들은 도덕적 전범국, 정치적 패전국, 경제적 채무국이라는 사면초가의 상황에서 운전대를 잡았다. 독일 민중은 너무나 삶이 고달팠기에 새로 태어난 민주정부에 굉장한 기대를 걸었다.

불행하게도 위기의 시대에 독일의 지휘를 맡은 지도자들은 유능하지도 따뜻하지도 못했다. 정치인들은 미숙했고 민주제도에 서툴렀다. 전쟁이 황제의 전제권력에서 비롯되었기 때문에 권력 행사 자체를 불온시하는 것이 민주주의라고 착각했다. 도리어 힘을 쓰지 않아 문제가 터져 나왔다. 집권세력은 좌우 급진주의자들의 공세에 휘둘려 쉬이 결단을 내리지 못했다. 주방장이 불이 무서워 요리도 하지 않는데 일이 제대로 진행될 리 만무했다. 불만에 찬 대중은 초인을 원했다. 이 틈을 타 히틀러가 나타났다. 그는 정치인들이 망설이는 틈을 타 누수된 권력과 민중의 불만을 먹고 자랐다. 그 결과는 우리가 앞에서 자세히 살펴보았듯이 독일을 전쟁 누범으로 만든 2차 세계대전이었다.

1차 대전이 막 끝난 어수선한 독일의 청년도 나만큼이나 답답했나 보다. 학생들은 그 시절 가장 명망 높은 학자였던 베버에게 초청 강연을 부탁했다. 그러나 베버는 곧 찾아올 반동의 시대를 예언하는 것 외에는 불확실한 미래에 관한 어떠한 비책도 주지 않았다. 그 대신 베버 특유의 담담한 방식으로 직업 정치가라는 개념 자체를 객관적이고 냉정한 방식으로 분석해 보여주는 방식을 택했다. 정치라는 영역의 특수성, 그 정치를 직업적으로 다루는 정치가의 역할과 그들이 처하는 딜레마를 내보였다. 아무나 정치를 해서도 안 되며, 할 수도 없음을 밝혔다. 정치인다운 정치인 되기가 보통 일이 아니라는 것을 보여주었다. '그럼에도 불구하고' 언젠가는 결단력 있는 정치인들이 나타나 신념과 결과에 책임지는 소명이 퍼지기를 바랐다. 이것이 시대의 물음에 대답하는 베버의 차가운 열정이었다.

'울타리 없는 지옥'과 '울타리 있는 감옥'

정치는 공동체를 다룬다. 그중에서도 정치는 공동체 중의 공동체, 국가를 통치하는 일이다. 한 개인의 영혼과 심성을 구원하는 것은 종교의 역할이다. 종교는 사후세계의 구원을 꿈꾼다. 반면 정치는 바로 지금의 현실을 구원하는 것이다. 정치는 정치만의, 종교는 종교만의 고유 영역이 있다. 그래서 정치 이야기는 불가피하게 국가에서부터 출발한다.

그런데 이 국가가 다른 사람 무리와 차별화되는 이유는 바로 힘에 있다. "오직 국가만이 정당한 물리적 강제력을 성공적으로 관철시킨 유일한 인간 공동체"이기 때문이다.[14] 국가만이 폭력을 독점할 수 있는 것이 합법적이고 정당하다고 사람들에게 인정받는다. 폭력이라는 이 위험한 수단 때문에 국가가 정의된다. 폭력의 지리적 경계는 '영토'이며, 법적 표현은 '주권', 관계적 정의는

'국민'이다. 우리는 국가권력이 전적으로 소유한 폭력의 구체적 형태를 통해 국가의 3요소라는 세 가지 다른 이름으로 국가를 그리고 있는 것이다.

국가가 왜 굳이 힘과 결부되는지는 국가가 부재한 상황을 상상해보면 쉽게 알 수 있다. 국가가 없는 상태를 자연상태라고 하는데, 여기서야말로 인간의 맨얼굴이 그대로 드러난다. 물론 자연상태에서 인간의 본성이 선한지 악한지, 그렇지 않다면 깨끗한 석판에 써 넣기 나름인지에 관해 쟁론이 있지만, 역사적으로 가장 각광받는 상상이 있다면 역시 토머스 홉스T. Hobbes의 상상일 것이다. 나는 실제 자연상태와 비슷한 일이 벌어진다면 그 묘사는 홉스의 묘사가 정확히 들어맞을 거라고 생각한다.

홉스에 따르면 자연은 능력이 동일한 인간들을 평등하게 만들었다. 사람마다 재주는 다를지라도 신체와 정신의 능력치를 종합해보면 거의 동등하다는 것이다. 이처럼 엇비슷한 능력을 가진 사람들은 비슷한 장밋빛 미래를 꿈꾸는데, 대부분 자기 자신이 잘나기를 바란다. 그러나 세상의 이치란 모두의 소망을 다 이루어줄 만큼 녹록지 않다. 자기보존의 욕구가 노력과 승패 겨룸을 강제한다. 경쟁이 심화되어 서로에 대한 불신이 빚어진다. 경쟁은 불신을 낳고 불신은 투쟁을 낳는다. 이익다툼이 아귀다툼으로 번지고 자원다툼이 생존투쟁으로 변모한다.

원래 인간이란 한번 겁에 질리면 짐승과 하등 다를 바 없는 존재다. 지능이 평온 앞에 이성으로 꽃피웠다면 공포 앞에서는 속임수와 협잡의 무기가 된다. 맞기 싫어 때리고 죽기 싫어 죽이는 악의 고리가 형성되는 것이다. 자연상태에서는 어제의 약탈자가 오늘의 피해자가 되고, 오늘의 살인자가 내일의 희생자가 되며, 침략과 방어의 경계가 범벅된 총체적 무질서상태에 도달한다. 외로운 모두가 '만인에 대한 만인의 전쟁상태'를 겪는다.[15] 오직 공포와 자기보존의 본능만이 인간을 움직인다.

폭력과 복수와 증오와 살육과 약탈밖에 없는 혼돈 속에서 누가 누구를 탓할까? 위난 상황에서는 모든 행위가 다 정당방위인 것이다. 이런 곳에서 도덕을 말하는 것은 고상한 사치다. 이 지리멸렬한 투쟁상태에서 강자와 약자 할 것 없이 인간은 아주 극심한 피로를 느끼기 마련이다. 마침내 사람들은 이 혼란과 무질서에서 탈출하는 것이 정치의 가장 큰 목적임을 깨닫는다. 악다구니 같은 야생상태를 극복하기 위해 인류는 국가를 발명한다. 국가는 이 세상 속 사적인 폭력을 합법적으로 독점해 질서를 구축하는 '도덕의 대용품'으로 설계되었다. 그렇기에 국가가 무엇으로부터 태어났는지에 관한 질문과 앞으로 어떻게 발전시켜야나갈 것인지에 관한 질문은 분리될 필요가 있는 것이다. 국가는 철저히 폭력 속에서 태어났다.

홉스의 사상은 전제 군주제를 옹호했다는 비난을 받았지만, 그의 식견은 오늘날에도 여전히 강력한 힘을 발휘한다. 나는 필리핀의 괴팍한 지도자 로드리고 두테르테Rodrigo Duterte를 꽤 좋은 예로 보고 있다. 국내외 언론과 여론의 비판처럼 그는 욕설과 험담을 스스럼없이 늘어놓고, 재판 없이 범죄 용의자를 즉결처분하면서 인권과 민주주의가 쌓아 올린 가치를 대놓고 경멸한다.

그럼에도 그의 지지율은 떨어질 줄 모르는 고공행진을 벌이고 있다. 무슨 연유일까? 과연 필리핀이 인권 감수성이라곤 찾아볼 수 없는 애초부터 글러먹은 나라라서 그럴까? 아니면 필리핀 국민이 전혀 합리적이지 못해서일까? 그것도 아니면 두테르테가 탁월한 선동의 천재여서 그럴까? 나는 그렇지 않다고 생각한다. 그 대신 필리핀에는 필리핀만의 사정이 있고, 국민들이 그에게 압도적인 지지를 보내는 데는 그 나름의 이유가 있을 것이라고 조심스레 추측한다. 한마디로 필리핀 군도의 사람들은 멍청해서가 아니라 일상화된 사적 폭력이 두렵고 지겨워서 두테르테를 찍었을 거라는 의미다.

필리핀은 7,107개의 크고 작은 섬으로 구성된 군도 국가다. 이 말인즉슨 단순계산만 해도 범죄자들이 1년 365일, 하루에 섬 하나씩만 옮겨 숨는다면 20년 가까이 버틸 수 있다는 말이다. 만성적으로 치안이 불안할 수밖에 없다. 공권력이 닿지 않는 섬의 곳곳이 취약하다. 이런 곳에서는 호랑이 대신 완장을 찬 여우들이 활개 치기 마련이다. 부당한 일이 있어도 폐쇄적인 '섬의 윤리'가 작동하는 곳이라 쉬이 새어나가지 않는다.

약간의 과장을 보태서 사적 폭력배들이 마약을 통해 완력과 금력을 모두 손에 틀어쥐어 섬마다 왕국을 구성한 상황이라면, 일상을 파괴하는 깡패와 살림을 파탄 내는 마약과 전쟁을 벌이는 자는 자연히 무대 위의 영웅으로 연출되는 법이다. 주민들에게는 깡패에게 굴종하기보다는 차라리 독재자를 믿고 따르는 편이 더 낫다는 불가피한 심정이 있었고, 국민들의 두려움과 질서

수립의 욕구에 두테르테가 능숙하게 편승한 것으로 해석할 수 있다. 그의 높은 지지율에는 섬마다 분산되어 있는 무허가 폭력을 국가권력이 몰수해 안정을 되찾는, 이른바 '폭력의 국유화' 과정이라는 서사가 숨어 있다고 생각한다.

물론 두테르테의 행위에 면죄부를 주기는 어렵다. 그의 불호령은 '가난한 범죄자만 처단하는 오발탄'이라는 평이 많다. 그러나 이 글의 초점은 두테르테가 아니라 그를 지지하는 일반 시민의 심리구조다. 나는 두려움이 서린 곳에서는 합리성은 늘 제한적일 수밖에 없음을 읽었다. 필리핀 국민이 우매해서 그런 선택을 한 것이 아니라 엄연한 현실의 무게 앞에 제대로 숨 쉬는 선택지가 몇 없었던 것이다.

또한 국가가 이 세상 모든 폭력배를 소탕했다고 해서 곧바로 세상이 지상낙원으로 변하는 것도 아니다. 힘이라는 것은 항상 문제의 소지를 갖고 있어서 할 일이 사라지면 남을 괴롭히는 데 쓰이기 쉽다. 실제로 국가 그 자체가 얼마 못 가 스스로 깡패로 타락하는 경우가 부지기수였다. 더군다나 국가는 덩치가 아주 커서 자잘한 작은 사고가 아니라 아주 대형 참극을 일으킨다. 까딱하면 국가의 수립이 '울타리 없는 지옥'에서 '울타리 있는 감옥'으로 이행하는 데 불과할 수도 있는 것이다.

그래서 인간 세계에는 정치가 필요하다. 바로 이 지옥과 감옥의 경계선에서 정치가 호출된다. 정치는 일상의 곳곳에 스며들어 있지만, 정치의 꽃은 바로 국가가 독점적으로 소유한 힘, 바로 권력을 제대로 쓰는 일이다. 일차적으로 정치는 국가의 힘을 관리하고 규칙에 따라 행사해 질서를 유지하고 개량한다. 국가에 태생부터 잠복해 있는 '악마적 힘'이 방치되거나 남용되지 않도록 관리하고 야생상태를 극복해 문명이 다시 야만으로 회귀하거나 타락하지 않도록 하기 위해 정치가 소환된다.

이 때문에 정치가는 반드시 힘의 전문가여야 한다. 인권정신의 민주사회에서 왕후장상王侯將相의 신분귀천은 사라졌어도 정경사문政經社文과 사농공상士農工商의 역할과 책임은 여전히 필요한 것이다. 다만 정치의 겉모습이 바뀌어왔을 뿐이다. 칼에서 총으로, 다시 말글과 투표로. 착각해서는 안 된다. 인간사회에서 힘의 원리는 단 한 번도 사라진 적이 없으며, 사람 사는 세상은 정치의 빈자리를 허용하지 않는다.

싸움만 일삼는 자들의 속사정

정치인은 인기가 없다. 나라 곳간이나 축내는 식충들이 허구한 날 말싸움이나 하며 팔자 좋게 세월을 보낸다고 생각한다. 별것도 아닌 일로 말꼬리를 물고 사사건건 시비를 걸며 생트집을 잡는다. 정치인에게 문제 좀 풀어보라 했더니 앉아서 외려 문제만 실컷 키우고 있다. 정말 무능하기 짝이 없다. 그래서 우리는 꿈꾼다. 착한 사람들만 모여 차분히 머리를 맞대 조곤조곤 토론하고, 모두가 만족할 수 있는 최적의 해법을 가지고 웃으면서 돌아가는 그런 그림, 즉 화목한 천사들의 토론과 합리적 만장일치를 말이다.

그러나 그것은 방정식과 함수가 있는 수학의 세계에서나 가능한 일이다. 수학에는 정답이 있을지 몰라도 정치에는 정답이 없다. 답이 없다는 말은 복수정답이 있어서 매번 선택의 문제가 동반된다는 것을 뜻한다. 문제풀이와 해답이 존재하는 수학과 달리 현실에서 가치판단을 내리는 정치는 보통 중간이 없는 양자택일의 문제를 가지고 다툰다. 여러 개의 정답 중에서 승리한 답과 패배한 답을 가려야 할 승부가 있다는 뜻이다. 항상 상황은 긴급하고 자원은 제한되어 있으며, 방안은 그 나름의 논리를 갖고 첨예하게 대립한다. 결국 무언가를 하려면 힘이 실리는 주장으로 결판이 나야 한다. 그 결판을 이끌어내는 것이 바로 정치다.

앞서 살펴보았듯이 국가는 일차적으로 세상의 안정을 위해 힘을 독점했다. 그다음에는 모아둔 힘으로 무엇을 할 것인지 정하는 선택의 문제가 기다리고 있다. 또한 정치적 선택에는 복수정답이 경쟁하고 있다고 했다. 우리는 흔히 선택에 절충이 있다고 생각하기 쉬운데, 여기서 절충·타협·거래란 하나를 완전히 이기고 다른 하나를 완전히 져주는 것을 뜻한다. 세상일, 특히 결단의 순간은 대부분 어중간하게 이것 반 갖고 저것 반 가질 수 없게 되어 있다. 이것을 얻었으면 반드시 저것을 주어야 한다. 결국 절충하겠다는 것은 무엇에 완전히 이기고 무엇에 완전히 져줄지를 결단하는 것이다. 그래서 정치인들은 항상 싸운다. 사회문제를 해결하기 위해 치열하게 대립하는 여러 정답 중 하나를 갖고 승부를 겨룬다.

더군다나 정치는 사랑하는 사람끼리 하는 것이 아니다. 국가는 천사들의 화목한 공동체가 아니다. 사람이 부대끼며 살아가는 곳곳에 정적이 도사리고 있고 원수가 즐비하다. 그러나 문제를 풀려면 때로는 원수와도 손잡고 친구와도 싸울 수밖에 없는 경우가 생긴다. 사랑하는 사람끼리도 싸우다 화해하다를 반복하는데, 정치는 오죽할까? 그래서 국회의원의 본업은 일차적으로 대리싸움이다. 정치인이 대신 싸우지 않으면 평범한 사람들이 일터 대신 거리에 나가 싸워야 한다. 다툼이 두렵거나 지겨워 아무것도 하지 않는다면 공동체의 문제가 곪아버린다. 국회가 시끄러운 만큼 세상이 조용한 법이다. 투표가 총알을 몰아내고 말과 글이 총검을 몰아낸 덕택에 우리는 최악을 피할 수 있었고, 다툼의 소음을 국회에 격리시켜버릴 수 있게 되었다. 우리는 그것을 문명의 진보이자 민주주의의 발전이라고 부른다. 이만하면 정치에 어느 정도 변명이 될 수 있을까?

불가능한 꿈을 꾸는 리얼리스트

역사상 수많은 정치인이 있었다. 누군가는 명예의 전당에 올랐고, 누군가는 악마의 화신으로 남았다. 적지 않은 이들이 정당한 권력 행사를 통해 행복을 나눠왔지만, 그보다 많은 자가 권력 자체에 타락해 수없이 악랄한 죄를 저질렀다. 권력이란 게 소량만 복용해도 쉬이 초심을 빼앗아가기 때문에 안 그러던 사람도 감투만 쓰면 낯빛부터 사납게 변하곤 한다.

문제는 정치인이 세상에 자기 뜻을 펼치려면 불가피하게 권력의 악마적 힘을 빌려야 한다는 것이다. 이 권력의 위험한 충동에 넘어가 영혼을 갉아먹힌 이들은 폭군暴君이 되었다. 또한 겨우겨우 자신의 내면은 지켰더라도 권력을 지배하지 못해 여기저기 끌려 다닌 이들은 무능한 혼군昏君이 되었다. 이쪽이든 저쪽이든 그들은 세상에 잘못을 저지르고 갔다. 소신 지키면서 정치 잘하는 게 여간 힘든 일이 아니다.

정치가의 사명은 권력이 자신에게 내린 개인적 저주를 사회적 축복으로 환원하는 일이다. 그러나 애당초 나쁜 놈이 권력을 잡아 자신의 비극을 온 세상의 비극으로 번지게도 하지만, 잘해보겠다고 하는 사람조차도 엉겁결에 악을 저지르는 게 정치다. 사람이 하는 일이 완벽할 수 없다 보니 성공하는 경우도 있지만 실패하는 경우도 많은 것은 당연하다.

그런데 문제는 정치가 폭력이라는 위험한 수단을 다룬다는 것이다. 정치적 성공은 모두를 행복하게 하지만, 정치적 실패는 모두를 불행에 빠뜨린다. 폭력이라는 특수한 수단 때문에 종종 의도와 결과가 불일치하는 딜레마에 빠진다. 적만 정밀하게 타격하고 아군만 살리기가 쉽지 않다. 악한 수단으로 정의를 구현할 수도 있고, 선한 동기로 악한 결과를 낳을 수도 있다. 일상의 윤리로는 설명할 수 없는 부분이 생겨난다. 그래서 정치에는 정치만의 특수윤리가 적용되어야 한다. 하나는 권력에 타락하지 않도록 방향키를 잡아줄 북극성과 같은 신념윤리요, 다른 하나는 자신의 의도와 정반대의 결과가 나올지라도 그것을 본인의 업보라 생각하고 감내하는 책임윤리다.

권력투쟁에만 골몰했던 대부분의 무뢰배와 진정한 정치가를 구별해주는 게 바로 신념윤리다. 베버는 "만약 지금까지 '불가능'에 도전하는 사람들이 계속 나타나지 않았더라면, 인류는 아마 가능한 것마저도 성취하지 못했을 것이다."[16]라며 신념윤리를 치켜세우면서도 준엄한 경고를 덧붙인다. 대부분의 정치인이 투철한 신념, 선명한 이념만 앞세우고 현실의 문제를 도외시하다 사장되었음을 그는 잘 알고 있었던 것이다.

초심을 잃지 않기 위해서는 투철한 신념이 필요하지만, 정치에 있어 신념이 전부는 아니다. 준비 없는 "돌격 앞으로!"는 순교자로서 자신의 명성은 높일지라도 변혁의 기회 자체를 부수는 경우가 더 많았음을 깨달아야 한다는 것이다. 선의로 한 행동이 찰나의 실수로 말미암아 수세대에 걸친 불신의 대상으로 낙인찍힐 수 있다.

진정 세상을 바꾸고자 한다면, 자신의 호기와 소신이 얼마나 당차고 담대한 것인지를 세상에 증명하고자 개혁과 진보의 판 자체를 뒤엎는 행위를 경계해야 한다. 그런 행위는 뒤에서 더 잘 준비하고 있는 다른 투사들의 염원과 고생하고 있는 사람들의 잠재적 혜택을 모두 짓밟는 것이기 때문이다. 어설픈 행동은 준비된 행동이 설 자리를 빼앗는다. 뻔히 실패할 것을 알면서도 무리한 일을 벌여 그 실패로 전보다 못한 처지의 삶을 살게 될 약자들을 외면하면서 "잘못은 악이 했고, 악에 대항한 나는 아무

잘못도 없다"라고 변명하는 것도 또 다른 악이다. 먼저 나서는 것은 의미가 없다. 정치에서는 잘하는 게 중요하다. 끝까지 책임져 주지 못할 거라면 차라리 나서지 말라고 소리치는 '약자의 보수화'는 이 지점에서 발생한다.

정치에 실망한 이들 앞에서 세상이 틀린 것이며, 그래도 언젠가 정의는 승리하리라는 공허한 외침은 아무 소용이 없다. 그보다는 실패의 대가를 온전히 책임지는 것, 패배를 인정하고 최선을 다해 피해를 뒷수습하고 다음을 기약하며, 다음 전투에서는 반드시 정의가 승리하도록 안간힘을 쓰는 것이야말로 정말 책임 있고 소신 있는 정치인의 행보다. 정의는 인내심을 갖고 차근차근 쌓는 것이다. 때로는 설익은 정의가 돌이키기 어려운 불의를 낳는다. 좋은 정치가가 되려면 신념과 책임을 모두 갖춰야 하지만, 신념윤리는 책임윤리가 전제되어야 비로소 제대로 된 의미를 얻는 것이다.

단련된 정치가의 본모습은 무엇인가? 정치가에게 내린 소명의 무게는 어떠한가? 불완전한 인간이 악마적 힘으로 위태로운 천국을 건설한다는 정치의 본질을 이해하는 것. 기계적 중립에 숨지 않을 용기와 전략적 두뇌. 전진을 잊지 않으면서도 퇴각에 망설임이 없을 것. 불리한 증거라도 덮어놓고 부정하지 않으며, 유리한 증거라도 한번 의심할 수 있는 냉철한 판단력. 객관적 현실과 희망사항을 혼동하지 않을 바른 눈. 가슴의 혼불과 두뇌의 냉수를 쓰임새에 맞게 조절해 현실과 이상의 양극단에서 자유자재로 거리를 둘 수 있는 균형감각. 머리는 이상을 향하고 두 발은 현실에 굳게 서 있는 것. 불가능한 꿈을 꾸는 리얼리스트. 그것이 바로 소명으로서 정치를 천직으로 생각하는 제대로 된 정치인의 본모습일 것이다.

이렇게 보면 정치하기가 너무 어렵다. 사생활을 포기하고 괴로움을 감내하면서도 언제 정적에게 패하고 국민에게 버림받을지 모른다. 그러나 베버가 이렇게 직업 정치가의 조건에 높은 문턱을 걸어둔 이유는 '정치나 한번 해볼까?' 하는 마음으로 공동체의 운명에 큰 해를 끼치는 것을 미연에 방지하기 위해서였다. 아마추어가 취미 삼아 하기에는 권력이라는 인화성 물질의 폭발력이 너무나 위험하고 또 너무나 많은 사람의 삶에 영향을 미치기 때문이다. 무당에게 외과수술을 맡기지 않듯이 정치도 마찬가지다. 정치가를 꿈꾸는 것은 자유지만, 아무나 정치를 해서는 안 된다는 것이다. 베버는 정치를 '오직 이것이 나의 유일한 소명'이라고 생각하는 사람만이 마음을 단단히 먹고 도전할 수 있도록 만들고 싶었던 것이다.

운동장은 오른쪽으로 기울어져 있다

전쟁에 수비가 유리하듯 정치도 마찬가지다. 높은 성채 위에서 받아치기만 하면 되는 수비 쪽이 훨씬 유리하다. 보수는 있는 것만 지켜도 성공이지만, 진보는 새것을 만들어 옛것과 싸워 이겨야 하기 때문이다. 진보세력은 새로 만들 게 없으면 할 일이 없고 만든 게 옛것만 못하면 금방 도태된다. 또 새 상품을 고루 나눠 주어야 욕을 안 먹는다. 정말이지 진보하기 어렵다. 이래서 억울하면 집권부터 하고 보라는 것일까? 역시 운동장은 오른쪽으로 기울어져 있다.

반면 정치에서 보수세력은 기득권이라는 높은 성채를 이미 가지고 있다. 보유 자원부터 세력의 크기까지 너무나 유리한 조건 속에 있다. 정치가 삶을 변화시킬 가장 효과적인 수단인 만큼 정치권력을 틀어쥐고 있는 기득권세력도 수비에 최선을 다한다. 그러나 진보주의자들은 이 기득권을 부숴야만 혁신을 이룰 수 있다. 애초부터 불리한 곳에서 출발해 신념 하나로 책임 있게 버티다 분배까지 잘해야 겨우 성공하는 게 진보정치다.

이것 말고도 개혁세력이 맞닥뜨리는 여러 난관이 곳곳에 숨어 있다. 나는 그중에서도 특히 개혁의 정치가 좌절되는 과정에는 리더십과 더불어 지지자들의 팔로워십에도 일정 부분 원인이 있다고 생각한다. 진보 정치인들의 문제뿐만 아니라 그들을 지지하고 그들에게 특정 행동을 기대하는 지지자들의 책임도 분명히 존재한다는 것이다. 그 부분을 가장 잘 설명한 부분이 바로 마키아벨리의 『군주론』이다.

한 국가의 구조 변화를 주도하는 것보다 다루기가 더 어려운 것은 없다는 것, 성공하기가 더 불확실한 것은 없다는 것, 밀고 나가기가 더 위험한 것은 없다는 것을 명심해야 한다. **혁신자는 옛 질서에서 성공한 모든 사람을 적으로 만들고, 새 질서에서 성공할 사람들로부터는**

오직 미온적인 지지만을 받는다. (……) 한편으로는 인간은 일반적으로 회의적이며, 경험을 통해 시험해 보지 않는다면 새로운 것을 결코 진정으로 믿지 않기 때문이다. 따라서 변화에 반대하는 자들은 할 수 있을 때마다 격렬하게 공격하지만, 다른 사람들은 단지 미온적으로만 방어할 뿐이다. 그래서 혁신자도 그의 친구들도 위험에 빠진다.

—니콜로 마키아벨리 지음, 권기돈 옮김, 『군주론』, 58쪽.

적은 자기 것을 지키고자 똘똘 뭉쳐 있는 데 반해 혁신진영은 흩어져 있으며 무엇을 어떻게 바꾸려는지 의견도 난삽하고, 바뀔 수 있는지 그 확신도 흐릿하다. 개혁의 정치를 하는 사람들은 강력한 적과 느슨한 지지자들만 가지고 싸워야 한다. 지지세력의 단단함부터 차이가 난다. 진보의 혜택을 가장 많이 받을 약자들은 더 나은 미래에 회의를 갖는다. 약자들은 보수적인 세상에 너무나 익숙해져 있는 나머지, 지금도 힘든데 더 피곤한 일이 생기고 불똥이 튈까봐 노심초사하며 미온적으로 바라본다. 성공하면 좋고 실패하면 그만이니, 그냥 어제처럼 버티며 사는 것이다. 잦은 실패와 더 큰 반동을 보고 겁을 집어먹었던 누적된 기억 탓에 의심의 눈초리와 냉소를 머금고 크게 기뻐하지도 않고 크게 실망하지도 않는다. 그래서 열렬히 응원하지도, 특별히 기대하지도 않고 무덤덤하게 바라만 본다.

더군다나 사람들은 보수주의자의 도덕적 결함은 '원래 그런 놈이니 그런 것'이라고 쉽게 용서하지만, 진보주의자의 부도덕은 가중 처벌하려는 경향이 있다. 진보주의자들이 평소에 이른바 올바름을 중시했기 때문에 위선이라는 괘씸죄가 추가되는 까닭이다. 이처럼 세상을 바꾸려는 진보정치는 늘 어려움에 봉착할 수밖에 없다. 개혁의 과실은 모두와 나누는 것이지만, 실패는 혼자 짊어져야 하기 때문이다.

그뿐만이 아니다. 진보정치를 하려는 사람은 두 부류의 사람과 싸워야 한다. 하나는 세상은 절대 변하지 않는다고 믿는 보수 기득권이다. 다른 하나는 세상을 단숨에 바꿀 수 있다고 믿는 혁명가들이다. 이른바 '개혁의 역설'이라는 문제에 직면하는 것이다. 급진주의자는 개혁이 미진하다며 불만을 품고, 보수주의자는 개혁 그 자체에 저항한다. 진보정권의 공약은 그 효험이 확실하더라도 약발이 받기 전까지 반드시 '애매한 과도기'를 거쳐야 한다. 그러나 그 진통은 지지자와 반대파 모두를 불편하게 만든다. 즉각적인 효과를 기대하는 지지자들은 쉽게 실망해 조급한 비판을 쏟아내고, 반대파는 엉터리 처방이라며 공세를 퍼붓는다. 시간이 흐를수록 개혁을 추진하는 정치가는 사면초가에 빠진다. 결국 양쪽에서 눌린 개혁정부가 좌초하고, 권력의 빈자리에서 급진주의자와 보수 기득권이 대결한다. 자연스레 힘센 보수 기득권 진영이 급진주의자들을 강제로 축출한다. 종국에는 더 큰 반동의 세월이 찾아오는 것이다. 보수 기득권에는 가슴을 쓸어내릴 승전보이며, 진보주의자들에게는 겨우 만든 개혁의 작은 발판까지 빼앗긴 뼈아픈 실책이다.

이 개혁의 역설이라는 것은 동서고금을 막론하고 역사에서 숱하게 반복되었다. 과거에 한 정치인이 개혁은 혁명보다 어렵다고 말했다. 갖가지 반대를 무릅쓰면서 어느 하나도 제대로 만족시키지 못하는 소모전을 그것도 길게 해야 하기 때문이라고 말이다. 그래서 대개 개혁은 기득권의 반동과 급진주의자들의 불만족 속에서 실패한다. 정치는 협상이고, 협상은 줄다리기며, 승부는 단판이 아니라는 것을, 정치의 차례에는 혁명의 포르테가 아니라 정치의 안단테가 기본이라는 것을 다시 생각하게 된다. 굽은 길은 감속해서 안전하게 도는 것이 우선 아닐까?

또한 나는 이 기회를 잘 살리려면 점차적으로 문제의식은 진보적으로 갖되 문제를 풀어가는 방식은 철저히 보수적으로 출발할 필요가 있다고 생각한다. 익숙한 것에서 출발해 새로운 것으로 끝내야 한다. 대결부터 시작해서 힘을 고갈시켜갈 것이 아니라 공감에서 시작해 개혁의 동력을 불려나가는 것이 순리에 옳다. 부득불 그것이 느리고 답답하며 비위에 거슬리더라도 정말 대의를 위한다면 꾹 참고 천천히 나아가야 한다. 공감과 동의를 얻어내는 것도 훌륭한 정치의 기술이다. 항상 외줄타기의 연속인 개혁의 정치에서 그것이야말로 가장 필요한 덕목이 아닐까 싶다.

마지막으로 세상을 바꾸는 개혁의 정치가 봉착하는 마지막 난관은 중립을 좋아하는 평균적인 사람들의 습성이다. 처세에서는 이왕이면 싸움을 피하고 가운데 서 있으라고 권한다. 보통사람들은 사회생활을 하며 그 조언대로 척 안 지고 살려고 노력한다. 그러나 정치적 지지를 보일 때는 마음을 조금 다르게 먹어야 한다. 한두 번의 중립적 처세가 일상에서는 종종 행운을 가져다주었을지 몰라도 정치에서는 항상 가장 한심한 결과를 초래하기 때문이다.

정치적 중립에는 조금 다른 의미가 있다. 중립은 강자의 특권이기 때문이다. 오직 힘 있는 자의 중립만이 존중받는다. 강자의 중립은 '명예로운 고립'으로 대접받지만, 약자의 중립은 '겁에 질린 고립'으로 치부될 뿐이다. 그래서 평범한 이들의 중립이 중재자 역할을 하는 경우는 드물다. 대부분 의도와 상관없이 방관자가 된다. 중재도 힘이 있어야 하는 것이기 때문이다. 냉혹한 힘의 세계는 그런 계산을 한다. 이 때문에 대부분의 사람에게 중립은 매력적인 오답에 불과하다.

중립의 가장 큰 문제는 약자들에게 착시효과를 준다는 것이다. 약자일수록 부족한 힘을 합쳐 공동으로 대응해야 하지만, 중립은 약자들을 분열시킨다. 역설적으로 약자를 위한 보호막을 깨부수는 것은 바깥의 충격이 아니라 내부로부터의 이탈이며, 그 시발점이 바로 중립인 것이다. 동시에 중립은 강자의 횡포가 서식할 치외법권 지대가 됨으로써 힘의 불균형을 돌이킬 수 없는 지경으로 만들어버린다. 힘의 균형점은 무게가 부족한 이들이 사력을 다해 가담해야 겨우 유지될 수 있는 지점이다. 그러나 약자들이 중립을 자처하면 순식간에 무게 중심은 최악의 불균형으로 이탈하고 만다. 그것이 바로 힘의 시소게임이다.

자연의 먹이사슬에서 초식동물의 개체수가 가장 많은 것과 마찬가지로 정치의 세계에서도 대부분의 사람은 초식동물이다. 초식동물과 육식동물 사이의 중립과 평화는 우화에나 나오는 허울 좋은 이야기에 불과하다. 우리 모두가 다른 약자와 무관한 곳에 있지 않다. 입술이 없으면 이가 시린 법이다. 정치의 세계에서 혼자만 힘의 법칙에서 예외일 수는 없다. 그것은 자신만이 중력의 소용돌이에서 면역을 갖춘 특별한 개체라고 주장하는 것과 같다.

초식동물의 중립은 육식동물이 되는 진화의 길이 아니며, 폭력을 세상에서 종식시킬 진보의 경로 또한 아니다. 초식동물의 중립은 세상을 평화로운 초원으로 탈바꿈하기에는 너무 온순하며, 외려 자신을 무리생활에 부적합한 초식동물로 도태시킬 뿐이다. 중립은 강자에게는 불필요하며 개혁에 쓰기에는 너무나 수줍고, 불의에 맞서기에는 유약하며, 약자에게는 다른 사람의 도움을 스스로 끊어낼 만큼 무지의 길로 이끈다. 중립은 진화에도 진보에도 모두 불충분한 선택지다. 기득권은 항상 중립에 서 있는 다수의 사람에게 빌붙어서 자신의 힘을 유지할 수 있다. 이것이 바로 개혁정치의 최대 난적이다.

물을 갈아준다는 것의 의미

오늘날의 중국에서는, 좋은 사람을 구조하지 못하는 것은 물론이고 도리어 나쁜 사람을 보호해주기까지 한다. 나쁜 사람이 득세하여 좋은 사람을 학대할 때에는, 설사 공평한 도리를 부르짖는 사람이 있다 해도 나쁜 사람은 결코 그 말에 귀를 기울이지 않기 때문에, 부르짖음은 단지 부르짖음으로 그치고 좋은 사람은 여전히 고통을 받는다. (……) 나쁜 사람은 본래 물에 빠져야 마땅한 것인데도, 성실한 공리론자들은 '보복하지 말라' 느니, '너그럽게 용서하라' 느니, '악으로써 악에 대항하지 말라느니 하며 떠들어댄다. (……) 착한 사람은 그 말을 옳다 여기고, 그리하여 나쁜 사람은 구제 받는다. 그러나 구제 받은 뒤에 그는, 틀림없이 이득을 보았다고 생각하지, 회개 따위는 절대로 하지 않는다.

— 루쉰 지음, 루쉰읽기모임 옮김, 『페어플레이는 아직 이르다』,
104~105쪽.

"물에 빠진 개는 흠씬 두들겨 패야 한다." 중국의 대표적 문인 루쉰魯迅이 남긴 말이다. 착한 마음씨로 개를 건져주면 오히려 나부터 물고, 잔뜩 물만 튀기고 그냥 가버린다는 것이다. 루쉰은 개에 빗대어 기회주의자들이 어떻게 정치판에서 살아남는지를 냉혹한 눈으로 관찰해 한마디를 덧붙인 것이다. "이것은 바로 선열들이 착한 마음씨로 요귀들에게 베푼 자비가 그놈들을 번식시켰기 때문이다."[17] 한마디로 순진한 정의가 기회주의를 키워 진보를 좌절시킨다는 것이다.

권력과 부와 명예가 함께하는 정치의 영역에는 기회가 많기 때문에 덩달아 기회주의자들도 많다. 선거란 승패이며, 승패에는 공신이 있고, 공신은 포상을 받는다. 작은 승리는 자신의 무리에게 작고 적은 자리를 나눠주지만, 큰 승리는 크고 많은 자리를 나눠줄 수 있다. 정권교체는 수많은 사람의 자리교체를 야기한다. 회사와 같은 보통의 집단이었다면 시험 혹은 실적 등의 인

사고과를 통해 승진과 진급누락 따위의 자리이동을 결정할 것이다. 그러나 정치에서는 어떻게든 상대방보다 조금이라도 나으면 이긴 쪽이 전부를 갖는 게임의 법칙이 형성되어 있다. 돈과 사람을 많이 모으는 쪽이 항상 유리하다.

시장에 나서는 구직자의 평균적인 능력과 정치 지망생의 살아온 이력을 비교한다면 대개 구직자의 능력이 압도적으로 뛰어나다. 이것은 제대로 된 전문 직업 정치인을 육성하는 시스템이 미비하기 때문이면서도 동시에 직업 정치인이 되고자 하는 사람들 중에는 딱히 특별한 직업이나 제대로 된 이력 없이 무작정 정치판에 뛰어드는 경우가 많기 때문이다. 대부분의 정치 지망생이 민생의 여러 분야를 공부하고, 현장에서 발로 뛰고 세상의 변화에 발맞춰 정치가 무슨 도움을 줄지 궁리하지 않는다. 그보다는 유력 권력자의 가방 심부름꾼부터 시작해서 어떻게든 선거에서 공을 세워 한자리 빌붙어보려는 심산으로 활동한다.

이 때문에 정치를 업으로 하는 사람들은 수단과 방법을 가리지 않고 자신의 세력을 부풀리고자 어떻게든 정치 바깥에서 순진한 사람들을 꼬드겨 돈과 시간을 쓰게 만든다. 그 대가로 승리 후 획득하게 될 자리를 약속하는 공수표를 던질 가능성도 높다. 그러다 보면 욕심이 과해 선거부정을 저지르기도 하고, 어쩌다 임명직 한자리 받는다 치면 선거에 들인 비용을 회수하고자 마음껏 부패를 저지를 준비를 한다. 이것이 보통의 유권자들이 기회주의가 만연한 정치판에 실망하게 되는 주요 이유 중 하나다.

물론 주기적으로 선거를 치러야 하는 민주정치의 특성상 기회주의자를 원천적으로 차단할 방법은 없다. 그러나 반복된 선거는 한 권력이 오래 버티기 어렵게 만들고, 그것은 곧 선거장사로 부패를 일삼으며 생계를 연명해왔던 기존의 기회주의자들을 자주 교체해버린다. 만약 정치가 더럽다고 해서 외면한다면 정치의 빈자리에 오래된 기회주의자들이 숙련된 솜씨로 마음껏 부패를 저지를 것이다. 그 부패는 누군가의 월급이었을 수도, 또 누군가의 적금이었을 수도 있다. 똑같은 놈은 여전히 똑같은 놈이지만, 물을 자주 갈아줌으로써 오래 발붙일 기회를 줄여 부패의 규모를 줄일 수 있다. 야밤에 바닷물에 방류하는 오폐수와 하수도에 버려 관리 가능한 오염의 차이. 음성적인 부패를 언제든 교체할 수 있는 관리 가능한 부패로 만드는 것. 귀찮더라도 우리가 매번 정치에 관심을 갖고, '거기서 거기'인 인사들을 자주 바꿔줘야 하는 이유다.

이와 동시에 적발한 부정은 절대 관용하지 않음으로써 큰 기회주의를 작은 기회주의로, 나아가 미미한 기회주의로 점점 더 축소시켜 정치발전을 도모할 수 있을 것이다. 문제는 선거를 통한 정치의 물갈이 과정에서 기존의 적폐세력이 자신의 밥그릇을 지키기 위해 화해와 통합을 내세우는 속임수를 걸곤 한다는 것이다. 그러나 정치에는 회개가 없다. 악한을 회개시키고 용서하는 것이 종교라면 법의 심판에 따라 감옥에 가두는 응징은 정치다. 불관용이라는 몽둥이로 부패한 기회주의를 척결하는 것은 한 사람의 부패한 정치가를 처벌하는 의미를 넘어 정치의 자정작용 시스템을 원활히 유지하는 일이기 때문이다. 반칙을 일삼는 자는 페어플레이를 논할 자격이 없고, 정말로 공정한 게임이란 그들을 단호하게 퇴출시키는 게임이다. 공정한 규칙이 확립된다면 권력에 줄을 서는 하급정치보다는 권력을 어떻게 행복으로 바꿔낼지를 고민하는 수준 높은 소명의 정치를 위한 토양으로 진보할 수 있을 것이다.

○●○●○

불의를 외면하기에는 피가 너무 뜨겁다. 침묵하고 살기에는 해야 할 말들이 너무나도 많다. 그러나 세상은 어렵고 정치는 더럽고 우리는 외롭다. 기울어진 운동장 위에서 중립과 불신을 넘어 뜻을 굽히지 않고 살아갈 수 있을까? 마주하기 싫은 당혹스러운 결과 앞에 도망치지 않고, 쓸개즙을 곱씹으며 새 시대를 열어갈 수 있을까? 덜컥 겁부터 난다.

그러나 '그럼에도 불구하고' 세상을 바로잡을 유일한 수단이 정치라고 믿는 자가 아직 남아 있다면, 그래서 여전히 한 손으로 그 희망을 굳세게 쥐고 있다면, 망설이지 말고 다른 한 손을 악마에게 건네길 바란다. 혁명의 완성은 훌륭한 정치의 보급이다. 한 줌의 명예와 온 세상의 위험을 홀로 짊어진, 불가능한 꿈을 꾸는 이 땅의 모든 리얼리스트여, 건투를 빈다.

3부

—

혐오와
맞서며

9장

사랑이 깃들 곳에
혐오할 자유란 없다

존 스튜어트 밀, 『자유론』

"

나는 밀의 철학을 '사랑의 철학'으로 읽는다. 자유는 그 너른 가슴에 사랑과 행복을 가득 담는다. 아파하는 누군가를 불구덩이로 던져버리는 그런 편협한 자유에는 고귀한 것들이 살아갈 틈이 없다. 그래서 나는 혐오의 자유를 진정한 자유로 인정하지 않는다. 그것은 오남용에 불과하다. "혐오는 자유가 아니다." 이 한마디를 하기 위해 나는 이토록이나 길게 『자유론』을 정리하고, 밀의 인생을 되살펴 적어야 했다.

"

카드를 거부한 남자의 뒤숭숭한 죽음

내가 다니던 대학의 북문. 한 편의점 아저씨가 죽었다. 사인은 자살이라 들었다. 평소에 학우들과 '카드 계산' 문제로 말도 많고 탈도 많던 그였다. 그 남자는 손님들이 카드를 꺼내면 반사적으로 인상을 찡그렸고, 소액일수록 인상의 골은 더 깊고 험악해졌다. 그가 학생 손님들의 잔돈 지불에 툴툴거릴수록 학교 커뮤니티에는 주기적으로 그 남자의 불친절에 대한 '댓글 성토회'가 열렸다. 그러던 그가 스스로 목숨을 끊었다.

홀로 치러낸 죽음은 곧바로 2만 학우의 귓속으로 빨려들어 갔다. 그의 싸늘한 주검이 발견된 편의점에는 적막한 폴리스 라인이 둘러쳐져 있었다. 하지만 학우들의 차가운 시선은 그 선을 너무나 쉽게 넘나들었다. 특히 그 파장은 학내 온라인 커뮤니티를 아수라장으로 만들었다. 사자死者의 생전 행적과 그 평가를 두고 격론이 벌어졌다. 그는 안티가 많은 사람이었다. 경멸적인 평이 대다수를 점했다. 그중에서도 내 기억에 강하게 남았던 것은 "그 양반의 죽음은 불친절의 정당한 대가", "잘 죽었다. 죽어도 싸다", "연탄의 정의구현", "부조금 카드결제 되나요?" 따위의 표현들이었다.

나는 사회악이 소멸했다는 '다수의 의견'에 묘하게 심기가 거슬렸다. 북문 편의점 아저씨와 크게 안면이 있던 사이도 아니었다. 나 역시 그에게 세간에 떠도는 '카드 거부'를 당한 적이 있는지라 살아생전의 그 남자는 그리 좋은 인상이 아니었다. 그래도 그렇지. 나는 그 남자의 평소 언행이 부적절했던 것과 그의 죽음이 모욕당하는 것은 별개의 문제라고 생각했다. 그래서 나는 "사소하게 불쾌함이 누적되었다고 해서 그 죽음을 그렇게 표현할 수 있느냐?"라고 곧장 반박 글을 달았다. "내가 무슨 말을 하든 님이 무슨 상관? 뭐라 표현하든 내 자유"라는 댓글이 달렸고, 내 의견은 상대적으로 공감받지 못했다. 나는 논쟁에서 수적으로 패배했다. 로그아웃 버튼을 눌렀다.

아저씨의 죽음에 대해 자세히 알지 못한다. 다만 어떤 복잡한 사정이 있겠거니 그 남자의 복잡한 인생에 약간의 상상력을 발휘해 잠시 이입해볼 뿐이다. 일단 장사가 잘 안 되었을 것이다. 100미터 근방에 편의점만 다섯 개가 있었다. 치솟는 임대료는 나날이 감당하기 힘들었을 테고, 프랜차이즈 본사에는 앉은자리에서 가맹비를 수십 퍼센트 떼먹혔을 것이다. 그런데도 먹고살아야 하니까 이들에게 굽실거려야 하는 권력구조가 분했을 수도 있다. 떼이기만 하는 인생에 세금이라도 조금 덜 떼여보고자 가장 만만한, 같은 처지의 학생들에게 "현금! 현금!" 했을지도 모른다. 어쩌면 그 짜증과 불친절의 근원에는 야간 알바생조차 고용하지 못해 직접 긴 밤을 버티는 삶과 밥벌이의 팍팍함을 노구의 몸으로 견디다 나온 것인지도 모른다. 혹은 원래 그런 성격일 수도 있다. 더 알 도리가 없다.

임금상승 압박을 견딜 수 없었던 것인지, 짜증과 카드 거부에 대한 학생들의 불매운동에 매출이 큰 타격을 입은 것인지, 그래서 그 역정과 악 받치는 삶의 고단한 고리는 어디서부터 끊어내야 제대로 돌아갈 것인지, 혹시 자신이 죽으면 이 모든 게 끊어질까 싶어 처자식을 두고 연탄불에 산화한 것인지는 더더욱 알 도리가 없다. 그 남자의 뒤숭숭한 죽음을 우리가 온전히 이해할 방법은 없다. 알지도 못하는 사람의 삶을 너무 미화한 것은 아니냐고? 그 사람의 죽음을 좋게 바라봐주지 못하겠다는 사람이 대다수라면 누군가는 다른 각도에서 한 인격체의 일대기를 추정할 수 있어야 한다. 그리고 그것은 역시 내 자유다.

여하간 그의 죽음에는 여러 이유가 있을 것이다. 그 귀책사유에는 본인부터 세상에 이르기까지 수만 가지 차원이 뒤엉켜 있을 것이다. 그래서 감히 누가 그의 복잡한 죽음을 함부로 가볍게 재단할 수 있는지 우려했다. 나에게 또 우리에게 그럴 권리가 있는가? 어쩌다 우리 세상은 불친절이 죽음으로도 갚을 수 없는 대역죄가 되어버린 것일까? 어째서 모멸적인 표현이 본인의 자유가 갖는 응당한 권리이며 정의구현이라는 것인가. 그런 옹졸한 정의가 어디 있으랴. 나는 이해되지 않는 반응들에 무척이나 당황하고 말았다.

이는 비단 편의점 아저씨의 죽음에서 그치는 문제가 아니다. 우리는 서로를 벌레로 칭하는 세상에 살고 있다. '급식충', '맘충', '틀딱충' 등의 혐오표현은 어디에서 한 번씩 듣거나 본 적 있는 말들이다. 온라인상에서 다짜고짜 욕부터 내뱉고 보는 잘못 정착된 습관들, '갑질'에 부록처럼 딸려오는 모욕적인 언사와 멸칭들, 익명의 응집된 몇몇이 단합해 고립된 소수에게 가하는 언어폭력을 흔하게 찾아볼 수 있는 세상이다. 그리고 그 포장지는 바로 '표현의 자유'였다. 나는 큰 문제의식을 느꼈다. 우리가 지금 자유를 제대로 살리고 있는 것일까? '혐오표현의 자유'가 과연 앞뒤가 맞는 말일까? 한국에서 자유라는 것이 찾아와 잘 자라고 있는 게 맞는지 먼저 생활기록부부터 들춰봐야겠다.

이중인격자의 생활기록부

인류 역사상 표현의 자유를 가장 강력하게 옹호한 사람은 존 스튜어트 밀이다. 종교의 그릇된 힘, 마녀사냥과 이단재판이 사람들의 말문을 틀어막을 때가 있었고, 성직자의 부패와 부조리를 지적하는 '진보적 의견'은 신성모독으로 간주해 화형을 선고받던 시절이 있었다. 시대가 바뀌고 강산이 바뀌더라도 사람의 축적된 습관과 겁은 쉽사리 사라지지 않는다. 사람들은 여전히 자유롭게 토론하고 상대방의 의견을 존중하기보다는 상대방을 적으로, 이단으로 몰아 입을 닫게 만드는 데 심리적으로 익숙했고 또 그게 편했다. 어느 세상이나 할 말이 있어도 목구멍에서 꾹 참고 누르는 게 현명한 사회생활이었다. 사상범으로 옥살이를 하지는 않더라도 사회적으로 매장당할 테니까.

그러나 밀은 단호하게 주장했다. 밀이 자신의 저작을 통해 청산하고자 했던 것이 바로 그 엄혹한 구시대의 정신적 잔여물이었다. 인간이라면 무엇이든 구애받지 않고 생각하고, 거리낌 없이 표현할 수 있어야 한다. 그것이 바로 자유가 진리를 찾는 유일한 길이다. 또한 이성을 지니고 태어난 인간은 본성적으로 자유로운 존재일뿐더러 구성원 각각의 자유를 존중하는 것이 큰 안목으로 볼 때 사회 전체에 이익이 된다. 단, 어떤 자유가 다른 사람에게 해를 끼치는 경우는 제외한다. 이렇듯 밀은 신앙의 권능이 사라진 빈 권좌에 '사상과 표현의 자유'를 앉혔다. 신성모독의 피해자가 인류 역사의 '신성불가침'의 지위를 갖게 된 것이다.

그가 인생을 바쳐 저술한 『자유론』의 핵심 정신은 모름지기 자유사회라면 헌법에 한 구절씩은 꼭 담겨 있다. 독재정권의 주입식 상명하복 문화에 익숙해 있던 대한민국 사회도 자유사회로 개종하기 위해 밀에게 정신적 세례를 받은 신참내기 신도 중 하나였다. 우리 헌법에는 '자유'라는 단어가 전문 곳곳에 수록되어 있으며, 제37조에는 "국민의 자유와 권리는 헌법에 열거되지 아니한 이유로 경시되지 아니한다"와 "국민의 모든 자유와 권리는 국가안전보장·질서유지 또는 공공복리를 위하여 필요한 경우에 한하여 법률로써 제한할 수 있으며, 제한하는 경우에도 자유와 권리의 본질적인 내용은 침해할 수 없다"며 못 박고 있기 때문이다.

한국에서 『자유론』은 여러 얼굴을 하고 나타났다. 첫 번째 얼굴은 반공 독재정부와 국가보안법에 맞선 '저항의 무기'였다. 두 번째 얼굴은 단체생활을 강조하는 한국의 군대식 사회 분위기에 숨죽이며 눈치 보는 개인들의 '해방구'였으며, 또 다른 모습은 봉건적 유교문화의 찌꺼기에서 갓 자라나는 개인주의 문화에 효험 있는 '영양제'이기도 했다. 한국인은 뭐든 빨리 배웠다. 밀의 가르침에 따라 우리 사회는 자유의 길로 숨도 안 쉬고 달음질했다.

자유가 불러일으킨 지성의 바람으로 사회적 금기에 도전하는 영화와 드라마, 음악 등의 문화산업이 흥했다. 번역되지 못한 세계의 저작들, 특히 『공산당 선언』과 『자본론』 따위의 금서禁書들에 관한 논의가 활발히 일어났다. 정보화 시대에 발맞춰 새로이 들어선 인터넷 신문사들은 기존 언론이 갖고 있던 담론 독점구조에 도전했다. 일반 시민의 다채로운 의견과 색다른 관점이 광랜 케이블을 타고 전국구로 팽창했다. 특히 줄기세포 조작사건의 진상을 밝혀낸 일련의 과정이 아주 인상적이었다. 눈썰미가 예리한 한 언론이 과학 전문지에 게재된 논문의 조작을 발견했다. 앞에 썼던 사진을 물구나무 세워 다른 사진인 양 게시한 얄팍한 속임수였다. 과학에 조예가 깊은 몇몇 네티즌과 지식인이 합리적 의문제기에 가세했다.

황우석 연구팀 측은 의혹에 대해 과학적으로 정밀하고 체계적인 비판을 가하는 대신 '애국'과 '국익'을 입에 올리며 언론플레이에 나섰다. 그 여파로 여론이 양분되면서 시시각각 갈팡질팡하기도 했지만, 결국 논문은 조작이 맞았고 줄기세포는 없었다. 이 사건으로 대한민국 과학사는 불명예를 떠안았다. 동시에 진실과 진리를 추구하는 합리적 자유정신의 힘이 우리 사회에 위로의 훈장을 달아주었다. 아주 모순적인 성공이었다.

그러나 가수 타블로에게 진실을 요구했던 사람들의 경우에서는 정반대의 일이 벌어졌다. 그들은 '자유롭게' 한 사람을 공격했다. 그의 스탠포드 대학 졸업장이 가짜라는 유언비어가 인터넷상에 파다하게 퍼졌다. 본격적으로 형식과 의미가 따로 놀았다. 해명은 변명으로 치부되었고, 검증은 인격파괴를 뜻했으며, 새로운 의혹제기는 또 다른 유언비어를 양산했다. 꼭 집단적으로 확증편향과 인지부조화를 동반한 환각증세가 발병한 것 같았다. 문제를 제기했던 사람들은 어떠한 공인된 증거도 믿으려 들지 않았다. 가짜 전문가들이 몰려와서 이러쿵저러쿵 아무 말 대잔치를 열었다. 원하는 답은 정해져 있었고, 증거가 없으면 이것저것 짜깁기해서 막무가내로 공격했다.

분명 이들이 논쟁에서 패배한 까닭은 근거 부족과 정황 추론에 심각한 하자가 있는 탓이었다. 그러나 그들은 부정했다. 그보다는 권력이 진실을 억압했기 때문이라며 사건을 호도했다. 이번에는 있지도 만들지도 않은 억압의 배후세력을 찾는다고 소동을 벌였다. 추후에 그가 명문대 졸업장을 제대로 받았다는 법원의 판결이 나옴으로써 극성인원 몇몇을 법적 처벌하는 것으로 사건은 끝났다. 그러나 상처는 말끔하게 아물지 못했다. 우선 피해자가 받은 정신적 고통과 자신에 대한 모멸감, 사회에 대한 불신은 돌이킬 수 없는 것이었다.

그러나 더 암담한 것은 사고를 저지른 이들의 태도였다. 문제의 다수는 침묵의 언저리로 사라졌지만, 일부는 끝끝내 자신들의 잘못을 인정하지 않았다. 참회의 시간을 갖기보다는 부당한 처벌의 순교자 행세를 하며 더 군건한 광신도가 되었다. 끊임없는 외적 귀인의 고리에 갇힌 그들은 소문과 소문의 소용돌이를 맴돌며 더욱 강한 확신범이 되었을 뿐이다.

물론 욕설과 비하 등의 문제는 예전부터 있었던 것이다. 그러나 이렇게 불특정 익명의 사람들이 무리 지어 누군가를 광폭하게 표적으로 삼은 적은 없었다. 인신공격이 인격살인에 이르렀고, 조각난 사실의 일부분을 마음대로 엮어 근거라고 들이미는 '루머 편집증'이 새로이 생겨났다. 이른바 '타진요' 사건은 본격적으로 디지털 시대에 새로운 철학적 정신질환이 등장했음을 알리는 사건이었다.

분명 타블로에게 요구했던 진실과 황우석 박사에게 요구했던 진실은 다른 것이었다. 그러나 그것을 위해 활용한 표현의 자유는 같은 것이었다. 어떤 자유에서는 집단지성이 발아했지만, 어떤 자유는 군중심리의 앞잡이가 되었다. 대중은 추리력 좋은 탐정과 음모론을 몰고 다니는 피라냐 떼를 오갔다. 다만 한 가지 확실한 것은 자유라는 것이 도덕적 환경에 따라 이중인격을 갖는다는 사실이다.

어느 날 갑자기 온 세상 사람들이 단체로 험악한 심성을 갖게 되어 그렇게 된 일은 아닐 것이다. 자유 자체에 있었던 어떤 맹점이 이전 시대에는 노출될 기회가 적었을 뿐이다. 단지 익명의 다수가 와이파이를 타고 전국 각지에서 헤쳐 모이는, 말과 글이 시시각각으로 무제한으로 오가는 새로운 시대에 그것이 양적으로

도드라진 것이다. 몸이 자랐으면 옷을 알맞게 수선해야지 자라 버린 몸을 탓해서는 안 된다.

나는 자유라는 것의 생활기록부를 덮었다. 그렇다. 한 사회가 어떤 가치를 온전히 받아들이기 위해서는 일정한 진통을 겪는 것은 당연한 과정이다. 그러나 그럴 때일수록 무엇이 부족한지, 새로운 시대에 다르게 읽혀야 할 부분은 무엇인지 처음부터 되돌아가 살펴볼 필요가 있다. 무엇인가가 너무나 복잡해 도통 풀이법이 생각나지 않을 때 역시 가장 좋은 방법은 교과서를 다시 펼치는 일이리라. 그래서 이번에는 다시 자유의 기본서인 밀의 『자유론』을 냉정히 그리고 천천히 훑어봐야겠다. 어쩌면 우리가 밀의 가르침을 단기 속성으로 요점만 대강 배운 것일지도 모르니까.

자유의 교과서, 지성의 프리즘

밀의 『자유론』을 천천히 복기해본다. 누구보다도 내 몸과 마음을 잘 아는 것은 역시 나 자신이다. 자기 인생을 남이 대신 살 수 없을뿐더러 살아줘서도 안 된다. 자신의 미래는 스스로 결정하는 것이다. 국가나 사회가 대신 결정해서는 안 된다. 자유의지에 따라 자신의 계획에 맞춰 취향대로 능력껏 스스로 인생을 설계해야 한다. 어떻게 살든 무엇을 하든 좋아하는 게 무엇이고 싫어하는 게 무엇이든 나의 취향이 존중받아야 하듯이 다른 사람의 취향에도 존중이 뒤따라야 한다. 권리에 의무가, 자유에 책임이 보증을 서듯 말이다.

한 사람이 택한 고유의 생활방식에 누구도 이래라저래라 간섭할 권리는 없다. 다른 사람이 간섭하면 주제넘은 일이며, 사회가 간섭하는 것은 매우 위험하고 부당한 일이다. 가끔 엇나가더라도, 아니 실수가 잦더라도 그것은 개인 스스로가 책임지며 교정하거나 감내하며 살 문제다. 혹여 그 개인이 실수를 반성하지 않더라도 어느 누구도 한 사람의 인생을 어떤 방식으로든 강제할 수 없다. 누군가의 신앙을 강제로 개종시키는 것만큼이나 한 사람의 자유로운 삶의 방식을 뒤엎으려 드는 것은 부당할뿐더러 인격을 모독하는 행위다. 다만 옆에서 조언하고 권유하고 비난하고 꾸짖고 책망할 수는 있다. 그러나 딱 거기까지다. 계속해서 마음에 안 들면 그냥 같이 어울리지 말고 연을 끊으면 그뿐이다.

인간은 혼자서는 생존할 수 없는 미숙한 태아에서 시작해 걸음마와 옹알이의 유아기를 거쳐 보통교육을 받고 질풍노도의 사춘기를 지나 성인이 된다. 맛있는 음식에 관한 기호, 매력적인 이성에 대한 생물학적 반응, 신체적 발육상태는 유전자의 명령과 환경에 따라 사람마다 다를 수밖에 없다. 사람은 자신이 갖는 조건에 맞춰 각기 자신에게 적합한 다양한 전략을 구사한다. 이렇게 세운 '생존전략'을 통해 먹고 자는 문제를 해결하고 생물학적 사랑을 탐닉한다. 또 부모부터 또래친구, 선후배, 선생님, 직장상사, 비즈니스 관계, 배우자 등의 무수히 다양한 관계와 필연적으로 얽히게 된다. 사회로부터 언어·도덕·철학 따위의 배움을 접하게 되고, 여기에 이런저런 경험이 덧붙여짐으로써 각자의 '사회 관'을 갖추게 된다.

인간은 요람에서 무덤까지 수많은 사람과 접촉하며 무리생활을 하다 결국 홀로 세상을 뜬다. 그 과정에서 수많은 인생의 희비와 고비를 마주친다. 여기서 각자의 방식대로 서로 다른 사회적 선택을 하면서 정자와 난자의 생물학적 결합에 불과했던 한 인간이 비로소 무수한 삶의 갈림길로 뻗어나간다. 이렇듯 자유란 필연과 우연, 환경과 관계, 주어진 것과 선택할 수 있는 것 사이에서 자아가 행하는 의지의 능동적인 몸부림인 것이다.

자유는 한 사람의 인격에 담겨 여러 군데서 반응하고 굴절하고 또 결합하며 독특해진다. 생물학적 다양성은 삶의 다양성과 결합해 셀 수 없을 만큼의 개성을 탄생시킨다. 그렇게 자기 생겨먹은 대로 천차만별의 환경에 적응하며 자유롭게 살아가는 사람들은 자신만의 다양한 가치관을 꽃피운다. 여기서 동일한 한 사건에도 헤아릴 수 없는 의견이 쏟아진다. 빛이 프리즘을 통해 형형색색의 찬란한 빛으로 나뉘듯 말이다. 표현의 자유는 이성과 지성의 프리즘이다.

1초에 수백 장의 사진을 움직여 영화를 만들듯 넉넉한 의견은 사건에 생명력을 불어넣는다. 무수한 별들을 수놓아 암흑천지가 은하수로 반짝이듯 날카로운 의견은 진리의 불을 밝힌다. 다양한 생각이 있는 사람들은 그와 동일한 인격체들과 교류하고 부딪치고 수정하고 또 다툰다. 그러면서 의견이 정교해지고 오류가 조금씩 바로잡힌다. 기존의 진리가 토론을 통해 한 번 더 복습된다. 간혹 상식이 무너지기도 한다. 평면에 불과했던 의견은 입체가 되고, 비판을 통해 생명력을 갖는다.

이성의 도전과 지성의 응전과정을 통해 오류가 발견되고 검증되고 교정되면서 인류의 축적된 지식의 양과 질이 모두 고양된다. 진리를 추적하는 궤도는 그렇게 좀더 정교해진다. 마찬가지로 진리의 역사도 한 뼘씩 나이테를 그리며 자라난다. 밀의 『자유론』을 내가 잘 요약했는지 모르겠다. 나는 여기에 내 생각을 군데군데 자유롭게 보태 나만의 해례본을 써냈다. 작은 욕심을 덧붙여 이 자유의 고전을 정리하는 수많은 발췌본 중에서도 내 글에는 나만의 향기가 묻어났으면 좋겠다.

자유의 사용설명서

'자유' 과목의 교과서를 정리했다. 역시 존 스튜어트 밀이다. 저자의 약력을 살펴본다.[18] 천재 소년이었던 그는 아버지의 명령에 따라 집에 갇혀 공부만 하며 자랐다. 유년시절, 죽마고우 하나 없이 역사에 이름을 남긴 천재들의 저작과 벗했다. 말랑하고 비범한 두뇌로 거의 모든 것의 역사와 지식과 이론과 고전을 빨아들였다. 또 라틴어를 비롯한 외국어와 두루 사귀었다. 어려서부터 이미 학문 자체에 득도했다. 그는 여러 학문을 공부했고 모두 성공했다. 그가 만약 한국에서 태어났다면 삼시패스는 물론 각 분야의 박사학위로 벽장을 수놓았을지도 모른다.

그러나 생전에 그는 결코 자유롭지 못했다. 빼어난 재능은 아버지의 교육실험 대상으로 쓰였다. 그의 아버지 제임스 밀과 스승 제레미 벤담 역시 세상에 내로라하는 천재였지만, 그는 이내 그들을 뛰어넘었다. 너무나 일찍 세상의 이치를 통달하고 만 천재 소년은 인생이 시시했다. 스무 살 즈음부터 찾아온 '현자의 시간'은 허망했다. 그는 인생의 사춘기를 생략해버린 줄만 알았다. 그러나 외톨이 천재에게도 때늦은 청춘의 열병이 무섭게 찾아왔다. 인생이 무상했다. 그는 플라톤과 정신적 친구였지만, 현실에서는 그 누구와도 터놓고 속사정을 이야기할 수 없는 '공부 중독' 환자였다.

청년 존 스튜어트 밀의 인생사전에는 계산과 분석, 논리와 이성 말고는 아무것도 쓰여 있지 않았다. 아버지를 위해 대신 살아준 인생이 공허함을 독촉했다. 지식 공부에 온 생을 쏟았던 젊은 천재는 비로소 자신의 '인생 공부'가 부족하다는 사실을 깨달았다. 그것은 머리로 하는 게 아니라 가슴으로 하는 것이었다. 사람 사이의 관계와 그 관계에서 자라나는 모든 인간의 철학은 다른 사람을 판단하고 이해득실을 계산하며 쌓는 게 아니라 살과 피부로 부대끼며 쌓는 것이었다. 외로운 지식의 섬이었던 그는 비로소 감정이라는 잃어버린 대륙을 발견했다.

섬과 대륙을 이어준 것은 '사랑'이었다. 해리엇 테일러, 하필이면 그녀는 유부녀였다. 그러나 그들은 서로의 지혜를 사랑했고, 이내 서로를 사랑했다. 21년 동안 금지된 사랑을 나누었다. 그는 일가친지와 동료로부터 응원받지 못한 사랑에 뛰어들었다. 결국 그녀의 첫 남편이 사망하고 나서야 그들은 정식으로 부부가 될 수 있었다. 그녀는 시대를 잘못 타고난 똑똑한 여자였다. 그녀의 지성은 그의 인생과 생각을 변화시켰다. 그와 그녀는 여러 분야에서 불후의 명작을 남겼다. 그녀가 먼저 죽었고, 뒤이어 그가 세상을 떠났다.

그녀와의 사랑은 메말라버린 감정의 샘물을 다시 솟구치게 만들었다. 사랑이 그의 사변에 엄청난 대격변을 일으켰다. 그녀와 교류하는 동안 밀의 정신세계에는 한바탕 폭풍이 지나갔다. 밀은 어린 시절 아버지와 벤담으로부터 물려받은 '행복과 계산의 철학' 공리주의를 비판적으로 발전시켰다. 쾌락의 양만 추구하는 공리주의적 행복은 반쪽짜리 행복이다. 분명 세상살이는 양이 많다고 다가 아니다. 사랑은 섹스 이상이며, 인생에 돈이 전부가 아니듯 말이다. '양'은 어떤 것의 대부분이지만, 그것을 한껏 고귀하게 만들어주는 어떤 '질'이 존재한다. 수학의 적분이 미지수의 차원을 높이듯 밀은 양에서 질, 다시 질에서 본질로 향하는 상승의 철학을 탐구해나갔다.

밀은 잠정적인 결론을 내린다. 행복을 소유하는 것은 전적으로 자유로운 인격체여야 한다. 노예가 누리는 행복을 생각해볼 때 아무리 좋은 옷을 입히고 아무리 좋은 것을 먹여도 자유를 빼앗긴 노예에게 그게 다 무슨 소용이랴. 자유야말로 풍족한 양과 질적 우수함을 완성시키는 퍼즐의 마지막 한 조각이다.

소크라테스도 양껏 먹어야 인간답게 살 수 있고, 깊은 사유가 더해짐으로써 위대해지며, 무엇보다 자유롭게 살아야만 행복할 수 있다. 따라서 자유는 행복을 위한 수단이자 계산 불가능한 행복을 지탱하는 주춧돌이다. 계산은 행복을 높이기 위해서 하는 것이고, 행복은 자유와 나란히 존재한다. 자유롭다고 행복한 것은 아니지만, 행복하려면 자유로워야 한다. 무엇이 '옳은 삶'인지는 아무도 알 수 없지만, 최대한 많은 사람이 저마다의 취향대로 좋은 삶을 살다 보면 그 언저리에는 '올바름'이 잠들어 있을지 모른다.

밀은 그렇게 『자유론』을 썼다. 그가 이 책을 쓰면서 행복했는지 또 만족스러웠는지, 전보다 더 자유로워졌는지는 잘 모른다. 그러나 이 책을 쓰는 동안 그는 유년시절과 아버지를 극복했고, 사랑하는 부인과 나눈 지혜의 대화를 추억했다. 그는 책의 맨 앞장에 부인에게 바치는 헌사를 적었다. 이 책은 해리엇의 영감을 자신이 적은 것이지만, 그녀의 죽음으로 미처 검토받지 못한 불운한 저작이라며, 자신이 그녀의 위대한 생각과 고상한 감정의 절반만이라도 담으려 노력했다고 말이다.[19] 밀은 자신의 인생을 철학에 담았다. 그녀와의 사랑도 담았다. 아니 거꾸로 그의 인생, 그녀와의 사랑, 일깨워진 감정의 소중함이 그로 하여금 이 책을 쓰게 만든 것이리라.

밀은 공리주의자로 길러져 자유주의자로 깨우쳤으며, 온건한 진보주의자로 변신한 뒤 페미니스트로 삶을 마감했다. 더 많은 자유를 더 평등하게 분배하려는 문제의식에서 사회주의 이론을 공부하기도 했다. 또한 그는 부인 해리엇 테일러의 재능을 알아봐주지 못하는 이 세상을 강하게 비판했다. 인구의 절반인 여성에게 부자유의 굴레를 씌우고 재능을 가정에 속박시킴으로써 사회 전체의 공리를 감소시키는 가부장적 풍토를 세차게 비판하는데 그의 말년을 바쳤다. 밀은 자신의 자유를 이 세상의 사랑과 행복의 지평선을 넓히는 데 지불했다. 그것이 바로 밀이 자신의 삶을 동봉해 보내는 자유의 사용설명서다.

그래서 나는 밀의 철학을 '사랑의 철학'으로 읽는다. 자유는 그 너른 가슴에 사랑과 행복을 가득 담는다. 아파하는 누군가를 불구덩이로 던져버리는 그런 편협한 자유에는 고귀한 것들이 살아갈 틈이 없다. 그래서 나는 혐오의 자유를 진정한 자유로 인정하지 않는다. 그것은 오남용에 불과하다. "혐오는 자유가 아니다." 이 한마디를 하기 위해 나는 이토록이나 길게 『자유론』을 정리하고, 밀의 인생을 되살펴 적어야 했다. 자유로운 사회에서 이왕이면 서로를 사랑하고 행복하자고. 우리의 자유는 그런 곳에 품격 있게 써보자고 말이다.

논쟁의 교전수칙

개인은 혼자가 아니다. 개인주의는 이기주의와 다르다. 나의 자유와 개인의 자유도 다르다. 누구에게나 자유가 있다는 말은, 나에게도 남에게도 자유가 있다는 의미다. 개인은 나도 개인이고, 너도 개인이며, 우리 모두 개인이다. 나의 자유는 다른 사람의 자유가 아니지만, 개인의 자유는 우리 모두의 자유다. 그래서 개인은 공동체적인 개념인 것이다. 한 사람의 무제한적 자유는 다른 이의 절대적 예속상태를 전제로만 가능하다. 그렇기 때문에 우리는 서로가 누릴 수 있는 자유의 경계선이 되어준다. 부득불 우리는 부딪치지 않기 위해 양보하고 살며, 침해받지 않기 위해 존중하고 살아간다. 자유에 항상 붙는 단서 "다른 사람의 자유와 권리를 침해하지 않는다면"이 갖는 속뜻은 이렇게나 복잡하다.

의견에도 품질이 있다. 아무 말이나 다 의견이 아니다. 의견은 언어와 논리와 맥락의 결합이다. 말은 뜻이 없다면 성대가 내는 소리와 뇌가 받아들이는 청각신호에 불과하다. 무슨 말이든 내뱉을 수 있지만 그것이 다 의견으로 인정받고 수준 높게 평가받는 것은 아니다. 말하고 쓰는 사람에게도 자유가 있지만, 듣고 읽는 사람에게도 동등한 자유가 있기 때문이다.

좋은 의견을 제시하려면 꼭 그만큼의 지적 노동과 도덕적 노력을 지불해야 한다. 누군가가 축적된 고민과 시간, 그리고 노력을 쏟아 만들어낸 의견과 방구석에서 제목만 보고 떠오른 머릿속 단상을 같은 수준으로 취급할 수는 없다. 자유는 모든 사람에게 보장되지만, 자유의 결과물은 항상 다르게 취급받기 때문이다.

민주사회에서는 모든 사람이 한 가지 의견만을 갖는 것을 경계한다. 같은 땅을 딛고 함께 살아가면서 매 순간 같은 의견을 갖기란 쉽지 않다. 어느 누구에게도 무제한의 자유를 허용할 수는 없으므로, 우리는 종종 의견이 다른 상대방과 공론의 결투장에서 논쟁을 벌인다. 그러나 표현의 자유에도 승패가 있다. 누구나 출전기회가 있지만, 상대방이 나보다 더 정교한 논리와 의견을 뒷받침할 풍부한 증거들을 모아왔다면, 그 능력과 노력의 차이가 빚어낸 논쟁의 결과는 존중받아야 마땅하다. 그것이 바로 '논쟁의 교전수칙'인 것이다. 이 '자유의 규칙'이 준수되지 않을 때, 우리는 성경을 읽지 않는 기독교인, 사료를 보지 않는 역사학자, 사전을 펼치지 않는 번역가들과 여기저기에서 마주하고 만다.

사람은 누군가를 죽도록 싫어할 수 있다. 그런 감정은 인간적이고 자연스럽다. 어디를 가더라도 심기에 거슬리는 사람은 누구나 하나쯤 있기 마련이다. 머릿속에서는 그 사람에게 욕지거리를 퍼붓든 따귀세례를 날리든 마음대로 할 수 있다. 누구도 나의 속마음을 들여다볼 수 없으니까. 그러나 우리는 분을 속으로 삭인다. 다른 사람과 계속 어울려 살기 위해서는 충동을 적절히 조절해야 하기 때문이다. 충동을 그대로 행동으로 옮기는 순간, 이를테면 욱해서 가한 폭력, 충동 끝에 범한 성폭력 등의 뒷마무리에 대한 사회적 합의를 우리는 너무나 잘 안다.

폭력에도 방향이 있다. 그것이 권력과 강자의 부당함에 맞선다면 '저항'이겠지만, 약자를 향하면 문자 그대로 '폭력'이다. 종류도 있다. 물리적 폭력은 직접적인 위해가 가해지고 신체에 상처가 남는다. 언어폭력은 물리적 폭력보다 덜 직접적이지만 마음에 상흔이 남는다. 몸의 상처는 얼마 뒤 회복되지만 마음은 한번 병들면 회복하기 힘들다.

자유사회는 충동이 인간의 어쩔 수 없는 위험한 본능이라는 것, 그러나 반드시 해소되어야 한다는 것 모두를 인정한다. 다만 그 충동의 조절을 국가가 아니라 개인에게 자율적으로 맡기는 것이다. 그 충동을 자기 집에서 자해로 해소하든 고함을 치며 물건을 때려 부수든 클래식 음악을 들으며 독서로 풀든, 방법의 선택에는 아무런 문제가 없다. 그저 뒤처리를 스스로 하면 된다. 혹 조절에 실패하더라도 그 대가를 본인이 감당한다면 별 상관이 없다. 남에게 피해만 안 끼치면 된다.

그러나 혐오발언hate speech은 철저히 약자를 향한다. 충동의 표적이 자신의 내면을 벗어나 타인을 향한다. 말문에서 나와 다른 인격체의 귀에 들어간다. 손끝에서 나와 다른 사람의 눈에 노출된다. 나의 자유가 타인의 자유를 침식시킨다. 그 발언에는 어떠한 심사와 숙고도 없다. 지적인 노력과 도덕적 성찰을 지불한 적도 없다. 의견의 최저품질도 충족하지 못한다. 논쟁의 교전수칙도 지키지 않는다. 뒤처리도 하지 않고 유유히 떠나버린다. 방어할 여력도 수단도 없는 소수자는 공포를 느끼며 사회에서 더 위축된다. 결국 피해자들의 명예와 권리가 훼손되고 만다.

다수의 억압에서 소수를 보호하기 위한 표현의 자유가 도리어 소수를 향한 다수의 언어폭력에 동원되는 모순, 이것은 분명히 우리가 서로의 자유를 지키기 위해 맺은 사회적 언약에 위반된다. 본인이 내뱉은 말은 주워 담을 수 없다. 자유롭되 신중해야 한다. 인생은 책임질 짓을 하는 순간부터 실전이다. 담론의 시장에 진입하는 것은 자유지만, 시장은 책임지지 못할 표현이라는 품질 미달의 저질상품을 가차 없이 퇴출시킨다는 것을 명심해야 한다.

관용의 그림자

나는 자유의 성인聖人, 존 스튜어트 밀의 가르침을 대부분 긍정한다. 나도 그의 이론이 마음에 들기 때문이다. 분명 그의 책처럼 타인의 권리와 인간의 존엄을 존중하고 책임을 갖고 자유를 섬세하게 향유한다면 큰 문제가 생길 여지가 없다. 그러나 인간은 책에 적힌 대로만 살 수는 없다. 혐오발언이 쏟아지는 것을 전적으로 충동을 조절하지 못한 개인의 부주의, 지적 노력을 꾸준히 하지 않은 불성실로만 돌릴 수는 없다. 문제의 수준이 사회적으로 위험수위를 넘어섰다면 그것은 개인의 조절문제를 넘어서는 구조의 맹점이 있다고 보기 때문이다. 밀의 자유에는 개인이 메우지 못하는 어떤 널따란 구멍이 있다. 그 빈틈을 나는 '관용'이라고 본다.

'관용寬容'은 '너그러울 관寬'에 '얼굴 용容' 자를 쓴다. 생판 얼굴도 모르는 남 앞에서 안 그래도 떨리는데, 듣는 사람이 너그러운 표정을 짓고 있어야 속 편하게 하고 싶은 말을 조금이라도 더 털어놓을 수 있다. 심리적으로 위축된 소수자들에게는 더욱 그렇다.

누구나 실수를 하며 산다. 잘 알지도 못하고 대충 넘어가는 경우도 잦다. 우리 모두 평생 동안 잘못을 저지르고 용서받고 용서하며 살아간다. 한번 비뚤어졌다고 평생을 엇나가며 사는 게 아니다. 적어도 반성할 기회, 자기교정의 기회는 주어져야 한다. 그래서 자유사회는 가급적 법적 처벌을 멀리하고, 그 사람의 도덕적·지적 성장을 촉진할 사회의 자정작용을 기대한다. 관용은 자유토론의 원칙이면서 동시에 자유사회의 근간이다.

그러나 오늘날의 현실은 관용이 더는 자유를 촉진하지 못하고 있다. 역으로 관용이 혐오발언의 아주 좋은 번식지가 되고 있다. 경제학에서 악화가 양화를 쫓아내듯 혐오표현은 필요한 표현이 서식할 '언어의 생태계'를 파괴한다. 이것은 나의 진단이며, 동시에 철학자 마이클 샌델의 진단이기도 하다. 샌델의 저서『왜 도덕인가?』에는 자유사회에서 공론장이 어떻게 망가지는지를 논리적으로 보여주는 대목이 있다. 그의 의견을 정리해서 소개해보려한다.[20]

자유사회에서 국가는 서로 다른 개인들의 상이한 가치관을 그대로 존중하기 위해 국가의 의견을 비워둔다. 존 스튜어트 밀의 말처럼 물리력을 독점한 국가의 의견은 집권다수파의 의견인 경우가 많다.[21] 국가가 완력을 동원해 다수파의 의지를 소수에게 강요할 위험이 있으므로 국가는 시민들 사이의 공론에 불개입하는 입장을 고수한다.

그러나 샌델이 보기에 이는 아예 공론장을 축소하는 행위다. 갈등이 치열할수록 자유사회에서는 토론이 설자리가 사라진다는 것이다. 자유시민들은 서로에게 민감한 영역을 토론하려 들지 않으려는 성향이 있다. 국가도 불똥을 염려해 관여하지 않는다. 서로 웃으며 할 수 있는 주제만 되풀이하는 의미 없는 토론이 공론장을 메운다. 토론이 시시해지고, 사람들은 공적 문제에 관심을 끈다. 새로운 지식의 발견과 상식의 전복은 성장을 멈춘다.

정부는 선악이 명확한 사안이 아닌 이상에야 아무 편도 들지 않고 침묵한다. 이때 근본주의자 혹은 극단주의자가 빈틈을 파고든다. 자유주의자가 참전하기를 망설이는 까다로운 이슈에 저돌적으로 뛰어든다. 이들은 애초에 토론 규칙을 지킬 생각이 없다. 논증할 생각도 없다. 극단적이고 선명한 구호만 반복한다. 여기서 단순무식한 혐오발언만이 무제한의 자유를 획득하는 역설이 발생한다. 사람들은 점점 도덕적 피로증과 혐오감을 느낀다. 이른바 '침묵의 나선' 효과, 즉 목소리 큰 소수가 가짜 다수가 되고 만다. 현실의 소수파인 극단주의자들이 공론장을 점령한다. 약자들은 기존의 공론장이 극단주의자들에게 접수된 까닭에 결과적으로 침묵을 강요받게 된다.

마이클 샌델은 '자유' 자체가 극단주의에 매우 취약하다는 점을 지적한다. 관용은 자유를 극단에서 지켜주지 못한다. 자유 그 자체를 위협하는 '혐오의 자유'가 자유의 보호와 관용의 방관을 받아 '자유의 터전'을 파괴한다. '자유로부터의 도피'가 '자유 그 자체의 파멸'을 인도한 것이다. 나는 그 이유를 『자유론』이 관용을 절반만 설명했기 때문이라고 생각한다.

관용의 그림자는 불관용이다. 관용은 자유를 지키지만, 불관용은 자유의 터전을 지킨다. 관용이란 보통은 '너그러운 얼굴'이지만 혐오발언 앞에서는 그 악담을 파묻어버릴 '용감한 관'으로 변신한다. "관용에는 관용으로, 불관용에는 불관용으로!" 나는 이것이야말로 표현의 자유를 지키기 위한 관용의 원칙이라고 생각한다. 조건 없는 관용은 자유라는 공동의 재산에 해를 입힌다.

자유는 관용이라는 큰 바퀴와 불관용이라는 보조바퀴에 동력을 싣고 앞으로 나아가는 것이다. 물론 관용의 범위와 불관용의 최소한도의 용례를 정하는 것은 반론을 최대한 보장하는 자유로운 토론을 거쳐 사회적 합의에서 비롯되어야 한다. 그리고 그 합의에는 앞으로의 개정을 위한 빈 공간이 넉넉히 있어야 하는 것은 두말할 나위도 없다.

인간은 불완전하기에 자유에도 훈련이 필요하다. 평범한 사람은 평범히 악을 저지를 수 있다. 자유를 자유답게 향유하기 위해서는 그에 맞는 수업료를 지불해야 한다. 세상에 공짜는 없다. 자유의 사용법, 즉 책임이 적힌 주의사항과 사용설명서를 꼼꼼히 숙지해야 한다. 그렇게만 한다면 우리가 어리고 미숙해 자유를 그릇되게 남용할지라도 남은 동료 시민들은 당신의 시행착오를 통과의례로 생각하며 존중하고 관용할 것이다. 그러나 만약 자유를 빙자한 폭력이 누군가의 삶을 파괴할 때 관용의 범위를 넘어서는 커다란 해악 앞에서는 단호한 불관용이 입을 앙다물고 찾아올 것이다. 그렇기 때문에 동등한 인격체들과 같은 하늘 아래에서 살아가는 한 세상에 괴물이 될 자유란 없는 것이다.

낯선 이의 쓸쓸한 죽음을 보았다. 자유라는 것의 생활기록부를 펴보았다. 자유의 교과서를 읽었다. 저자의 인생에서 사랑의 발자취를 발견했다. 그가 남긴 사용설명서를 꼼꼼히 살폈다. 개인은 혼자가 아니었고, 의견에는 품질이 있었다. 관용은 그림자가 짙었다. 차이와 공통점, 개성과 공감, 상식과 소수의견, 사생활과 사회생활이 있었다. 첫 번째에는 햇빛, 두 번째에는 그림자에 눈이 간다. 『자유론』을 덮으며 생각한다. 자유는 강제에 이르기 전에 자제 앞에서 멈추는 것이다. 그것이야말로 독립된 인격을 갖춘 인간의 존엄이 자유를 행사하는 방식이다. 무엇보다 그 자유의 향방은 행복을 향해야 한다. 사랑이 깃들 곳에는 혐오할 자유란 없다.

10장

말초적 불평등이란
그런 것이다

게르드 브란튼베르그, 『이갈리아의 딸들』

"

분노도 해보고 용서도 해보는 것은 오로지 그녀들의 몫인 것이다. 따라서 우리는 여성문제의 당사자성을 우선으로 존중할 필요가 있다. 실수하는 것도, 그 실수를 바로잡는 것도, 본인의 의지와 자연스러운 권리로서 하는 것이어야 한다. 그녀들도 마음껏 오류를 저지를 수 있는 자유를 가져야 한다. 마음껏 시행착오를 겪고 진통을 일으킬 기회가 주어져야 한다. 비판과 교정은 그다음의 몫이다.

"

아이언 맨과 한풀이 굿

"화장실에서 살인사건이 일어났다. 이 사건이 뉴스와 통계의 일부가 되는 모든 과정에서 '갑남甲男'과 '을녀乙女'들의 갑론을박이 벌어졌다. 범인이 체포되었고 그는 재판에서 징역형을 선고받았다." 나는 도합 세 개의 문장을 적었지만, 이것은 전혀 글이 아니다. 군데군데 한자도 적혀 있고, 사자성어와 법률용어도 쓰였다. 하지만 적는 사람도, 읽는 사람도 도통 무슨 일인지 도무지 알 수가 없다. 구체적이고 주요한 정보를 모두 눙치고 있기 때문이다. 사실 일부러 그렇게 적었다.

"사람이 사람을 죽였다" 따위의 무미건조하고 '가치중립적'인 표현으로는 세상에서 벌어지는 해괴망측한 일들을 전부 담을 수 없다. 살인사건의 전말을 캐는 탐정이나 범죄 수사관은 이런 식으로 상황을 묘사하고 사실을 기술하지 않는다. 기자들은 육하원칙과 적절한 수식어구를 덧붙여 인과관계와 논리순서에 맞게 사건을 정리한다. 내가 앞서 세 문장으로 적은 사건은 '강남역 화장실 살인사건'으로 불린다. 평소 뉴스나 SNS를 이용하는 사람이라면 한 번 이상은 반드시 들어보았으리라. 그러나 나는 이 사건명이 부실할뿐더러 적절치 못하다고 생각한다. 초등학교 수준의 육하원칙에 따라 사건의 핵심 개요를 다시 정리해보더라도 그 이유를 분명하게 알 수 있기 때문이다. 잠시 아래에서 글 한 토막을 살펴보자.

누가: 당시 33세의 **남성** 김모씨가
언제: 2016년 5월 17일 새벽 1시 25분경
어디서: 대한민국 서울특별시 서초구의 한 노래방의 **공용화장실**에서
무엇을: 당시 22세의 **여성** A씨를
어떻게: 주방용 식칼로 여러 차례 찔러 살해했다.
왜: 평소 여자들이 자신을 무시했다고 생각했기 때문에

'왜'에는 사건의 원인과 범행의 동기가 적혀 있다. 특히 누가 죽였는지가 명확한 상황에서 사람들의 이목은 '왜'에 방점이 찍힌다. 경찰의 수사내용에 따르면, 범인의 범행 계기가 "평소 여성들에게 무시당하며 종종 피해를 입었다고 느껴왔기 때문"이라고 밝혀져 있다. 그렇다면 적어도 '여성표적' 혹은 '여성혐오'라는 성격을 제목에 담거나 이런 식의 단어를 최소한 부제로라도 붙여야 한다. 그러나 제목이 불완전하게 마무리된 까닭은 이견이 강하게 제기되었기 때문이다. 이것은 여성혐오 범죄가 아니며, 어느 정신병자의 단순한 '묻지 마 살인'이라는 것이다. 그러나 나는 그렇게 단정하고 적당히 넘어가기에는 너무나 많은 불합리함이 숨겨져 있다고 생각한다.

교통사고는 피해자를 표적으로 삼지 않는다. 그러나 이 사건은

여성을 표적으로 정했다. 남자는 공용화장실의 한 칸에 숨어서 다른 남성 여섯 명을 그냥 보낸 뒤, 이윽고 들어온 한 여성을 흉기로 찔러 죽였다. 우발적 사고가 아니었다. 철저한 계획에 따른 것이었다. 계획의 범위에 남성은 없었고 여성은 있었다. 만일 이것이 정신분열증 환자의 피해망상 때문이라면 왜 하필 피해망상의 표적이 여성이었던 것인가. 단지 거기 있었기 때문에 누구라도 '재수 없게' 죽을 수 있었다면 거기 있어도 죽지 않고 지나쳐 간(혹은 남자가 그냥 보낸) 여섯 명의 남성은 무엇이란 말인가? 공황장애와 분열된 정신을 갖고도 자기가 단번에 죽일 수 있고 없음의 사리분별은 어찌 그렇게 잘한단 말인가?

그녀가 지닌 방광의 용량을 탓할 수는 없다. 소변을 보러 가는 것은 인간의 본능적 생리현상이다. 하필 그 타이밍에 소변이 마려웠던 것도 잘못이 아니다. 만일 그랬다면 범인은 몇몇 남성을 더 보낸 후 다른 여성을 덮쳤을 것이다. 범인은 그 화장실이 아니었다면 다른 화장실에서 같은 범죄를 저질렀을 것이다. 그렇기에 죽음의 현장조건을 일일이 따지는 것은 별 의미가 없다. 범죄자의 집요하고 충만한 범행의지가 금방 최적의 다른 공간과 대상을 찾아 다시 매복했을 테니까. 사적 원한도 이번만큼은 해당사항이 아니다. 그녀와 범인은 서로 일면식도 없는 사람이었다. 그렇기에 중요한 것은 범죄자가 '누구를 왜 노렸는가?'이다.

피해자는 최선을 다했다. 그녀는 테러와 암살을 늘 의식해야 할 후진국의 야당 정치인도 아니었다. 그래서 딱히 그런 갑작스러운 피습을 늘 머릿속에 담아두고 산 것은 아니었을 것이다. 그러나 이 사회에서 여자로 나고 자라면서 체득한 어떤 모종의 실체 없는 불안감을 막연히 느끼고 있었을 것이다. 부모와 친구들이 밤거리를 언제 어떻게 걸어야 안전한지에 관해 이런저런 조언을 귀에 못이 박히게 해왔을 것이고, 또 자기 나름대로 철저하게 지키며 살았을 것이다.

그녀는 일반인이기 때문에 경찰이나 사설 경호원을 데리고 다닐 권리도 경제력도 없었다. 그 대신에 밤길을 데려다줄 든든한 남자친구를 데려왔고, 거의 같은 공간이라고 할 수 있는 인접한 위치에 두었다. 조심과 주의를 이만하면 다했다 싶어서 그녀는 안심하고 볼일을 보러 갔다. 그리고 흉기에 맞아 영영 돌아오지 못했다.

이 사건이 특히나 많은 여성의 분노와 불안을 자아낸 것은, 여성이 이 사회에서 할 수 있는 최선의 보안태세를 취하고도 살해당했기 때문이다. 할 수 있는 모든 자원을 모조리 동원하고도 죽음이라는 결과를 피할 수 없을 때 좌절과 불안, 공포와 분노라는 감정은 반드시 일어날 수밖에 없다. 더는 남의 일이 아니라고 피부로 느낄 수밖에 없다. 대부분 이 정도로 대비하며 사니까. 디지털과 최첨단 문명의 시대에 할 수 있는 처방이라고는 서로의 무운을 빌어줄 주술밖에 없다는 것을 깨달았을 때 어차피 방어가 다 소용없다는 자괴감이 '이즘-ism'과 '니즘-nism'에 별 관심도 없이 살아가던 수많은 여성을 각성시킨 것이다.

더군다나 초상집에 문상 온 조문객들은 다른 것은 일단 차치하고, 제대로 된 위로와 애도부터 보였어야 마땅했다. 그게 순서였다. 그러나 모든 남자를 잠재적 범죄자로 몰아가느냐는 흥분과 자기는 예외라는 변명과 어찌 죽었는지 잘잘못을 따져 캐묻는 남성들의 행태는 이 불꽃에 기름을 들이부었다. 한마디로 상을 치르는 장례식장에서 남성들은 시사·학술 토론판을 벌였다. 게다가 때와 장소를 가리지 못한 남성 세미나의 결과는 범죄자 개인의 책임으로 사건을 축소하는 데서 심리를 종결지었다. 범죄자를 생산한 잘못이 있는 남성 중심 사회구조에는 애써 정상참작을 해주며, 사면령을 요구하는 데 온 힘을 쏟았다.

경우와 순서가 모두 없었다. 충분히 마음 아파한 후, 충분히 범죄자를 단죄한 후, 그 범죄가 가능했던 사회적 조건을 따져본 후, 자꾸 문제를 악화시키는 최초의 원인을 진지하게 공부하고 나서, 하다못해 눈앞에 있는 일상의 불합리라도 따지고 나서, 그렇게 충분히 시간이 지나고 난 뒤에 자신들의 애로사항을 토로하는 것이 제대로 된 반성과 해결의 자세가 아니었을까. 그러나 실망스럽게도 남성사회는 조문의 예의를 갖추는 데 주의를 기울이기보다 이 사건이 '페미니즘의 불온한 태동'이 될까봐 전전긍긍해하며 신경을 곤두세웠던 것이다.

여성이 이런 식으로 살해당하는 사건은 어제오늘 일이 아니다. 일부의 문제라고 강변하지만, 그렇다면 왜 하필 남자를 죽이는 것도 남자고, 여자를 죽이는 것은 왜 더 남자인지. 남자를 잠재적 범죄자로 일반화하지 말라고 하지만, 잠재적 범죄자의 압도적 다수가 남자인 이유가 무엇인지. 일부만 제대로 응징한다면 앞으로 재발하지 않을 그런 일시적 문제인 것인지. 왜 남성사회에서는 일정 수의 미친놈이 한결같이 계속 재생산되는 것인지. 무엇이든 남녀공용으로 만들면 여성 살인사건이 일어나고, 여성 전용 칸을 만들면 특혜논란이 뒤따르는 이 세상에서 과연 모든 여성이 토니 스타크처럼 '아이언 맨'이라도 되어야 이 문제가 해결될 것인지. 한풀이 굿판의 밥상마저 뒤엎고자 하는 심보는 무엇인지. 끝없는 의구심이 꼬리를 문다.

알파메일과 공모자들

남성 지배사회, 이른바 가부장제의 기원을 딱 집어서 명확하게 정리하기는 어렵다. 또 가부장제 아래에서 일부일처제가 어떻게 정착했는지도 알 수 없다. 다만 한 가지 확실한 사실은 가부장제가 보장하는 일부일처제는 약한 수컷 개체들이 가장 큰 수혜를 입는 혼인제도라는 것이다. 동물의 세계에서는 우두머리 수컷이라고 불리는 '알파메일Alpha male'이 무리의 모든 암컷을 거느리고, 나머지 수컷들의 짝짓기 기회를 박탈하며 지배하는 것이 아주 당연한 일이다. 만약 완력으로 무리를 구축하던 야생의 원시상태가 계속되었더라면 아마도 강한 남자는 수십 명의 부인을 두고, 약한 남자는 무리에서 하급 잡일을 도맡아 하거나 아예 무리에서 배척되어 떠돌이 신세가 되었을 것이라고 나는 추측한다.

그러나 역사의 첫 장면에서 나는 알파메일과 약한 수컷들 사이에 모종의 공모가 있었을 것이라는 상상을 한다. 남성이 가족

집단의 대장이 되는 가부장제와 약한 남자도 고르게 암컷을 '취득'할 수 있는 일부일처제 사이에 결합이 이루어진 것도 성욕충족과 자발적 복종 사이에 어떤 뒷거래가 있었던 게 아닐까. 즉, 약한 수컷은 안정적으로 혼인해 성욕을 해소하는 대가로 저항하지 않으며, 강한 가문의 알파메일은 하층 수컷의 욕구불만을 잠재우고 자신의 정치적 지배권을 견고하게 다진다. 마치 전두환의 신군부가 3S 정책(Sex, Screen, Sports)을 적극적으로 추진해 민중의 성 충동을 볼모로 삼아 강력한 정치적 저항을 떠올리지 못하게끔 미연에 무마하고자 했던 노림수처럼 말이다.

그렇게 일부일처제는 가부장제의 보호를 받으며, '암컷의 의사와는 상관없이' 최대다수의 수컷을 혼인시키는 데 주력하는 시스템으로 자리매김한다. 그렇다고 사피엔스 수컷이 거저 결혼하는 것은 아니다. 출생을 기준으로 여자 100명당 남자는 103~107명이 태어난다. 이것을 '자연성비'라고 한다. 그럴 리가 없겠지만 모든 여성이 모든 남성과 다 결혼해준다 해도 산술적으로 3~7명의 혼인 탈락자가 태어날 때부터 발생한다. 진화론의 차가운 해석을 보태자면 열등인자를 도태시키고 우월인자를 보존하려는 이기적 유전자들의 아우성과 적자생존의 경쟁법칙이 가장 직접적으로 작동하는 것이다.

빈번한 전쟁과 전염병으로 인간 남성의 인구조절이 이루어지던 과거에는 해마다 100명당 3~7명씩 쌓여가는 혼인 탈락자의 숫자가 별문제가 되지 않았다. 그보다 더 많이 죽었기 때문이다. 그러나 문명이 발전함에 따라 전쟁이 점차 줄어들고, 천수를 다

누리는 호모사피엔스의 개체수가 늘기 시작했다. 전쟁의 논리와 평화의 논리는 다르게 작동한다. 평화의 논리에서는 경제학의 수요-공급의 논리가 훨씬 유용하기 때문에 부득불 다시 빌려와야겠다. 남자는 항상 초과공급이다. 해마다 '잉여 남성'이 누적된다. 전쟁도 전염병도 없다. 혼인시장에서 퇴출당하는 사지 멀쩡한 독신남이 재고처럼 쌓여간다. 자연성비에 따른 수컷의 축적뿐만 아니라 남아선호 사상과 여아 낙태, 결혼하지 않는 여성 인구의 급증 같은 사회적 요인이 재고율을 폭증시킨다.

야생동물의 수컷들은 암컷과 맺어지기 위해 자기 자신을 치장하거나 목소리를 아름답게 가꾸거나 힘을 기르는 데 정력을 쏟는다. 인간 남성이라고 예외가 아니다. 우리 남자들도 왁스를 바르고 향수를 뿌리고 정장을 빼입지 않는가. 억울해도 어쩔 수 없다. 나 말고도 남자는 많으니까. 수컷 사피엔스의 구애 역시 사력을 다해야 겨우 성공한다. 만약 위와 같은 상황이 계속된다면 점점 더 구애에 노력과 비용이 많이 들기 시작한다. 점차 가난하고 약한 수컷들에게 불리한 혼인환경이 조성된다. 불만이 고조된다. 알파메일들은 역사의 내내 식민지에서 신부를 '수입'하는 국제결혼을 비롯해 조혼, 매매혼, 약탈혼 따위의 온갖 방법을 동원함으로써 '악성 수컷 재고'를 땡처리하기 위해 부단히도 애써왔다.

하지만 그렇게 한두 번의 정책적 처방으로 가볍게 해결될 문제가 아니다. 세월과 자연과 성욕의 힘은 무섭다. 모든 남성에게 공평한 결혼을 약속했던 알파메일과 그들을 떠받쳤던 공모자들의 계약에 금이 간다. 약한 공모자들은 더는 가부장제의 보호를 받지 못한다. '품절남'이 되지 못한, 보호막이 벗겨진 약한 수컷들도 이제는 독자적으로 세력을 형성한다. 뭉칠수록 강해지는 법이니까.

하지만 감히 우두머리에게 대들지는 못한다. 우두머리는 강하고 자신들은 뭉쳐도 약하기 때문이다. 이럴 때는 분풀이의 대상이 더 약한 존재로 향한다. 여성이다. 나의 구애도 받아주지 않는 괘씸한, 감히 나를 신랑감에서 탈락시키고 거기다가 '원래 내 자리였을' 일자리를 '빼앗기 시작한' 암컷의 무리를 공격한다. 공동의 적, 그러나 언제든 쉽게 누를 수 있는 존재를 같이 공격함으로써 내부 결속을 다진다.

이것은 철저한 남성 중심적 사고방식이다. 여성의 의사와 상관없는 결혼제도, 강한 남성에게 지배받고 혼인에서 탈락한 남성들에게는 혐오받는 이중고에 관해서는 전혀 서술하지 않았다. 팔리지 않은 물건이 창고에 가득 쌓여 공황이 찾아오듯이 나는 혼인시장에도 공황이 있다고 본다. '여성혐오' 현상도 남성사회의 '생물학적 공황'으로 해석될 수 있다. 애석하게도 그 공황의 최대 피해자 역시 여성이다. 자신보다 못한 상대와의 결혼을 썩 내켜하지 않는 여자, 남성사회에서 욕설과 멸시를 들어온 여자, 그러면서도 시원찮은 구애에 덜컥 혼인도장을 찍어주지 않는 여자, 집안일을 하면서 동시에 바깥일도 해야 하는 여자, 남자보다 덜 태어나고 더 낙태당한 여자에게는 이 공황에서 아무런 잘못이 없다. 그래서 이 문제의 일각은 자본주의와 꼭 닮았다. 자본가들이 일으킨 공황에 외려 잘못 없는 노동자들이 애꿎은 해고폭탄을 맞았듯 말이다.

여자를 혐오한 남자들

'여성혐오'라는 어휘를 두고 격론이 오갔다. 내가 얼마나 엄마를 사랑하고 이토록 여자친구를 사랑하는데 어떻게 여성을 혐오할 수가 있느냐는 수컷들의 성토가 줄을 이었다. 사전적 의미의 '혐오'에는 역겨움, 구토감, 구역질disgusting 따위의 뉘앙스가 담겨 있다. 그래서 일상적으로 '나는 여자를 좋아하기 때문에 여혐이 아니다'라는 말은 일정 부분 호소력이 있다.

그러나 문제는 '여성혐오'가 한 개인의 심리상태가 아닌 사회구조적 용어라는 점에 있다. 여성혐오란 생물학적 남성의 생물학적 여성에 대한 호불호가 아니라 사회가 '여성'을 어떻게 대우하고 바라보는지에 대한 구조적 관점이기 때문이다. 이를테면 여성에는 '스러움'이 붙지만, 남자에는 '다움'이 붙는, '여성스러움'과 '남자다움'에 녹아 있는 사회의 시선을 우리는 철저히 분석해볼 필요가 있다.

말이 어렵다. 더 어렵게 말해야겠다. 원래 정의Definition나 정의Justice라는 용어는 뭐라 한마디로 규정하기가 어려운 법이다. 사회가 '여성성'을 얕잡아보는 것, 아니 하찮고 보잘것없는 것은 죄다 보따리에 싸서 '여성스러움'으로 규정지으려는 것. 개개인의 남성은 개개인의 여성을 사랑하고 혐오할 수 있지만, 사회 전체적으로는 '여자'라는 개념을 열등한 존재로 무시하며 하대하는 것. 여자는 남자의 사랑 없이 독립적이고 주체적인 개체가 될 수 없는 의존적이고 수동적인 존재로 계속해서 묘사하는 것. 여자가 남자를 뛰어넘는 능력을 갖추는 그 모든 것을 싫어하는 어떤 현상. 이 모든 것이 여자를 깔보는 사회의 큰 눈알에 담겨 있는 '여성혐오'의 여러 모습이다. '여자 같은 것', '계집애 같은 것', '여자도 아니고 그게 뭐야' 따위에 담겨 있는 어감을 살펴보면 이해가 빠르다.

여성혐오는 언제나 있었다. 우리가 가부장제로 수천 년 혹은 그 이상을 살아왔기 때문이다. 그러나 왜 최근에 이것이 격화되었는지는 또 다른 문제다. 이른바 '강남역 사건'은 사라예보의 총탄 같은 역할을 했을 뿐이다. 1차 세계대전은 예견된 전쟁이었고, 여성혐오 논쟁은 언제고 일어났을 논쟁이었다. 왜 지금 여성혐오 논란이 불거졌는지를 말하자면 크게 두 가지 이유가 있는 것 같다. 하나는 가부장제 때문이다. 다른 하나 역시 가부장제 때문이다. 무슨 말이냐고? 전자는 여전히 가부장제가 강력하게 작동하기 때문이고, 후자는 그럼에도 예전보다는 가부장제의 힘이 달리기 때문이다.

전통적인 의미의 여성혐오는 남성에 비해 명백히 낮은 여성의 지위문제였다. 남성은 여성보다 정치적 발언권, 경제적 계급, 사회적 지위 등의 모든 분야에서 상석을 독식했다. 이른바 남성은 일등 시민이고, 여성은 이등 시민이었다. 남성은 책임과 소유의 주체이면서 가치와 권력을 독점했다. 여성은 보호와 소유의 대상이면서 차별과 멸시의 대상이었다. 일부 아름다운 여성이 권력자의 부인이 되어 그 못지않은 권세를 누렸지만, 그것은 피부의 노화와 함께 사라지는 가냘픈 것이었다. 봉건사회에서 여성의 규격화된 평판은 성스러운 현모양처와 더러운 창녀를 오갈 뿐이었다.

아버지와 남편과 아들, 평생을 뒷바라지와 삼종지도三從之道의 굴레에 갇혔던 이 땅의 어머니들. 명문대학을 나왔어도 직장상사의 성희롱을 견디며 커피를 타야 했던 커리어 우먼들. 아르바이트부터 고소득 전문직까지 용모단정의 꼬리표가 따라붙었던 그녀들. 아버지의 반대에 수능성적이 우수한데도 상경의 꿈을 접어야 했던 여고생들. 이 외에도 숱한 억울함이 가부장제가 그녀들에게 가했던 낡아빠진 가해목록이자 투명한 족쇄였다.

그러나 세상은 조금씩 바뀌어나갔다. 가부장제는 여전히 완고했지만, 곳곳에 실금이 갔다. 여권신장의 목소리는 그 미세한 균열에서부터 새어 나왔다. 대번에 만족스럽지는 않았지만, 아예 성과가 없었던 것도 아니었다. 갈 길이 멀어도 미약하게나마 여권은 성장하고 있었다. 개인주의의 확산은 유교식 봉건문화를 전복시켰다. 민주주의가 확산되었다. 경제가 어려울 때마다 세상은 여성 노동력을 끌어다 썼다. 여성들은 직장으로 파고들었다. 문화계에서 여성들은 강한 '우먼파워'를 자랑했다. 여성운동이 일었다. 성평등을 위한 노력이 거센 잡음 끝에 하나둘씩 정부 시책에 반영되었다. 더는 남편의 월급봉투에 매달리지 않아도, 집안일을 도맡는 하녀가 되지 않아도 괜찮은 여성들이 조금씩 생겨났다.

남자들의 추락은 새로운 갈등을 야기했다. 그동안의 갈등은 일류 시민 남성이 이류 시민 여성을 무시하고 차별하는 것에서 발생했다. 그러나 남성의 다수는 여전히 일등 시민이지만 모든 남성이 일등 시민이던 시절은 갔다. 여성의 대다수가 아직 이등 시민이지만, 그녀들의 일부는 이제 일등 시민이다. 가부장의 조건을 갖추지 못한 탈락 남성들은 이제 저임금 일자리에서 여성과 경쟁해야 한다. 예전 같았으면 알아서 승격했을 예비 가부장들은 하필 자신의 차례에 문이 닫혀버린 것을 깨닫는다.

전통적 성별분업은 고임금 정규직을 남자가 독차지하고, 여성에게는 유리천장 밑에서 저임금 비정규직 혹은 무임금 가사노동을 하도록 설계되어 있었다. 그러나 세월이 흐를수록 안정적인 정규직이 소멸해가면서, 남성사회의 탈락자들은 자신들이 '여자의 벌이'만큼 받게 될 줄은 꿈에도 몰랐던 것이다. 이것은 가부장제가 약화되어 발생한 새로운 '계급적 현상'이다. 이른바 '저임금의 세계'에서는 남녀 할 것 없이 모두 평등하게 괴롭기 때문이다. 남성사회는 제가 판 함정에 스스로 걸려들었다.

이번에는 '상승한 여자들'이라는 시각에서 문제를 다시 살펴보자. 고등교육을 받은 배운 여성들, 전문성을 갖춘 새로운 여성들로서는 구태여 종갓집의 며느리(혹은 식모)가 되어야 할 이유가 없다. 우리가 조선 시대로 돌아가 사는 게 불편하듯 그녀들은 가부장제에 맞지 않는 몸이 되어버린 것이다. 회사에서 시달리고 돌아온 집에서 남편 밥 차려주면서 사느니 차라리 혼자 사는 게 편하다. 그리하여 남자 없이도 잘 사는 여자들은 남편 뒷바라지할 돈과 시간과 노력을 아껴 자기만족을 위한 문화생활을 즐기는 새로운 라이프스타일을 탄생시켰다.

그러나 남성사회는 여성의 독립된 생활에 '약삭빠른', '몰염치한', (남자들에게) '비싸게 구는' 따위의 전방위적인 비난을 덧칠했다. 나는 '된장녀'와 '김치녀'라는 여성에 관한 멸칭이 이러한 문화적 맥락에서 탄생한 것이라고 생각한다. 그러나 구직면접에서 떨어진 노동자는 자신의 초라한 이력서를 두고 스펙을 올리기 위해 스스로를 채찍질하며 분투하려는 생각을 한다. 하지만 구애에 실패한 남성은 여성을 김치녀로 몰며 여성혐오로 반응한다. 이것은 가부장제가 여전히 완고하기 때문에 발생한 '젠더 권력적 현상'이다.

가부장제의 균열과 완고함이라는 모순 속에서 이른바 '여자를 혐오한 남자들'은 이런 과정을 거쳐 수면 위로 실체를 드러냈다. 이제 가부장이 되지 못하는 미생의 탈락 가부장들은 기존 가부장들에게는 대항할 힘이 없지만, 여전히 작은 도전에서 여성을 누를 힘의 우위를 갖추고 있다. 사내들은 유리천장을 뚫고 일등 시민의 좌석에 앉은 몇몇 여성을 고개를 젖히고 바라보는 동시에 자신의 발이 열악한 처지에 있는 여성들의 상승을 막는 유리바닥을 밟고 있다는 사실을 미처 인지하지 못하면서 말이다.

여전히 바닥에 깔린 대다수 열악한 처지의 보통 여성들은 가부장제의 여성혐오와 차별을 비판하면서도, 억울하지만 어쩔 수 없이 몸담고 살아야 하는 가부장제 내에서 각자 나름의 생존전략을 도모해야 하는 복잡한 처지에 놓이게 된다. 남성사회는 여성들의 그 불가피한 생존전략을 트집 잡아 '약아빠짐', '이중성'이라는 도덕적 비난을 퍼붓는다. 나아가 여성 전체가 특권에 기생하며 자신들의 정당한 기회를 앗아간다고 믿어버린다. 그 결과 그 착시효과에 따른 공격적 반응, 이를테면 여성의 악마화와 마녀사냥 등을 보인다.

나는 이러한 남성사회의 심리적 기저에는 어제의 약자가 오늘의 경쟁상대가 되었음을 깨닫는 두려움, 자신이 여성으로부터 매력적인 남성으로 선택받지 못한다는 성선택의 패배감이 복합적으로 녹아 있다고 본다. 이렇듯 어중간한 가부장제와 어중간한 여권신장, 그 과도기에서 여성들은 전통적 차별과 새로운 역차별 논란, 경제적 문제에 성선택 문제가 결부된 이중고를 겪고 있는 것이다.

문득 귀가 밝은 나는 어디선가 들려오는 불쾌한 비웃음을 듣는다. 아마도 그 소리의 출처는 갈기를 손질하는 데 여념이 없는 노회한 라이온 킹들이었을 것이다. 그들은 그깟 암컷들의 도전에 고전하는 젊은 인턴 가부장들을 이해하지 못할 것이다. 그러면서도 자신들이 휴식을 취하며 앉아 있는 높고 너른 바위 아래로 끄트머리 땅을 두고 벌어지고 있는 약자들의 성대결을 무심히 바라보고 있을 것이다. 약자와 최약자의 싸움에는 항상 강자가 숨어서 웃고 있는 법이니까 말이다.

거울이 본뜬 세상, 이갈리아

여성사회의 반격이 뒤따랐다. 그녀들의 전략은 모방을 통한 풍자였다. 그녀들은 남성사회의 일그러진 자화상을 거울로 비춰주었다. 그녀들은 '미러링mirroring'의 목적이 남자와 똑같은 권력을 쥐고 그동안의 울분을 보복하는 것이 아니라고 했다. '따라 하기'를 통해 너희들이 이렇게 볼썽사나운 짓을 하고 있음을 보여주는 것이라고 했다. 그녀들의 '여성혐오' 폭로전략은 어떤 사회과학의 대단한 이론에서 나오지 않았다. 처지를 바꿔 생각해보자는 역지사지易地思之의 사회 기본 통념과 '흉내 내기'의 진수를 보여주는 소설『이갈리아의 딸들』에서 모티브를 따왔다고 했다.

소설 속 '이갈리아'는 남녀의 역할 구분에 있어서 현실과 모든 것이 정반대다. 그래서 이 책을 읽을 때는 끊임없이 남녀가 반전된 뜻의 용어들을 마주쳐야 한다. 책의 맨 앞 장에는 용어 설명란이 구비되어 있다. 종종 헷갈리기 때문에 분주히 앞 장을 다시 펼쳐야 하는 번거로움이 있지만, 그것을 넘어서면 신세계가 펼쳐진다. 몹시 발랄하면서 때로는 불편한, 위트 있으면서도 예리하게 민감한 사안을 술술 풀어내는 작가의 솜씨가 아주 발군이다. '평등의 유토피아' 이갈리아는 가모장제 여권 우월사회다. 이갈리아의 주연인 여자는 움wom이라고 불리며, 조연인 남자는 맨움manwom이라고 불린다.

이곳의 여자는 과묵하고 근엄하며 논리적이다. 반면 남자는 수다스럽고 감정적이며 연약하다. 여자는 떡 벌어진 어깨와 근육질의 다부진 몸을 갖출수록 멋지고, 남자는 짜리몽땅하고 작은 골격에 통통해야 예쁘다. 이곳의 남성은 사춘기가 지나면 천으로 만든 '고추 족쇄', 페호peho를 의무적으로 차야 하는데, 형형색색 다양한 디자인의 제품이 팔리고 있다. 특히 육감적으로 페호를 노출해 섹시함을 어필한 디자인이 인기가 많다.

정숙한 남자가 되려면 턱수염을 특히 잘 길러 가꾸고, 치마를 입고 조신하게 굴 것이 권장된다. 왈가닥처럼 얌전치 못하게 군다면 '숙남'이 되지 못한다. 나는 이갈리아의 남성상을 묘사한 부분들을 접하면서 활동성은 중립적인 단어지만 '치마를 입고도 활동적'이라는 익히 들어온 말의 지독한 모순을 처음으로 느꼈다.

이갈리아의 사회적으로 공인된 지식 또한 소설 밖 세상과 정반대다. 이갈리아의 남자는 감정기복이 잦기 때문에 큰일에 적합하지 못하다는 사회적 인식이 있다. 근력이 부족하므로 집에서 집안일이나 하며 지내는 게 편하고 자연스럽다. 이곳 이갈리아에서는 난자는 한 개지만 정자는 수억 개이기 때문에 여존남비女尊男卑는 자연스러운 현상이라는 '과학적 사실'이 널리 인정된다.

이갈리아의 교실에서는 문명을 '동물과 곤충 암컷은 교미가 끝나고 수컷을 잡아먹어 영양을 보충하지만, 인간은 문명을 만들어서 수컷을 보호하며 데리고 살아준다'라는 것으로 압축해서 가르친다. 여자는 '임신'으로 역할을 다했기 때문에 육아는 오로지 남성의 몫이다. 이갈리아의 수업시간에는 학생들에게 가르쳐야 할 어떤 '표준교육 지침'이라는 게 있다. 잠시 강의를 엿들어보자.

수탉, 황소, 수퇘지, 숫양이나 수말의 실질적인 용도는 무엇일까요? 왜 농장 사람들은 모두 수컷이 태어나면 그렇게 실망할까요? 그것들은 모두 도살용이죠. 인간에게 고기를 공급하는 데에만 유용할 뿐이에요. 몇 마리는 번식을 위해서 기르는데 너무나도 자주 말썽을 일으켜 우리 안에다 밧줄로 묶어놔야 해요. 그렇지만 암컷의 경

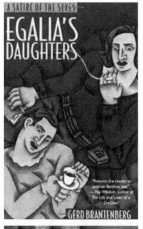

우는 다르죠. 생명을 유지하는 데 필요한 영양을 제공하는 것은 암컷이지요. 그래서 우유, 달걀과 같이 순전히 암컷의 몸에서 나오는 것들만 인간이 이용할 수 있어요. 수컷은 이만큼 기여하는 바가 없기 때문에 자연적으로 가치가 없어지는 거죠. 다른 한편으로 수컷은 번식의 기능 이외에 오락을 위해, 인간의 즐거움을 위해 이용되기도 한답니다. 과거에는 황소씨름이나 수탉싸움이 있었어요. 지금은 수탉의 홧소리 경연대회와 수돼지 경주대회가 해마다 가을에 있지요. 그것을 제외하면 수컷은 쓸모가 없어요.

—게르드 브란튼베르그, 『이갈리아의 딸들』, 140쪽.

　이갈리아의 문명은 '바람직한' 남성상을 창조했다. 문명은 동물처럼 살지 않는 것이다. 동물은 힘의 서열에 순응하며 살기 때문에 비천한 것이다. 그래서 태생적인 남녀 간의 힘의 격차를 평등하게 만드는 것이 교양 있는 사회의 목표가 되어야 한다. 힘의 균형을 맞추기 위해 여자는 많이 먹고 운동을 한다. 남자는 스포츠와 격리된 치마의 테두리에 자신의 몸을 옥죄어 힘을 뺀다. 이렇듯 문명은 남성이 가지고 있는 생물학적 완력을 거세하는 데 온 힘을 집중한다.

　그러나 그렇게 대를 이어 힘센 여자와 허약한 남자가 사회의 표준이 되자 여자들은 말을 바꾼다. 완력은 다시 권력이 된다. 권력은 여자의 손에 들어간다. 권력과 부를 업고 지식을 하인으로 부린다. 권력과 부와 지식의 담합은 세월과 시간의 풍화를 겪고, 당연한 전통과 문화와 관습으로 세상에 뿌리내린다. 여성 우월

사회는 문명의 목적을 일부러 잊는다. 그러고는 애초부터 남자들은 허약했다고 끊임없이 주입한다. 나중에는 쓸모없는 수컷을 거두어주는 문명의 자애로움을 역설한다. 그렇게 해서 무능한 너희 수컷은 암컷의 자비 없이는 살 수 없는 열등한 존재이며, 사랑만이 인생의 의미 있는 목표라고 말이다. "권력이 인간을 개조한다." 이것이 바로 소설의 세계관을 꾸리는 핵심 문장이다.

『이갈리아의 딸들』은 여성이 우월해야 한다거나 혹은 그 반대를 주장하는 소설이 전혀 아니다. 나는 이 소설의 핵심을 다음과 같이 생각한다. 부권제든 모권제든 엄마가 대장이든 아빠가 대장이든, 가족을 지배-복종의 권력서열로 묶으려는 모든 시도는 악한 것이다. 누구든 가장이 되어서는 안 된다. 가장이 나머지 가족 구성원을 소유하고 지배하는 것이 문제의 본질이다. 국가는 그런 가족의 확장판에 불과하다. 가족을 고쳐야 국가도 고칠 수 있다. 가족이 평등해야 국민도 평등하다.

혈연은 개인을 구속할 수 없으며, 성별의 서열화는 개인의 자유와 평등한 삶을 일그러뜨린다. 한쪽이 다른 나머지 한쪽을 구속하는 사회는 모두를 불행에 빠뜨리고야 만다. 그러므로 성별문제는 사적인 애정행각으로 치부될 수 없는, 가장 정치적인 사안이다. 인간의 사생활과 집안 구석구석까지 손을 뻗치고 있는 말초적 불평등이란 바로 그런 것이다. 원인은 역사가 깊고 거대하지만 그 증상은 인간의 가장 시시한 곳부터 은밀한 성기에 이르기까지 장악하는 빠짐없는 불평등. 가부장제의 '결손 장남' 출신인 나는 『이갈리아의 딸들』을 이렇게 읽었다.

킹 목사와 맬컴 X

'이갈리아의 정신'으로 모처럼 단일대오를 형성한 여성계는 본격적으로 기존의 남성 규범에 '충격요법'을 가했다. 남성사회는 '그것은 진정한 페미니즘이 아니다'라며 알레르기 반응을 보였다. 여성들은 그럼 '오빠가 허락한 페미니즘'만 눈치 보며 얌전하게 해야 하느냐고 반문했다. 담론전쟁이 일어났다. 사람들은 저마다의 페미니즘이 무엇인지를 설명하기 시작했다. 설명과 반박이 꼬리에 꼬리를 물었다. '착한 페미니즘'과 '나쁜 페미니즘' 따위의 수식어를 주렁주렁 단 페미니즘 명찰이 곳곳에서 발견되었다.

수준과 양상이 어찌 되었든 나는 이러한 논쟁이 발생하는 것은 지극히 건강한 현상이라고 생각한다. 사실 진작 일어났어야 할 논쟁이었다. 한국에서는 페미니즘이 이토록 주목받아본 적이 없었기 때문에 지금에서야 '지각 논쟁'이 시작된 것이다. 대한민국 역사에서 여성운동은 매번 반독재 투쟁과 노동운동의 '대의'를 위해 뒷전에 밀려나 있어야 했다. 이대로라면 그때도, 지금도, 앞으로도 계속 기다리기만 해야 할 것이라는 사실을 깨달은 그녀들은 이제 같은 실수를 반복하지 않는다. 한 여성의 희생이 불러일으킨 모처럼 찾아온 실낱같은 기회를 절대로 놓치지 않겠다고 다짐했기 때문일 것이다.

이 논쟁을 관전하면서 나는 여성운동의 두 가지 흐름을 읽을 수 있었다. 주로 진보적 남성사회(남성 보수사회는 아예 이 문제에 관심 자체를 주지 않는다)와 여성운동가들의 노선이 선명하게 대립한다. 운동의 목적은 '여성의 해방과 성평등 실현'으로 동일하다. 그러나 운동의 방법에서 전자는 온건한 '도덕주의' 노선을 선호하고, 후자는 급진적인 투쟁의 방식을 선호한다. 이것은 이해와 서술의 편의상 임의로 나눈 구분이지 꼭 무 자르듯 '남자는 도덕, 여자는 투쟁'이라고 못 박아둔 것은 아니라는 글쓴이의 염려를 덧붙인다.

노선의 분열과 갈등은 모든 혁명의 기록과 모든 운동의 역사에 자연스레 뒤따르는 과정이다. 여성운동이라고 예외가 아니다. 나는 갈등하는 두 노선에 관해 아직 명확한 입장을 갖고 있지 못하다. 다만 계속 공부하고, 발견하며, 논쟁을 지켜보고, 또 참여하기를 반복하며 나만의 생각을 기르고 있는 '진행형'임을 미리 알려야겠다.

여성운동의 두 가지 길에 대해 곰곰이 생각해보노라면 역시 다른 소수자운동의 역사를 참조하는 것이 좋은 교훈이 되겠다는 판단이 들었다. 우리에게 제일 잘 알려져 있는 것은 아마도 흑인민권운동일 것이다. 흑인민권운동에도 여성운동과 마찬가지로 비슷한 '방법 논쟁'이 있었다.

우리는 흑인민권운동의 지도자로 마틴 루터 킹 목사를 알고 있지만, 그와 다른 방법으로 운동을 이끌었던 어둠의 지도자 '맬컴 X'에 대해서는 잘 알지 못한다. 흑인해방운동의 양대 산맥이었던 킹 목사와 맬컴 X는 여러 가지로 상반된 삶을 살았고, 정반대의 사고방식으로 자신만의 길을 걸었다. 잘 알려진 바와 같이 킹 목사는 미국의 중산층 가정에서 자랐다. 흑인이었으나 고등교육을 받았고, 교양과 문화를 접할 수 있는 비교적 안락한 환경에서 컸다.

그러나 맬컴은 어려서 백인 우월주의자에게 아버지가 살해당했고, 생활고에 시달린 어머니가 정신병을 앓아 가족과 생이별을 했다. 사춘기의 맬컴은 마약과 성매매, 절도와 폭행을 일삼는 '할렘의 문제아'로 자랐다. 가난이 유혹하는 어둠의 일자리를 전전하다 체포되어 평균형량보다 긴 옥살이를 했다.

킹 목사는 보편적 도덕에 호소했다. 흑인이든 백인이든 모두 예수 그리스도를 믿는다. 그래서 킹 목사는 예수의 가르침이 흑인 민권운동의 구심점이 될 수 있다고 믿었다. 킹 목사는 모두의 상식과 기독교의 형제애로 사람들을 설득했기 때문에 당대의 진보적인 백인과 지식인의 폭넓은 동참을 이끌어낼 수 있었다. 그는 '이웃을 사랑하라'라는 예수의 아가페(무차별적인 사랑)가 병든 백인 인종주의자의 마음을 치료하고, 억압받는 흑인을 해방시키리라 굳게 믿었다. 마틴 루터 킹 목사는 예수의 복음과 성경에 흑백차별 철폐와 모든 인종이 동등하게 하나로 통합될 수 있는 비결이 담겨 있다고 확신했다.

그러나 맬컴 X는 이것을 단호하게 거부했다. 그의 아버지는 목사였고, 그 역시 모태 기독교인이었다. 장기간의 수감생활을 하는 동안, 세상만사에 대해 심도 있는 독서를 하던 맬컴은 동생의 권유 끝에 이슬람교로 개종한다. 그는 백인을 위한 예수를 흑인이 섬길 필요가 없다고 생각했다. 백인은 기독교와 성경을 이용해 식민지를 만들고 노예사냥과 매매를 전담했다. 그에게 "오른

뺨을 맞으면 왼뺨도 내어주라"라는 예수의 가르침은 백인의 폭력을 감추는 위장막에 불과했다. 그에게 도덕이란 문제제기를 봉쇄하고 저항을 틀어막는 악의 면죄부였다. 그는 공격적인 언행과 강경한 투쟁이야말로 흑인을 백인의 압제로부터 벗어나게 할 유일한 해방구라고 믿었다.

통합과 분리, 용서와 저항, 대화와 폭력, 긍정의 치유력과 부정의 파괴력, 기독교와 이슬람, 아가페(사랑)와 지하드(전투), 화해와 분노, 점진과 급진. 킹 목사와 맬컴 X는 한 가지 목표를 두고 대비되는 관점에서 종종 큰 갈등을 보였다.

맬컴은 그 특유의 달변과 저돌적인 메시지를 통해 매스컴의 집중조명을 받았다. 그러나 그의 직설적이고 거친 화법은 사람들의 반발심을 불러왔다. "나에게는 꿈이 있습니다"라는 명연설을 남긴 킹 목사는 차분하고 온건한 화법으로 사람들에게 잔잔한 감동을 주었다. 그러나 백인사회의 허락과 동의를 구해야 한다는 점에서 '타협주의'라는 비판을 받았다.

어찌 되었든 그들은 각자의 방식으로 최선을 다해 운동을 이끌었다. 그리고 도덕주의를 주창했던 킹 목사, 투쟁노선의 아이콘이었던 맬컴 X, 이 둘은 모두 백인의 손에 암살당하는 비운을 맞는다. 그러나 킹 목사와 맬컴 X가 걸었던 두 갈래 길은 마침내 최초의 흑인 대통령 오바마의 당선과 재선을 이끌어내는 탄탄대로가 되었다. 여성운동도 아마 마찬가지일 것이다. 누군가는 킹 목사의 길을 걸어가며 따뜻한 포옹의 힘을 믿을 것이고, 또 다른 누군가는 맬컴 X의 뜻을 이어받아 선명한 분노가 주는 강렬한 인상의 힘을 믿을 것이다. 그렇게 좌충우돌하면서도 결코 진보를 멈추지 않을 것이다.

앞서 나는 1장에서 살펴본 『공산당 선언』에서 폭력혁명의 방식보다 대화와 타협의 민주주의가 세상의 진보를 이루어냈다고 주장한 바 있다. 또 8장에서 다룬 『직업으로서의 정치』에서는 정치야말로 세상을 바꿀 유의미한 대안이라고 이야기한 바 있다. 확실히 나는 보편적이고 긍정적인 방식의 점진적 변화를 선호한다. 기득권을 포섭해 그들을 차차 동화시키고, 대의를 위해서는 악마의 거래라도 감수해야 한다는 입장을 가지고 있다. 그런 점에서 나는 킹 목사의 노선에 더 가깝다. 그러나 이 문제에서는 대화라는 방식이 갖는 한 가지 간과하기 쉬운 부분이 있다. 그것은 반드시 지적하고 넘어가야 한다. 바로 '경험주의의 한계'다.

이것은 번역에 불과하다

경험이 일방적으로 한쪽에만 치중되어 있는 경우, 같은 층위에서 동등한 대화란 불가능하다. 나는 친족 성폭행을 겪지 않았고, 앞으로도 그럴 확률은 0에 수렴한다. 건장한 신체를 가진 내가 '바바리 우먼'에게 성적 모욕이나 위해를 당하는 경우도 거의 없을 것이다. 그러나 여성들은 다르다. 단 1퍼센트라도 그럴 가능성이 있는 한 같은 경험의 토대에서 이야기할 수는 없는 것이다. 어려서 동네 할머니에게 "요놈, 고추 따먹는다!"라는 말을 들은 적은 있어도 동네의 변태 아저씨가 으슥한 곳으로 꾀어내 성기를 들쑤시는 '추악한 어른 놀이'를 당한 적은 없다. 남성에게는 '세상에 이런 일이!'지만, 여성에게는 자라면서 한 번씩은 당해봤을 법한 보편적인 경험이다.

페미니즘을 공부하다 보면, 아버지나 오빠에게 강간당했다는 등 말 못 할 사연을 무수히도 접하게 된다. 그래서 나는 페미니즘이 어려운 이유가 말 못 할 사연을 다루기 때문이며, 말할 수 없는 것들을 말해야 하기 때문이라고 생각한다. 말은 경험을 다 담지 못하고, 추악한 경험일수록 사람들은 설마 하며 믿지 못한다. 특히 소수자의 경험은 소수자이기에 자신의 경험을 공유하기도, 공감받기도 어렵다.

이 때문에 공인된 토대와 보편적 경험이 주가 되는 말하기 방식은 자칫 오히려 가장 치밀하게 소수자를 배척하는 방법이 될수 있다. 세상에는 말할 수 없는 것들, 말을 잇지 못하는 것들이 너무나도 많다. 말할 수 있는 것만 말해야 한다면 이미 비정상적이고 파다하게 퍼진 세상의 문제들은 전혀 해결될 수 없을 것이다. 애초에 동등한 대화가 성립하기 위한 '진입장벽'에 대해 진지하게 고려하는 일부터 우선되어야 할 것이다.

마지막으로 한 가지 더 짚고 넘어가야 할 문제가 있다. 그것은 휴머니즘이 소외시켜온 여성의 역사에 대한 '당사자성'이다. 방법론 논쟁의 이면에는 사실 성별권력을 쥔 남성이 여성운동의 방향성까지 정해주려 하거나 간섭을 하려 드는 욕구가 깔려 있다. 어찌 되었든 좋은 게 좋은 거 아니냐고 반문할 수도 있다. 그러나 그런 '시혜적 발상'은 '평등'과 거리가 멀다는 점을 분명하게 인지해야 한다. 이를테면 사우디 왕실이 신민에게 퍼주는 복지는 복지가 아니다. 민주주의 시대에 역행하는 왕정의 '핏줄권력'을 유지하기 위한 지배자의 '전략적 너그러움'이기 때문이다. 그것은 평등하지 못하고 정당하지도 못하다. 마찬가지로 우리 남성이 훈수를 둘 수 있는 자유와 이유, 여성을 도울 수 있는 여유, 이 모두가 성별권력을 지닌 남자로 태어났기에 갖게 된 것임을 직시해야 한다.

여성은 한 번도 여성문제의 당사자가 되어본 적이 없다. 그렇기에 여성의 운명에 관한 선택권은 남성이 아니라 여성 그 자신에게 있어야 한다. 그것이 자연스럽고 당연한 일이다. 분노도 해보고 용서도 해보는 것은 오로지 그녀들의 몫인 것이다. 따라서 우리는 여성문제의 당사자성을 우선으로 존중할 필요가 있다. 실수하는 것도, 그 실수를 바로잡는 것도, 본인의 의지와 자연스러운 권리로서 하는 것이어야 한다. 그녀들도 마음껏 오류를 저지를 수 있는 자유를 가져야 한다. 마음껏 시행착오를 겪고 진통을 일으킬 기회가 주어져야 한다. 비판과 교정은 그다음의 몫이다.

그녀들에게도 자정능력과 문제를 해결할 충분한 지성이 있다. 우리는 그것을 믿고 받아들여야 한다. 무수한 시행착오 끝에 맬컴 X와 루터 킹 목사의 어느 중간 지점에서 여성들은 자신만의 목소리와 자신들의 해결책을 발견해낼 것이다. 누군가는 분노하고 또 누군가는 용서하며 그것이 어우러져 하나의 조류를 형성할 것이다. 이따금 실언이 쏟아지더라도 그녀들은 충분히 자정해

내고 더 발전적인 방향으로 에너지를 승화시킬 것이다. 아, 자꾸 '그녀'라는 어휘를 반복해서 쓴 점을 너그럽게 용서해주길 바란다. 그 표현 외에 아직 마땅한 어휘를 찾지 못해 그랬다.

내가 이렇게나 장황하게 적은 것들은 초보적 수준의 페미니즘에 지나지 않는다. 나는 막 입문서를 읽은 수준이다. 출생의 제비뽑기에서 우연히 남자를 뽑아 얄궂은 차별과 무시를 당하지 않았다. 그렇기에 나는 심정의 동요 없이 평온하고 객관을 떠올리며 주관적인 글을 쓸 수 있었다. 나는 경제에서는 약자지만, 성별에서는 강자다. 나는 강자로서의 권력을 발전적으로 써보고 싶었다. 이 글은 그 권력을 혐오당하는 약자의 삶을 그대로 묘사하는 데 쓴다면 도움이 되리라는 소박한 마음에서 출발했다.

그래서 나를 두고 페미니스트라고 칭할 수는 없다. 나를 페미니스트라고 부르는 것은 현장에서 불의와 맞서 싸우고 있는 수많은 운동가의 축적된 역사와 공로를, 남자 페미니스트라는 희소성으로 가로채버리는 짓이다. 가부장제에 감염되어 치료가 필요한 자가 도리어 의사를 자처한답시고 훈계와 처방을 일삼는 일은 해서는 안 된다고 생각한다. 그것은 또 다른 의미의 모욕이다. 남자로 태어난 이가 지금 할 수 있는 것은 일단 기다리는 것, 그리고 막 터져 나오기 시작한 그녀들의 목소리를 그냥 있는 그대로 들어보는 데 있다. 나는 살짝 진도를 앞서 나가 그녀들의 목소리를 '번역'한 것에 불과하다. 군데군데 '오역'이 있을 수도 있고, 문맥에 하자가 있을 수도 있다.

나는 이제 겨우 페미니즘의 걸음마를 뗐다. 페미니즘을 알아가는 과정은 지난날의 내 과오와 마주하는 일이다. 아직도 나는 종종 성차별적인 발언을 하고, 엄마가 해주는 밥이 당연한 '귀한 아들'로 편하게 살고 싶다는 익숙한 생각을 한다. 그러나 때로는 위대하게 살겠다는 다짐보다 추하게 살지 말자는 다짐이 인생을 바로잡는 데 더 큰 역할을 하기도 한다.

　나 자신을 남자 페미니스트라는 칭호로 꾸미는 것보다, 성차별을 뿌리 뽑을 투사가 되겠다고 비장한 마음을 먹는 것보다 나 자신의 일상에서 접하는 작은 차별과 사소한 부조리에 적어도 눈을 부릅뜨고 있겠다고, 눈앞의 작은 불합리함부터 문제를 제기하고 교정하기 위해 노력하겠다는 작은 다짐의 힘을 믿기로 했다. 혁명은 한 인간의 내면에서 출발해 비로소 세상에 닿는 것이다. 그래서 이제 나는 막 첫걸음을 뗐다. 평범한 해방의 길을 뒤따르기 위해서. 걸어가는 곳은 길이 되리라.

내 영혼을 지배하는 자는
누구란 말인가

한병철, 『피로사회』

"사람은 무엇으로 죽는가?" 그리고 답한다. 인간을 죽이는 것은 무시무시한 핵폭탄이 아닌 작은 병원균이다. 나를 질식시키는 것은 지독한 독극물이 아닌 스며드는 피로다. 사람에게서 안식을 앗아가는 것은 밤새 귓가에 맴도는 모기 한 마리의 날갯짓 소리만으로도 충분하다. 어쩌면 우울증은 웃음이 헤픈 사람에게 유독 자주 찾아오는 것일지 모른다. 신경쇠약은 과로와 열심을 헷갈리는 사람을 특히나 좋아할지 모른다.

카페인 권하는 사회

오늘만 네 잔째 커피를 마셨다. 인문관에서 열리는 강연을 보러 가는 길이었다. 입구에서 또 커피를 받았다. 따뜻하고 향긋한 아메리카노. 집어 든 커피를 한 모금 홀짝이니 그 특유의 고소한 원두 향이 입안과 코끝을 가득 채웠다. 분명 쓰다고 못 마시던 커피였는데, 이제 나는 아메리카노를 입에 달고 산다. 아니 이제 커피 없이는 하루를 버티기 힘든 사람이 되었다. 분명 강연의 주최 측은 청중이 더 집중하길 바라는 마음에서 혹은 입이 심심하지 말라고 커피를 나눠주었을 텐데, 거꾸로 나는 이 커피라는 것이 갖는 어떤 사회적 의미를 추적하는 데 온 의식을 흘려보냈다.

연세 지긋한 어르신들이 찾던 전통찻집과 다방은 이제 거리에서 종적을 감추었다. 그 빈자리를 차지한 커피전문점이 길과 골목마다 대여섯 개씩 즐비하다. 아니 커피전문점만 유독 많다. 어느 날 "하루에 한 잔 이상 마시지 않으면 벌금을 물리겠다"고 독재정부가 엄포를 놓은 것도 아닐뿐더러 시장의 독점기업이 "오늘부터 커피만 팔겠습니다"라고 선언한 것도 아니고, 커피를 마시지 않음으로써 이웃에게 심각한 손해를 끼쳐 배상금을 물어줘야 하는 것도 아니며, 한국 사람의 식성이 유별나 물 대신 커피만 마시는 것은 더더욱 아닐 텐데 말이다.

커피는 기호식품이다. 또한 커피의 카페인은 항抗피로 각성제이기도 하다. 은은한 맛과 서서히 맑아지는 정신이 매일 커피를 찾게 만든다. 그런데 만일 막대한 커피 수요의 원인이 커피 고유의 맛이 아니라 각성 효능이라면, 그것은 아마 사회병리적인 현상일 것이다. 맛으로 마시는 커피가 아니라 기능으로 마시는 커피라면, 그것은 약물과 다를 바 없다. 그러나 약물중독자와 커피중독자는 본질적으로 다를 바 없는데도 커피로 버티는 삶은 그나마 낫게 느껴지고 감성도 충만해진다. 커피에는 세련된 중독이란 게 있다. 이 지경에 이르면 커피를 좋아하는 것과 의존하는 것의 경계가 흐릿해진다.

커피는 심장을 뛰게 만든다. 커피에 중독된 사회 역시 덩달아 빨리 뛴다. 한 사람이 아닌 한 사회의 커피 중독은 분명 사회적 문제에 해당한다. 물론 매일 우리 손에 하나씩 들려 있는 커피는 구체적인 통계 데이터도 과학적인 변수도 아니다. 그러나 어쩌면 한 시대의 삶을 살아내며 축적되는 자연스럽고 직관적인 피로지수일 수 있다. 이렇게나 뚜렷한 증상이 있는데도 병명을 모를 때는 우리는 시대를 진단하고 사회를 진찰할 철학적 의사에게 찾아가야 한다. 그 의사는 카페인을 잔뜩 들이켜 쿵쾅대는 사회의 심장부에 청진기를 대고는 이런저런 증세를 심도 있게 살펴줄 것이다.

여기에 한 철학자가 있다. 『피로사회』의 저자 한병철은 각 시대가 품는 사회적 질병에 관한 철학적 사유를 전개한다. 그의 진단에 따르면 신자유주의 시대의 현대인은 쉴 틈 없는 일상에 나날이 마모되면서 피곤한 낮과 불면의 밤을 앓다 무기력증에 시들어가고 있다. 금지와 가난과 강제의 시대가 가고, 자유와 풍요와 선택의 시대가 왔다. 그런데 오히려 인간은 피로에 찌들어 우울해하기만 한다. 시키지도 않은 철야를 자처하다 몸과 마음이 축나고야 만다.

상향평준화의 시대. 기준이 너무나도 높아진 세상은 차고 넘치는데, 거기에 속한 자신은 늘 모자라서 한계까지 몰아붙여야 한다. 삶의 속도전을 따라잡지도 멈추지도 못하는 우리 시대의 보통사람들은 카페인 권하는 사회에서 집단적 도핑 현상에 병들어가고 있다. 그는 꼭 커피 없이 살지 못하는 이 시대의 청년과 나를 콕 집어서 이야기하고 있는 것만 같다. 그가 들려주는 농도 짙은 이야기는 무수히 많은 사유의 세계로 나를 이끈다. 가빠지는 심박 수를 느끼면서 이 책의 풍미를 좀더 진득이 음미해보자.

자기착취의 시대

굳어진 호박 속 모기와 오늘날의 모기가 수천만 년에 걸쳐 다른 생물의 피를 빠는 방식은 예나 지금이나 동일하다. 그러나 인간이 다른 존재의 피를 빠는 방식은 시대마다 달랐다. 이른바 '착취'라고 불리는 개념은 쉽게 말해 나 이외의 존재에게 힘든 일을 떠넘기고, 그들이 산출해낸 결과물은 나에게 현저히 유리한 방식으로 나눠 갖는 것을 뜻한다. 농업혁명으로 인간은 동물을 농사에 동원하기 시작했다. 국사교과서에 '우경牛耕'의 시작이 꽤나 중요하게 다루어지듯 인간은 동물의 힘을 독점해 더 강해지고 더 많이 생산할 수 있게 되었다. 다시 말해 가축화된 동물은 인간과 주종관계에 알맞게 길들었고, 인간은 마침내 동물의 노동력과 생명, 고기까지 모두 취할 수 있게 되었다. 아마도 이러한 착취의 원시적 형태는 '동물착취'의 형태를 띠고 있었을 것이다.

인간이 원시단계에서 문명과 역사의 시대로 넘어가면서부터 착취의 양상도 진화를 거듭하게 되었다. 인간은 다른 인간을 '가축'으로 만들었다. 물리적 완력이 점차 세련된 사회의 권력으로 변함에 따라 '인간 가축'은 '계급'이라는 포장지를 두르게 되었다. 이를 가장 분명하게 표현한 사람은 앞에서 다룬 마르크스일 것이다. 마르크스는 역사의 발전단계를 규정하면서 고대 노예제→중세 봉건제→근대 자본제의 계급착취의 지배구조를 되짚는 독창적인 정치경제학을 내놓았다. 마르크스에 따르면 고대부터 근대까지의 역사는 한 인간 계급이 다른 인간 계급을 지배하고 이용하는 '계급착취'의 연속이었다.

이를 다시 국제적 개념으로 승화시킨 것은 혁명가 블라디미르 일리치 레닌이다. 그는 제국주의를 자본주의의 최고 단계로 규정하면서 열강의 식민지 개척과 시장의 포화가 전 지구적인 식민지 쟁탈전으로 확장된다는 자본주의의 발전경로를 설파했다. 그러나 여기서 착취의 개념만 떼어놓고 본다면 레닌은 계급착취가 '민족착취'로 국제화되는 양상을 지적한 것이다. 착취의 문제는 국경 내 계급에 머무르지 않고, 국경을 훌쩍 넘어 아예 한 민족이 다른 민족을 일방적으로 착취하는 지구적 차원의 거대한 문제가 되었음을 시사한다.

이제까지 동물착취→계급착취→민족착취의 순으로 이어진 착취는 철저히 이질적 정체성을 가진 타자 간에 행해지는 것이었다. 인간이 동물을, 자본가 계급이 노동자 계급을, 제국주의 민족이 식민지 민족을 착취했다. 투쟁의 시대이자 전쟁의 시대였다. 근대는 철저히 이분법이 통용되는 시대였다. 적과 동지가 있었고, 나의 존재는 적의 반대로써 규정되는 시대였다.

마치 면역체계가 병원균을 절멸시키려 들듯 이방인을 쫓아내고, 낯선 것을 경계하며, 이질성을 금지·제거·부정하는 시대였다. 착취하는 사람이 따로 있고, 착취당하는 사람이 대립항으로 존재하던 시대였다. 미국이 있고 그 대척점에 소련이 있어 냉전이 있듯, 근대에서 평화는 적의 궤멸, 혁명은 지배 계급의 소멸, 자본주의는 공산주의가 아닌 것으로 정의되었다. 우리를 괴롭히는 결핍은 적의 존재에서 비롯되었으며, 그렇기에 '멸균'과 '멸공'은 같은 맥락에서 비롯된 단어였던 셈이다.

그러나 한병철은 이 대결과 거대함을 추구하는 착취의 계보에 어깃장을 놓는다. 그는 우리 시대에 '규모의 착취'는 그 효력을 다했다고 단언한다. 오히려 착취는 나노 단위처럼 작아지고, 민족이나 계급처럼 거대한 수준이 아닌 개인의 자아 속으로 침투한다. 그에 따르면 앞으로의 착취는 개인의 내면에서 이루어지는 '자기착취'의 시대다. 더는 타자 간의 관계가 아닌, 자아가 고갈될 때까지 자신이 자신을 착취하며 이를 정당화하는 시대에 돌입했다는 것이다. 그리하여 우리 시대에 새로이 등장한 이 자아흡혈의 사회적 집합체가 바로 '피로사회'인 것이다.

어느 비만인들의 초상

『피로사회』는 "시대마다 그 시대에 고유한 주요 질병이 있다"[22]라는 문장으로 시작된다. 그렇기에 이 책의 시대 표현은 분명히 의식적인 구분이다. 그런데 여기서 특히 주의 깊게 볼 부분이 있다. 바로 '후기 근대'라는 표현이다. 왜 이 철학자는 군이 근대의 다음을 현대가 아닌 '후기 근대'라고 표현했을까? 단순히 번역상의 실수나 문맥의 유연함을 위한 자구처리는 아니었을 것이다. 어쩌면 우리 시대를 다시 살펴보도록 유도하는 한 철학자의 의도적인 시위풋말이었을지도 모른다. 쓸데없이 예민한 나의 생트집은 아닐 것이라고 생각한다.

그의 현미경은 조금 독특하다. 작고 미세한 게 아니라 크고 비대한 것이 눈에 가득 담긴다. 그래서 그가 관찰한 우리 시대의 질병은 결핍과 부족에서 비롯된 것들이 아니었다. 비만은 영양이 과해서 생겨난다. 선택 장애는 선택지가 드물어서가 아니라 너무나 많아서 생긴다. 정보가 부족해서가 아니라 홍수처럼 쏟아져서 필요한 것을 골라낼 수 없는 것이다. 어떤 영역이든 우리 시대의 고질병은 영양실조가 아닌 비만이다. 후기 근대는 이처럼 근대성의 과잉으로 생긴 문제다. 다시 말해 '후기 근대'는 근대의 과잉이 낳은 부채를 상환하며 앓는 후유증의 시기인 것이다. 좀 더 지루한 철학 이야기를 계속해보자.

근대는 인간의 이성에 관한 무한한 신뢰와 사람의 노동으로 쌓아 올려졌다. 자의 반 타의 반으로 성실했던 근대인은 두 손의 망치와 발에 걸친 발전용 터빈으로 공장 굴뚝을 올려 빈곤과 싸웠다. 역동적 노동은 빈곤을 치유하는 유일한 처방이었다. 그것이 설사 자본가의 배만 불린다 할지라도 다른 선택의 여지가 없었다. 고된 노동 강도와 열두 시간이 넘는 가혹한 노동량을 군말 없이 받아들여야 했다. 삶에 관한 의무감으로 생존을 위해 버텨냈다. 살아남기 위해 모든 가용시간을 투하해야 했기에 별수 없이 다른 선택지를 모두 포기해야 했다.

그러나 절대적 빈곤이 어느 정도 퇴치되자 '하면 된다, 할 수 있다'라는 구호는 노동신화로 격상되었다. 일종의 '헝그리 정신'으로 구가한 풍요로운 사회는 보통 인간의 선택 폭까지 유례없이 확장시켰다. 의식주 각 영역에서 기초생활이 해결되자 조금만 더 노력하면 하고 싶은 것, 갖고 싶은 것이 생길 때마다 성취해나갈 수 있었다. 날마다 한 가지씩을 더 소망했고 이내 성취해가며 자신의 만족 범위를 늘려나갔다. 종전에 없던 풍요가 정점에 이르자 근대성이라는 시대정신은 우리의 유전자에 깊은 각인을 남겼다.

이처럼 근대성이란 무엇이든 의지를 통해 극복할 수 있고, 현재의 만족을 유보하면 노력한 만큼 미래에 더 큰 보상이 오리라는 믿음체계다. 또한 정력적 인간이 난민촌에서 시작해 긍정의 힘으로 자수성가한다는 매력적인 내러티브이자 사회 곳곳에 널리 전염되고 유행하는 성과사회의 미담이며, 그저 열심히 따르기만 하면 되는 사회의 성공법칙이다. 일반 사람들도 보편적 탄탄대로에서 이탈하지 않기 위해 굳건한 신화를 옹호하며 결속한다. 방향에 관한 고민은 사치로 치부된다. 나는 우리 시대에 범람하는 자기계발서 또한 같은 서사구조를 그대로 답습하고 있는 일종의 '신화'라고 생각한다.

근대인은 노력으로 가난을 극복했으나 가난의 자의식에서 벗어나지 못했다. 충분히 먹어 허기가 가서도 항상 배고프다고 느껴 허겁지겁 먹어치우기 바빴다. 그렇게 후기 근대인들은 먹어도 먹어도 끊임없이 배고픈 비만인들이 되고 말았다. 이 비만인들이 변화에 준비도 못 한 상태에서 더 강력한 경쟁을 부추기는 신자유주의적 세계화가 찾아왔다. 체질개선의 시기를 놓친 겁먹은 비만인들은 더 빨리 뛰기 위해 '운동'을 하기보다는 '감량보조제'를 챙겨 먹기 시작했다.

무엇이 중요한 것인지 근본부터 다시 생각하고 성찰적으로 방향키를 돌려야 했지만, 더 많은 것을 덧붙이면 다 잘될 것이라는 기복신앙에 그저 몸을 내맡긴 결과였다. 이 시대에 영양실조는 사라졌으나 '사색실조'는 여전했다. 생각의 빈곤과 신체의 비만이라는 역설적인 상황이 이어졌다. 정서적으로 끊임없이 시달리면서도 진지한 생각이 아닌 영양제를 처방하는 풍요사회의 역설. 비만인들은 멈춰서 사유하는 게 아니라 불안에 떨며 더 큰 풍요를 얻고자 자기계발서를 속독하며 자신을 닦달한다. 자기계발서의 위대한 인물과 그에 한참은 뒤떨어지는 자신의 비루함을 비교한 후에 현대인은 결국 자기혐오에 빠져버리고 만다. 자의식의 빈곤을 물질적 풍요로 메울 수 없었던 탓이리라.

호모에코노미쿠스의 자아분열

정체성의 측면에서 오늘날의 개인은 지극히 복잡하다. 자기 자신을 지배하는 왕이기도 하고, 부림을 받는 노예이기도 하며, 자신을 경영하는 기업가이면서 노동자다. 치자治者인 동시에 피치자被治者인 것이다. 다시 말해 한 사람의 내면에는 하나의 자아만 있는 게 아니라 분열된 여러 자아가 공존한다. 세계시민이면서 동시에 민족의 일부로 살 수도 있고, 자본가이면서 노동자로도 살수 있다. 이것은 낯선 영혼에 빙의된 것도, 연가시와 같은 조종 기생충에 감염된 것도, 남에게 세뇌를 당한 것도 아니다. 한 사람이 여러 차원의 정체성을 가지고 있는 것은 우리 시대에 지극히 정상적인 모습이다.

　그러나 모든 것이 상품이 되어 전 세계적으로 팔리는 신자유주의 시대가 확산되면서 우리는 민족도 계급도 아닌 경제적 인간Homo Economicus으로 변모했다. 우리 내면의 다중역할극의 주연은 '경제적 인간'으로, 나머지는 모두 조연으로 전락하고 만다. 이제 민족이니 계급이니 하는 모든 것은 경제적 인간의 지휘를 받는 부분집합에 불과하다. 우리 시대 개인은 한 사람이 아닌 경제 단위이자 1인 기업으로 재구성되어 집계된다.

경제적 인간의 내면 지배과정은 어느 날 갑자기 그리고 신속히 완성되는 것이 아니다. 여기에는 아주 심각한 부작용이 수반된다. 경제적 인간의 통제 아래 묶여 있던 서로 다른 욕망을 가진 정체성은 끊임없이 갈등하며 다시 분열한다. 내적인 노사투쟁과 내적인 혁명-진압과정이 반복된다. 이때 개인의 영혼을 지배하는 경제적 인간은 이 분열을 멈추기 위해 새로운 영혼 통치술을 도입한다. 하나는 자기기만이고, 다른 하나는 자기착취다. 경제적 인간은 긍정의 최면을 걸어 분열된 자아를 유혹함으로써 영혼의 지배자가 된다. 긍정의 복음은 다른 욕망과 가치의 저항을 손쉽게 무마한다.

경제적 인간은 '해야 한다must'라고 말하지 않는다. 다만 '할 수 있다can'라고 은근하게 부추길 뿐이다. 이 과정은 타자가 강요한 선택이나 명령이 아니라 자발적인 복종이다. 또한 부정적 억압이 아니라 할 수 있다는 긍정 기제를 동원하기 때문에 심리적 저항감이 거의 없다. 이 때문에 경제적 자아가 나머지 다른 자아를 설득하고 동화同化시키는 과정은 대체로 평화롭고 손쉬우며, 외견상은 굉장히 민주적이고 자율적이다. 스스로 골랐다는 자유로운 느낌을 주기에 자아 내부에서 계급투쟁은 더는 일어나지 않는다. 지배 없는 착취는 이런 과정을 통해 정당화된다.

무한동력을 강요하는 시대의 조류에 유한한 인간이 순응해야 할 때, 그리하여 타고난 다양성이 목표달성의 걸림돌이 될 때, 우리 안의 경제적 인간은 이 모든 것을 구슬려 성취를 위한 도구로 우리를 탈바꿈하려 든다. 긍정의 종교에 취한 우리 내면은 충실히 협조하기에 그 과부하를 견디지 못한다. 타자의 강제에 따른 지배관계가 아닌, 누구도 탓할 수 없는 치밀하고 벗어나기 어려운 자기기만적 착취행위이기에 더욱 기력소모가 클 수밖에 없다. 이것이 개인의 개인을 향한 자아고갈Ego depletion, 즉 한병철의 표현을 빌리자면 병적인 신경증과 탈진인 것이다.

홀로된 자의 피곤한 우울

문제는 개인 사이의 경쟁 자체가 아니고 경쟁의 자기 관계적 성격이다. 그로 인해 경쟁은 절대적 경쟁으로 첨예화된다. **즉 성과주체는 자기 자신과 경쟁하면서 끝없이 자기를 뛰어넘어야 한다는 강박,** 자기 자신의 그림자를 추월해야 한다는 파괴적 강박 속에 빠지는 것이다. **자유를 가장한 이러한 자기 강요는 파국으로 끝날 뿐이다.**

―한병철, 「우울사회」, 101쪽.

신자유주의 시대에 고립된 개인은 원룸의 일인 가구, 동전 노래방의 일인 고객, 식당에서 이어폰으로 귀를 틀어막고 유튜브 개인 방송에 집중하는 '혼밥족' 등의 여러 모습을 하고 나타난다. 고립된 개인은 더는 타인을 적대시하지 않는다. 다만 무관심할 뿐이다. 서로는 서로에게 투명인간에 지나지 않는다. 격리된 삶을 자발적으로 영위하는 이들에게 온라인 인맥과 오프라인 친구 사이의 경계가 허물어진다. 휴대전화의 주소록에 기록된 무수한 연락처 중에서 마음 터놓고 깊은 이야기를 나눌 친구는 모두 사라져버리고 말았으며, 나머지야 어차피 집에서 침대에 누워 스마트폰으로 어쩌다 연락하는 딱 그 정도의 사이에서 멈춰버릴 우정이니 말이다.

성공중독을 부추기는 성과사회에서 남보다 잘나기를 바라는 철 지난 인생 경주는 이제 원자화된 개인에게는 의미가 없다. 다만 '어제의 나'와 '오늘의 나'를 견주며, 하루하루 더 치열하게 살았는지를 증명하는 날들이 계속될 뿐이다. 모두가 겉으로는 각자의 'YOLO(You Only Live Once, 한 번뿐인 인생)'를 외치며 삶을 즐기고 있노라 말하지만, 사실은 그 한 번뿐인 인생을 또 하루 낭비했다며 후회의 밤들로 속이 끓어오른다. 매일같이 깊은 밤 손바닥만한 원룸에서는 불안과 허무에 잠 못 이룬 이들이 자신의 노력 부족과 게으름을 호되게 꾸짖는 청문회가 열린다.

우울한 인간은 **노동하는 동물**(animal laborans)로서 자기 자신을 착취한다. 물론 타자의 강요 없이 자발적으로. 그는 가해자인 동시에 피해자이다. (……) **아무것도 가능하지 않다**는 우울한 개인의 한탄은 **아무것도 불가능하지 않다**고 믿는 사회에서만 가능한 것이다.

—한병철, 「규율사회의 피안에서」, 27~28쪽.

자본주의적으로 앞서 나간 인간이 되기 위해 무한한 '자기계발' 과정이 반복된다. 노력하면 무엇이든 할 수 있고 무엇이든 될 수 있다고 믿는 이 시대의 '멋진 신세계'에서 자신만 낙오될지 모른다는 두려움이 자신을 더 채근하게 만든다. 그러나 아무리 노력해본들 세상의 속도와 기준을 따라잡을 수가 없다. 극한의 자기암시와 동기부여도 소용없다. 미래에 대한 끝없는 환상은 유한한 오늘을 매일같이 소모시킨다. 임시방편으로 위로와 힐링을 찾아보지만, 그것은 카페인과 다를 바 없다. 카페인은 피로를 감출 뿐이다. 피로는 제때 제대로 편히 잠들어야 풀리는 것이다.

그렇게 해서라도 성공이 찾아온다면 다행일 텐데, 투자는 성공을 담보하지 않고 경쟁은 어떠한 형태든 다수의 탈락자를 생산한다. 기력이 쇠한 공허한 개인에게 찾아온 실패는 자책과 자학이라는 자기비하적 후폭풍을 몰고 온다. 이내 예고된 우울증이 찾아온다. 신자유주의 시대의 우울증은 외부로부터 감염되는 것이 아니다. 남이 나를 괴롭히거나 누군가의 위협 때문에 생긴 두려움으로 주입되는 것이 아니다. 내가 무리하는 나에게 저항하지 못해 안에서부터 무너져 내리는 것이다. 전쟁에서 아군의 배신이 가장 치명적이듯 나의 심리적 면역체계 또한 나의 공격에 가장 취약하기 때문이다.

여기서 남을 탓할 수 없다는 것이야말로 끔찍한 불행이다. 자유주의와 그 모든 아류사상이 내세우는 기본 교리는 '나는 나를 소유한다'라는 것이다. 이 말은 곧 나를 위해 가장 많은 것을 할 수 있는 것은 나 자신이라는 아주 상식적인 뜻을 담고 있다. 내 인생 내 마음대로 살 수 있지만, 그렇게 살아간 대가는 책임이라는 무서운 독촉장을 들고 다가온다. 인생만큼 주인이라는 자리가 져야 하는 책임이 무서운 경우가 없다.

만일 나의 실패가 타인의 강제나 속임수에서 비롯된 것이라면, 그 사람을 멀리하고 배상을 요구하거나 자신만의 방식으로 보복하면 그만이다. 그러나 나 자신을 엉망으로 만든 범인이 나라면 더는 할 말이 없다. 꾸짖고 탓할 사람은 이미 지쳐버린 나밖에 없다. 모든 것이 잘못된 선택을 내리고, 그 선택에 올인한 나의 잘못이다. 홀로된 이들은 각자의 무능과 존재를 탓하게 된다. 내가 내린 결정으로 피로에 찌들어 우울한 나날과 버티는 공방전을 치르게 되었다면 누굴 탓할 수 있을까. 결국 나를 가장 학대할 수 있는 존재 또한 바로 '나'인 것이다.

이렇듯 피로사회가 낳은 가장 큰 죄과는 자신을 사랑하지 못하도록 끊임없이 소모시켜버린다는 것이다. 성과에 눈이 먼 개인은 자신의 체력과 혼을 바쳐 피로사회의 양분이 된다. 탕약기에 모조리 영양소를 탈취당한 한약 찌꺼기처럼 껍데기만 남는다. 남을 탓할 수 없으니 나를 탓한다. 비어버린 몸과 마음에 침울한 기분이 곰팡이처럼 스며든다. 자기혐오의 내적 표현은 우울증이다. 체력이 갈리고 혼이 빠져나와 산송장 상태가 되어버린 사람들은 자신을 갉아먹거나 타인을 물어뜯는다. 좀비처럼 말이다. 피로사회에서 살고 있는 소진된 개인의 선택지는 둘 중 하나다. 자기를 싫어하거나 세상을 미워하거나. 어째서 피로사회가 혐오 시대와 호응하는지 알 수 있을 것 같다.

사람은 무엇으로 죽는가

무리한 일정으로 무작정 달력을 가득 채워야 안심되는 우리 시대의 보통사람들. 그들은 일정한 압박에 휩쓸려 어느 하나도 쉬이 포기하지 못하고 일 폭탄 속으로 빨려들어 간다. 결국 빈껍데기가 될 때까지 소진되어 외로운 피로 끝에 우울의 덫에 걸리고 마는 신자유주의 시대의 인간들은 역설적으로 웃는다. 웃어야 성공하니까. 불안한 개인의 욕심과 조바심, 그것을 할 수 있다고 부추기는 신자유주의 시대는 소진증후군Burnout과 우울증이라는 유령으로 성과사회를 떠돌고 있다.

암세포는 일반세포보다 증식속도도 빠르고 영양분 흡수도 빠르다. 우리 몸의 정상세포는 이내 장기 곳곳에 전이된 암세포에 모든 것을 빼앗겨 말라죽고 만다. 암 역시 과잉의 질병이다. 만약 한병철의 말처럼 시대적 문제와 시대적 질병이 대칭을 이룬다면, 체내 악성세포의 무한증식과 영양탈취가 이 시대가 요구하는 무한동력이나 자기착취의 행태와 똑 닮았다고 느끼는 것은 자연스러운 직관이다.

과거의 결핵은 영양이 부족해서 위험했지만, 오늘날의 결핵은 몸을 살펴볼 겨를이 없어 위험한 것이다. 가벼운 병을 너무나 크게 키워버리는 것이다. 빈자의 질병은 풍요 시대의 방치 탓에 부활했다. 결핵은 잠시 멈춰 자기 몸을 조금만 세심히 살폈다면 아무런 해도 끼치지 못할 질병이다. 우리는 어쩌다 스스로 브레이크를 뽑아버린 것일까? 과잉 시대의 성찰 부족이라는 한병철의 문제의식은 주의력결핍과잉행동장애ADHD, 즉 주의력은 부족하나 행동은 과잉되어 생기는 심리장애라는 모습으로 세상에 나타나고 있다.

"사람은 무엇으로 사는가?" 러시아의 대문호 톨스토이는 이런 질문을 던졌다. 피로사회의 한 청춘은 이 질문을 뒤집어본다. "사람은 무엇으로 죽는가?" 그리고 답한다. 인간을 죽이는 것은 무시무시한 핵폭탄이 아닌 작은 병원균이다. 나를 질식시키는 것은 지독한 독극물이 아닌 스며드는 피로다. 사람에게서 안식을 앗아가는 것은 밤새 귓가에 맴도는 모기 한 마리의 날갯짓 소리만으로도 충분하다. 어쩌면 우울증은 웃음이 헤픈 사람에게 유독 자주 찾아오는 것일지 모른다. 신경쇠약은 과로와 열심을 헷갈리는 사람을 특히나 좋아할지 모른다.

카페인은 피로를 숨기지만, 내 얼굴은 검어진 눈 밑을 감추지 못한다. 그러나 나는 오늘도 커피를 잔뜩 마실 수밖에 없다. 하루라도 커피를 마시지 않으면 정신이 개운하지 않은 것만 같다. 오늘도 우리 사회에는 피로 인간들이 가득하다. 나도 그중 하나다. 그것을 알면서도 나는 커피에 의존할 수밖에 없다. 정녕 내 영혼을 지배하는 자는 누구란 말인가.

12장

오늘도 광대는
꿈을 꾼다

신현준, 『레논 평전』

"

감히 세상을 요약하려거든 자신의 삶부터 요약 가능한 삶인지 자문해볼 필요가 있다. 추상명사 몇 개에 내 삶을 온전히 담아낼 수 있는지 반문해보라는 것이다. 만약 그것이 가능하지 않다면 세상을 요약하기보다는 상상하라고 권하는 것이 바로 레논의 〈이매진〉에 담겨 있는 노랫말이다. 요약을 멀리하고 상상을 가미하다 보면 타인의 삶과 세계를 더 넓고 깊게 헤아릴 수 있을 것이다. 이해를 기반으로 평화와 사랑이 이 세계에 은은하게 퍼져나갈 수 있을 것이다.

"

자비 없는 정의와 허약한 악

원자탄의 낙하로 열전의 시대가 끝났다. 동시에 인공위성의 상승으로 냉전의 시대가 시작되었다. 새로이 역사에 주어진 빈 종이는 한 면이었는데, 펜은 두 자루였다. 2차 대전을 통해 초강대국으로 발돋움한 미국과 소련은 각각 오른손과 왼손에 펜을 하나씩 쥐고 서로 자신의 역사를 기록하려 했다. 앞서 나간 것은 미국이었다. 풍요에 핵무기를 얹은 미국은 자유세계 자본주의 국가들의 수장으로 옹립되었다. 그러나 사회주의 제국 소련은 무서운 속도로 미국의 핵 무력을 따라잡더니 미국보다 먼저 인공위성 스푸트니크 1호를 쏘아 올렸다. 그다음은 '라이카'라는 개를 태워 우주로 보냈으며, 기어코 사람까지 날려 보냈다. 미국은 우주의 역사를 빼앗겼다. 우주에 도달한 최초의 인류는 사회주의의 하늘을 날던 소련인 비행사 유리 가가린Yuri Gagarin이었다. 지구의 역사에서는 미국이 앞섰지만, 우주의 역사에서는 소련이 앞섰던 것이다.

자신만만했던 미국은 충격에 빠졌다. 당시 미국 대통령은 존 F. 케네디였다. 케네디는 미국의 젊음을 상징하는 인물이었다. 젊음의 장점은 선명하다는 것이다. 그러나 젊음의 단점 또한 감출 수 없이 선명하다는 것이다. 젊음은 호기롭되 불안하고, 정력적이나 치기 어리며, 야망을 뿜어내지만 자제력이 부족하다. 지칠 줄 모르는 체력으로 지치지 않고 실수를 저지른다. 미국과 미국의 지도자는 동시에 젊었다. 그러나 잃을 게 많은 젊음이었다. 케네디는 어떻게든 추락한 미국의 위신을 다시 세우려 했다. 그러나 미국의 젊음은 여느 젊음과 마찬가지로 상처 입은 자존심을 어떻게 회복해야 하는지 알지 못했다. 끓어오르는 마음에 조급함이 앞섰다. 그에게는 전 세계 공산당들에 본보기를 보여줄 무대가 필요했다.

케네디의 노회한 전임자 드와이트 아이젠하워는 베트남이 공산주의 도미노의 출발이 될까봐 두려워했다. 그는 조바심에 섣불리 미국의 발 하나를 베트남의 늪에 담가버렸다. 그 늪에서는 식민지 시대가 끝난 줄도 모르고 베트남의 종주권을 주장했던 철부지 프랑스가 베트남 공산세력에 엉망진창으로 두들겨 맞고 쫓겨나오던 참이었다. 조바심의 상속자 케네디의 미국은 우유부단했다. 당시 베트남의 북쪽은 호찌민의 공산당을 중심으로 하는 북베트남이 접수하고 있었다. 반면 남베트남은 반공세력이 고 딘 디엠Ngo Dinh Diem 아래서 미국의 지원을 받아 북쪽과 맞서고 있었다. 남베트남이 북베트남과 합의한 전국선거를 거부하자 북베트남은 기다렸다는 듯이 대남 게릴라전에 나섰다. 베트콩을 남파했고, 남베트남 내부의 좌익세력을 집결해 남쪽의 내부소란을 확대시켰다. 이에 케네디는 베트남에 지상군 파병을 결정하며, 미국의 나머지 한 발을 마저 베트남의 늪에 담가버렸다.

그러나 베트남의 민심은 이미 일본과 프랑스에 맞서 싸운 호찌민의 북베트남으로 기울어 있었다. 케네디는 이를 뒤엎고자 물심양면으로 반공 독재자 고 딘 디엠을 지원했다. 미국은 남베트남에 막대한 군수물자를 퍼다 주었다. 그러나 디엠 정권의 부패한 정치인과 관료들은 미국이 보내준 돈과 물자를 헤프게 썼고, 대다수를 착복했다. 한마디로 남베트남은 상접한 피골에 비대한 내장이라는 불균형으로 속에서부터 곪아갔다. 옳지 못한 곳에 공짜가 과해서 생긴 일이었다.

더욱이 보통사람의 마음은 힘이나 돈으로는 살 수 없는 법이다. 아무리 초강대국 미국이 뒷배를 봐준다 한들 부패하고 무능한 남베트남 정권에 민심이 정을 붙일 리 만무했다. 언제 어디서나 자신의 실패를 인정하는 것이 가장 어렵고, 남을 탓하는 것이 가장 쉬운 방법이다. 더군다나 고 딘 디엠은 탓하기 좋은 대상이었다. 젊음의 치기는 성찰보다는 변명하는 쪽으로 쉽게 기운다. 케네디는 베트남에서 발생한 모든 문제의 원인을 디엠의 탓으로 돌려 그를 제거하기로 결정했다. CIA가 나서자 쿠데타가 발생했다. 미국의 책봉을 받았던 디엠은 결국 미국의 조종으로 쫓겨나 처형되는 신세로 전락했다.

디엠이라는 종이호랑이가 제거된 베트남의 권좌는 공석이었다. 우두머리를 잃은 남베트남의 혼란은 걷잡을 수가 없었다. 그 빈자리에는 종이늑대와 종이여우들이 돌아가며 앉았다. 머리 잘린 남베트남이 깜깜한 아수라장으로 변하고 있는 와중에, 미국의 케네디가 암살되었다. 그러나 그의 젊음은 죽지 않고 미국의 머리를 계속 움직였다. 마찬가지로 케네디의 후임자들도 베트남에 대한 고집을 꺾지 않았다. 대통령직을 승계한 린든 존슨은 '통킹 만 사건'을 구실로 베트남에서 대대적인 전쟁을 벌였다. 미국의 구축함 매덕스 호가 북베트남의 이유 없는 어뢰공격을 당했다는 이유에서였다.

통킹 만에서 발생한 소란이 북베트남의 우발적이고 단순한 실수였는지, 전쟁의 명분을 만들기 위한 미국의 계획된 조작이었는지는 아무도 알 수 없다. 다만 문제라면 문제였고, 문제가 아니라면 문제가 아니었다. 굳이 미국이 베트남의 통킹 만을 문제로 삼은 것은 상처 입은 자존심을 회복할 장소가 필요했기 때문이다. 본래 자존심의 상처는 강하고 잘날수록, 또 실패해본 경험이 없을수록 더 헤어 나오기 어려운 법이다. 따라서 미국이 베트남을 공격한 까닭은 합리적인 선택이라기보다는 충동적이었으며, 반공혐오에 따른 이데올로기적이자 감정적인 결정이었다.

내친김에 미국은 북베트남의 전 지역에 대규모 폭격을 감행했다. '롤링 썬더'라고 이름 붙인 작전이 시작되었다. 공산주의에 맞서 자유를 수호하겠다는 미국의 자유는 폭격의 자유였고, 군인과 민간인을 가리지 않는 무차별 투하라는 점에서 평등했다. 미국의 폭격은 모든 경계를 지워버릴 만큼 강력했다. 순간의 폭격 앞에서 이미 증발한 자가 민간인이었는지 베트콩이었는지 자신을 증명할 기회는 없다. 짙게 우거진 밀림을 고엽제로 말려버리겠다는 발상 또한 마찬가지였다. 비가 균등하게 내리듯이, 고엽제도 아군과 적군의 호흡기를 가리지 않고 고르게 내렸다. 전쟁은 모두에게 필요한 공기를 폭탄으로, 고엽제로, 부비트랩으로 맞바꾼 것이다. 따라서 베트남 전쟁은 무자비하게 강력한 정의와 허약한 악 중에 누가 더 인류에 해로운지를 시험한 전쟁이었다. 또한 정치가들의 치기 어린 수싸움에 이름 모를 대다수의 운명이 좌우되는 부조리를 보여준 전쟁이었다. 이를 두고 영국계 파키스탄 급진 지식인 타리크 알리는 다음과 같이 소회를 밝혔다.

세계에서 가장 강력한 산업 국가가 가난하고 농민이 대다수인 나라와 싸우고 있었다. 그런데 이 나라 사람들은 거의 30년 동안 억압에 맞서 싸워왔다. 이것은 동양에 대한 서양의 전쟁이었고, 남에 대한 북의 전쟁이었으며, 무엇보다 혁명에 대한 제국주의의 전쟁이었다.
―타리크 알리, 『1960년대 자서전』, 184~185쪽.

오늘날 미국인들이 유럽의 도시를 이런 식으로 폭격할 수 있을까? 워싱턴이 보기에 베트남인들은 분명 인간이 아니었다.
―타리크 알리, 같은 책, 268쪽.

베트남에는 미국이 특별하게 나서서 지켜야 할 자유도 재산도 행복도 없었다. 하지만 미국은 틈만 나면 베트남을 석기 시대로 되돌려놓겠다는 엄포와 함께 무려 700만 톤의 폭탄을 퍼부어 파괴와 훼손이 무엇인지를 생생하게 입증했다. 섣불리 나선 전쟁이었다. 그러나 이제는 지기 싫어 무모한 짓을 억지로 반복할 수밖에 없었다. 베트남의 늪에서는 전투적 실리도 도덕적 명분도

찾을 수 없었다. 젊음을 부풀리던 미국이 잃은 것은 체면이었고 얻은 것은 악명이었다. 미국은 공산주의라는 유령이 두려웠고, 그 두려움을 들키는 것을 더욱 두려워했다. 그것은 젊은 자존심의 허용범위 밖의 일이었다. 그리하여 미국은 더욱 베트남에 집착했고, 밀림에 갇혔으며, 결국 패퇴했다. 여기까지가 크게 그려본 역사의 윤곽선이다.

왼쪽 심장의 각성

베트남의 정글이 전쟁의 참혹함으로 가득했을 때 미국 도심의 빌딩 숲에서는 평화시위가 한창이었다. 베트남의 비극이 미국의 또 다른 젊음을 일깨웠기 때문이다. 베트남 전쟁은 정치에 무관심하고 냉소적이며, 소비가 주는 쾌락에 사로잡혀 있던 많은 청년의 '왼쪽 심장'을 각성시켰다. 1960년대의 청년들은 우파의 빨갱이 타령과 구닥다리 좌파 사이에서 정치 자체에 신물을 내던 차였다. 청년의 눈에 어른들은 노동 아니면 자본이라는 이분법의 세계에 살고 있었다. 직업이 아니고서는 자신을 정의하지도 못하고, 남는 시간에 노느니 차라리 일을 더하겠다며, 피곤함과 노곤함으로 인생이 가득한 존재였다. 도무지 미적 감각이라고는 찾아볼 수 없었다. 정치적으로는 권위적이었고 또 숨 막힐 정도로 엄숙한 성적 절제를 강조했다. 한마디로 여느 청춘에게나 마찬가지로 기성문화는 소위 말하는 '꼰대문화'였다.

어른들이 젊었던 시절에는 소련이 기세등등하게 유럽의 절반을 붉게 물들이고, 마오쩌둥이 중국 대륙을 적화시켰으며, 한국전쟁이 발발했다. 솟구치는 붉은 물결에 미국은 겁에 질렸다. 1950년대에는 그 겁먹은 자들의 숨소리가 모여 빨갱이 사냥 광풍으로 이어진 바 있다. 이른바 매카시즘이다. 극단적인 이념공세는 사람을 쉬이 분노하게 만들면서도 쉬이 피로하게 만든다. 공산당에 대한 공포로 이성이 마비된 기성세대는 쉽게 흥분했고 거칠었다.

마찬가지로 여기에 맞서는 진보세력의 대항운동 또한 덩달아서 거칠었다. 격렬한 전투는 무관심한 누군가에게는 소음이다. 대다수의 청춘은 '꼰대'들의 정치판에서 거친 장단에 맞춰 재미없는 춤을 추느니 차라리 정치나 세상 따위에 관심을 끄고 소비가 주는 만족과 개인적인 행복 추구에 집중하며 살았다. 사적 세계의 집중은 공적 세계의 방황이다. 그 결과 자본주의가 가장 풍요롭던 시대에 태어난 청춘들은 정치적 피로와 일상의 권태라는 마음의 감기를 앓고 있었다.

그러나 불바다가 된 베트남이 메마른 청춘의 정신과 가슴에 불을 질렀다. 고막을 멀게 만드는 폭발음 못지않게 전쟁을 반대하는 청년들이 거센 사회적 목청을 한껏 크게 틔운 것이다. 권태로운 청년들에게 베트남 전쟁은 이 세상 부조리와 구태의 집합이자 상징이었다. 징집 자체도 못마땅한데, 부당한 전쟁에 머나먼 이국땅으로 끌려가 영문도 모를 이들과 사생결단의 일전을 치러야 하다니! 그것이 국가가 내게 무엇을 해줄지 생각하기보다 국가를 위해 내가 무엇을 할지 떠올려보라던 조국의 강압적 요구였다. 베트남으로 파병된 병력 또한 천정부지로 늘어났다. 1965년에 약 16만 명이던 것이 1966년에는 45만 명, 1968년에는 55만 명에 달했던 것이다.[23]

용병이나 모병은 외국이나 시장에서 군인을 충당하는 것이지만, 징병은 일정 연령의 시민들을 고르게 모아 국민군을 만드는 작업이다. 그러나 베트남에 파병된 징집군은 전혀 평등하게 꾸려지지 않았다. 징집군은 가난한 '흙수저' 출신 지원병과 징집병이 주를 이루었다. 말뿐인 징병제에는 가난차별과 인종차별이 집대성되어 있었다. 가난이라는 지옥을 피해 베트남으로 떠나거나 끌려간 이들은 재차 그곳을 지옥으로 만드는 임무를 부여받았다. 가해 임무를 떠맡은 군인들은 그곳에서 자연스레 광기에 휩싸여 악마가 되었다. 물론 상황과 환경이 어떻든 범죄는 저질러서는 안 되는 것이다. 그러나 부유층의 자식들은 절대로 지저분하고 인간의 존엄과 품위를 시험당할 추악한 상황에 빠지지 않는다. 그것이 바로 가난해서 징집되고, 탈영해서 영창에 가거나 전쟁 범죄를 저질러 감옥에 갔던 청춘들, 극단적 양자택일에서 살아 돌아온 흙수저들의 비극이었다.

원래 청춘이란 불평등과 부도덕에 가장 예민한 시기가 아니던가. 전쟁의 맨얼굴은 뻔뻔하지도 못해서 미국 인구의 10퍼센트 정도의 흑인은 베트남전 초기에 약 20퍼센트 이상 사망했다.[24] 참전과 죽음은 비례하지 않았다. 차별 안에서도 또 다른 차별이 있었던 것이다. 가난한 사람이 모두 다 흑인은 아니지만, 흑인은 대개 가난했다. 징집문제는 인종문제이기도 했다. 헤비급 복싱 챔피언 무하마드 알리의 양심적 병역거부는 상징적인 사건이었다. 그가 "나비처럼 날아서 벌처럼 쏴야" 할 곳은 사각의 링이었지 베트남 사람을 겨냥한 방아쇠가 아니었다. 그는 베트남 전쟁 징집을 거부했다. 그러나 병역거부를 선언한 알리에게 복싱협회는 그의 챔피언 벨트를 박탈하며, 챔피언 상금까지 회수하겠다고 엄포를 놓았다. 이 일로 알리는 약 4년간 출전 정지 처분을 받으며 복서로서 신체적 최전성기를 놓쳤다. 어처구니없고 비상식적인 일이 비일비재했다. 이 같은 배경으로 저항과 반항의 불꽃인 징집거부운동이 일었던 것이다.

징집거부운동은 반전운동의 대표적인 사례 중 하나일 뿐이다. 반전운동은 일종의 시민불복종운동이었다. 사람들은 각자의 이유를 품고 반전운동에 합류했다. 1965년만 해도 전쟁이 미국의 잘못이 아니라던 사람이 61퍼센트였다. 그러나 1971년에는 전쟁이 미국의 잘못이라고 답한 사람이 61퍼센트로 역전되었다.[25] 일부 극우 과격분자들은 시위대에 새빨간 페인트를 끼얹는 등 평화의 물결을 잠재우려 했다. 그러나 사람들은 자신만의 방법으로 계속해서 목소리를 내기 시작했다. 히피들이 총구를 꽃으로 막으려고 했다. 이른바 '플라워 무브먼트Flower Movement'다.

이어 네이팜탄에 고통받는 벌거벗은 베트남 소녀의 모습이 전파를 타고 세계 각국 텔레비전에 방영되자 경악을 금치 못한 사람들은 미국의 네이팜탄 제조공장에 몰려가 항의시위를 벌였다. 그뿐만 아니라 학생운동은 본격적으로 전성기를 맞았다. 여기저기서 반전시위가 열렸다. 광장에 모인 학생과 시민들은 자기 목소리를 더해 힘차게 노래했다. "All we are saying is Give Peace A Chance!(우리가 하고픈 말은 평화에 기회를 달라는 거예요!)" 놀랍게도 이 평화의 찬가를 쓴 주인공은 비틀스 출신의 슈퍼스타 존 레논이었다.

혁명가가 된 슈퍼스타

비틀스는 대중음악의 한 획을 그은 전설이었다. 바가지 머리를 하고 혜성처럼 등장한 비틀스는 특유의 재기발랄함과 자유분방함으로 1960년대의 마음을 녹였다. 몰아치는 비틀스의 인기 때문에 보수적인 영국 왕실조차 전향적으로 움직이지 않을 수 없었다. 1965년 6월, 비틀스는 국민을 행복하게 했다는 이유로 영국 여왕으로부터 대영제국 훈장을 받았다. 대중음악 가수로는 전례 없는 일이었다. 더군다나 비틀스는 노동자 계급 출신이었다.

영국은 지역별 사투리는 물론 '계급 사투리'가 있는 나라다. 노동자 계급은 노동자의 말투와 억양을 가지고 있고, 상류 계급은 상류층의 말씨를 구사했다. 상류층은 노동계층의 말씨를 얕잡아 보고 있던 터였다. 그러나 비틀스는 노동자의 말씨를 쓰는 노동계급을 대표하는 밴드였고, 10대의 반항아적 이미지를 가지고 있는 그룹이었다. 그중에서도 존 레논은 폴 매카트니와 함께 비틀스를 이끌어가는 얼굴이었다. 그에게는 쉽게 사랑받는 길이 눈

앞에 탄탄대로처럼 열려 있었다. 그러나 그런 슈퍼스타가 운동권의 시위음악을 만들게 되었다니 이토록이나 반전된 인생에는 어떤 내막이 있었던 것일까?

존 레논은 기승전결로 설명할 수 없는 인생을 살았다. 그러니까 그는 절정이 두 번인 인생을 살았다. 싱어 송 라이터이자 슈퍼스타로서의 전반부, 평화운동에 전념했던 후반부가 그렇다. 그러나 그 40년의 짧은 인생 전반과 후반의 반전에는 묘한 일관성이 있었다. 레논은 비틀스 시절부터 반골기질을 숨기지 않았다. 왕실 초청 공연 자리에서 레논은 서로 다른 세계에 살고 있는 두 종류의 관중을 향해 이렇게 말했다. "싸구려 좌석에 앉은 분들은 박수를 치고, 비싼 좌석에 앉은 사람들은 장신구를 흔들어주세요!"

1964년 미국에서 최초의 기자회견을 가진 레논은 "비틀스의 모든 노래는 전쟁을 반대한다"며 정치적 메시지를 던지기 시작했다. 1966년 여름에는 "비틀스가 예수보다 유명하다"는 발언으로 극우 인종주의 과격파 단체 KKK단을 비롯해 기독교 근본주의자들에게 뭇매를 맞기도 했다. 정치라는 마당에서는 사랑의 아이콘조차 언제든 증오의 표적으로 찍힐 수 있다. 사실 대중의 사랑만으로도 충분히 배부른 슈퍼스타가 굳이 올바른 정치적 식견까지 갖춰야 할 필요는 없다. 그것은 강제나 의무보다는 선택의 영역이며, 선택에는 항상 위험이 뒤따르기 때문이다.

그러나 단지 세상을 향한 시선이 조금 삐딱한 정도에 불과했던 레논은 두 가지 계기로 급진적인 정치의식을 갖게 된다. 하나는 전위적 행위예술가 오노 요코와의 사랑이고, 다른 하나는 나쁜 전쟁이었다. 사랑과 전쟁. 예술가에게 주어진 예민한 감수성을 일깨우는 데는 그만한 게 없었다. 1960년대 후반은 전 세계를 종횡무진하던 비틀스 멤버들에게 조금씩 피로와 환멸감이 찾아오고 있던 때였다. 특히 레논은 비틀스를 통해 자신이 '노동자 계급의 영웅Working Class Hero'이 되었으나 자본가의 훌륭한 돈벌이이자 지배 계급의 방패막이에 불과하다는 사실을 깨닫고 허무감에 빠져 있었다. 그렇게 지나온 과거와 다가올 미래 사이에서 방황하던 레논에게 새로운 사랑이 찾아왔다. 그는 예술을 통해 자기 목소리를 내는 오노 요코에게 매료되었다. 레논은 비틀스 활동으로 관계가 소홀했던 전처 신시아 파월과 이혼하고, 행위예술가 오노 요코와 재혼한다.

요코는 레논을 변화시켰다. 레논의 고향 리버풀은 잉글랜드 북서부의 공단지역이다. 리버풀은 노동자 계급의 정치적 급진성과 동시에 남성 중심의 문화적 보수성이 섞인 '진보 마초'들의 도시였다. 그곳에서 나고 자란 레논 또한 진보 마초적 문화에 많이 물들어 있었다. 그러나 요코를 만난 이후, 그는 억지로 '남성적'으로 굴려 하지 않았다. 요코는 레논을 비틀스가 아닌 평화운동의 세계로 이끌었다.

레논의 변화를 계기로 그녀는 비틀스 해체의 주범으로 몰리며, 동양에서 건너온 악녀 혹은 마녀로 불렸다. 그녀에게는 늘 인종차별과 성차별, 질시가 따라붙었다. 그러나 그럴수록 요코를 향한 레논의 사랑은 물론 차별과 혐오에 반발하는 그의 정치적 급진성은 깊어만 갔다. 사랑은 원래 박해받을수록 더 깊어지는 법이다. 마침내 그 사랑은 영국의 보수주의 정치가 윈스턴 처칠을 따 만든 '존 윈스턴 레논'을 요코의 성을 딴 '존 오노 레논'으로 개명시킨다. 레논이 걸은 두 번째 인생의 길은 바로 오노 요코와 함께한 급진적 평화운동가의 길이었던 것이다.

슈퍼스타의 이혼과 재혼은 전 세계 언론의 집중포화를 맞았다. 스타의 사생활이란 그가 버린 코 푼 휴지마저 기삿거리가 되는 법이다. 레논과 요코는 신혼여행을 단념하기로 했다. 기자들이 일거수일투족을 가만두지 않을 것이기 때문이다. 그 대신 어차피 방해받을 바에야 자신들에 대한 과한 관심을 정치적 선전 기회로 역이용하기로 결심했다. 1969년 3월, 레논과 요코는 암스테르담 힐튼호텔에서 '베드 인Bed in' 시위를 벌였다. 슈퍼스타 부부가 신혼 침실을 공개하겠다니 기자들이 온갖 흑심과 궁금증을 품고 호텔로 몰려들었다. 그러나 기자들을 기다리고 있는 것은 외설이 아닌 창문에 붙은 'Hair Peace'와 'Bed Peace'라고 쓰인 아주 '건전한 문구'였다. 하얀 침대에는 그저 장발의 레논 부부가 잠옷 차림으로 나란히 앉아 있을 뿐이었다.

침대에서 레논과 요코는 기자 수십 명과 인터뷰를 진행했다. 김이 새버린 기자 하나가 레논을 힐난했다. "침대에서 시위한다고 해서 평화가 오지는 않습니다." 레논은 곧바로 응수했다. "빌딩을 폭파한다고 평화가 오는 것도 아니죠." 직설적이고 화려한 말발, 전혀 기죽지 않고 평화를 요구하는 일관적인 메시지, 그중에서도 단연 돋보이는 것은 유머를 잃지 않는 부부의 태도였다.

레논과 요코는 침대에서 '악플 읽기' 퍼포먼스를 벌였다. 사람은 자기가 속한 집단이 아무리 부끄럽고 추악한 짓을 저지르더라도 대개는 일단 방어본능부터 앞선다. 자기 집단에 대한 비판을 자신에 대한 모욕으로 간주하는 것이다. 레논은 자신들에게 쏟아지는 '악플'을 요코에게 육성으로 읽어주며 우스갯소리를 덧붙여 유쾌하게 넘겨버렸다. 압력을 빼는 데는 웃음이 제격이다. 그에게는 분노를 분노로 받아치지 않을 여유가 있었다.

이어 1969년 11월 26일, 레논은 비틀스 시절 영국 여왕에게 받은 훈장을 반납한다. 여왕에게 보낸 공개서한에서 그는 "영국이 나이지리아 내전에 개입하고 베트남전에서 미국의 편을 들고 있다"며 자신의 훈장 반납 이유를 밝혔다. 또 크리스마스를 앞둔 1969년 12월 15일부터 레논과 요코는 전 세계 11개 주요 도시에 자비를 들여 대형 게시판을 설치해 반전 메시지를 전했다. "War is Over—If You Want It—Happy Christmas, from John & Yoko(전쟁은 끝납니다. 당신이 원하기만 한다면요! 메리 크리스마스, 존과 요코)." 평화로운 세상을 향한 그들의 연말 인사였다.

세상에 혐오의 무게를 덜고 사랑의 밀도를 늘리려는 온갖 시도가 있었다. 하지만 레논과 요코의 시위방식은 그중에서도 가장 감각적이라고 할 수 있다. 레논 부부의 퍼포먼스는 투쟁과 매수가 아닌 구애였다. 대중의 귀와 마음을 사로잡으려면 목소리와 멜로디가 좋아야 한다. 사회적 목소리도 마찬가지다. 앞서 말한 평화의 찬가 〈Give Peace A Chance〉도 캐나다 몬트리올에서 진행한 두 번째 베드 인 시위 중에 만든 것이다. 그들의 행위에는 단순히 베트남 전쟁에 반대하는 것을 넘어 대중과 평화를 향한 구애로 매끄럽게 이어지는 묘미가 있었다.

레논이 생각하기에 평화의 주적은 원자탄이나 빨치산 게릴라가 아니라 철저한 대중의 무관심이었다. 배운 사람들이 어려운 말만 늘어놓고, 얼굴에 근심이 가득한 시위대가 따분한 전단지를 돌려봤자 사람들의 의식 변화에 무슨 소용이 있을까. 머리 아프고 귀만 따가운 일이다. 그의 생각에는 혁명도 미적 감각을 필요로 했다. 관건은 대중의 지속적인 관심을 유지하는 것이다.

레논은 자신이 딛고 서 있는 문화와 예술의 힘을 빌렸다. 사회의 혁명을 꾀하기보다 의식의 혁명을 원했다. 그렇기 때문에 사랑과 평화를 향한 그의 외침은 속삭임에 가까운 것이었다. 세상은 레논의 행동을 덜떨어진 광대 혹은 나르시시스트의 자기만족이라고 조롱했다. 그러나 레논은 더는 아이돌 비틀스가 아니었다. 겉모습은 아무것도 증명해주지 못한다며 포대자루를 뒤집어쓰고 있는 레논은 이제 광대였다. 아니 어엿한 어른이 된 광대는 평화의 목소리이자 혁명가·예술가에 더 어울렸다.

정치 대통령과 문화 대통령의 대결

그사이 미국에서는 정권교체가 일어났다. 민주당 린든 존슨의 후임으로 공화당의 리처드 닉슨이 취임했다. 닉슨은 1960년 미국 대선에서 케네디에게 패한 바 있다. 닉슨은 케네디를 사람 자체로 질투했다. 배경 좋고 인물 좋은 행운아 케네디는 모두의 사랑을 쉽게 얻었다. 반면에 닉슨은 수더분했고 어눌했고 그늘졌고 어렵게 배웠다. 닉슨은 평화를 요구하는 국민의 뜻에 부응하겠다며 베트남 철군계획을 내걸고 대통령에 당선되었다.

그러나 그는 대통령 당선 이후 돌변했다. 닉슨은 케네디의 업보를 자기 손으로 해결하겠다며 집착했다. 케네디의 전쟁을 물려받은 닉슨은 협상 주도권을 가져오겠다며 도리어 북베트남의 보급로 캄보디아를 폭격해 전쟁을 더 크게 키웠던 것이다. 철군과 확전이라는 모순된 양면작전이었다. 닉슨의 이중정책에 분노한 반전시위는 점점 거세졌다. 안 그래도 미군의 베트남 민간인 학살이 본격적으로 알려져 거센 분노의 흐름이 막 일고 있던 차였다. 경찰을 위시한 공권력은 거세지는 시위를 막기 위해 더욱 난폭한 진압을 자행했다. 큰 폭력과 작은 폭력이 순환하며 메아리쳤다.

한편 1971년 8월, 레논은 미국의 뉴욕으로 아예 거처를 옮겼다. 뉴욕에서 레논은 흑인 급진주의 정당 '블랙팬서'당을 후원하고, 인디언의 공민권 문제에 목소리를 냈다. 이어 미국의 급진운동가들과 어울리며 본격적으로 반전시위에 나섰다. 사실 레논은 평소 데모에 굉장히 부정적인 시각을 가지고 있었다. 폭력에 폭력으로 맞서는 것에 회의감이 있었기 때문이다.

그러나 히피들이 총구에 꽃을 꽂는다고 해서 폭격의 양이 줄어들지는 않았다. 폭탄에는 인격이 없기 때문이다. 하지만 사람에게는 인격이 있다. 레논은 평화시위에 가담해 인격을 가진 사람의 마음에 직접 목소리를 들려주기로 했다. 사람의 마음을 바꾸는 것이야말로 가장 급진적인 혁명이기 때문이다. 다수의 마음이 움직이면 세상도 움직인다. 레논은 귀를 사로잡는 멜로디에 정치적으로 섹시한 발언을 곱게 담아 항의집회 겸 저항 콘서트를 벌이기로 한다.

사실 평화의 목소리이자 '문화 대통령'이었던 존 레논 그리고 음울한 미합중국의 대통령 리처드 닉슨은 아마도 평온한 세상에서라면 절대로 부딪힐 일이 없었을 부류의 사람이었을 것이다. 그러나 두 차원의 대통령은 현실에서 정면으로 맞붙었다. 닉슨의 눈에 레논의 영향력이 들어온 계기는 좌익운동가 '존 싱클레어 구속사건'이었다. 존 싱클레어는 단지 대마초 두 개비를 잠복 중인 여경에게 건넸다가 금고 10년형을 선고받고 2년째 철창 신세를 지고 있었다.[26] 레논은 미국 공권력의 치졸한 차별을 〈존 싱클레어John Sinclair〉라는 곡에 담아 신랄하게 꼬집었다. CIA는 동남아시아에서 헤로인을 대량 판매하는데, 반정부운동가에게는 겨우 두 개비에 10년형의 철퇴를 내렸다며 집회현장에서 노래했다. 레논의 음악 확성기 공격은 여론에 아주 효과적이었다. 결국 미시간 주 법원이 판결을 번복하자 승리는 자유로운 영혼 레논에게 돌아갔다. 하지만 국지전의 승리는 본격적인 전면전을 예고하고 있었다.

싱클레어 석방운동 이후 치사하게 군 쪽은 닉슨이었다. 닉슨 행정부는 레논의 대중 영향력을 실감하고, 레논과 요코를 요주의 인물로 감시하기 시작했다. 평화의 목소리를 침묵시키기 위해 닉슨 행정부는 FBI를 시켜 레논과 요코를 드러내놓고 미행하고 감시하고 도청했다. 그 탓에 레논은 친구들조차 믿지 못하며 불안한 나날을 감내해야 했다. 더군다나 1972년 대선을 앞두고 날이 서 있는 닉슨에게 눈엣가시는 오직 레논이었다. 당시 야당 정치인들은 지리멸렬해서 닉슨의 대항마로 불릴 만한 무게감 있는 인물이 없었다. 그러나 투표 연령이 18세로 하향 조정된 것이 문제였다. 닉슨 자신에 반대하는 레논이 10대들의 우상이었기 때문이다. 따라서 미국 대통령 닉슨의 지지세에 영향을 줄 수 있는 인물은 영국의 슈퍼스타 존 레논이었다.[27] 레논은 미국 시민도 아니고 정치인도 아니었지만 미국 정치에 강력한 영향력을 행사할 수 있었던 '인플루언서influencer'였던 것이다.

닉슨은 레논과 요코를 추방하기 위해 온갖 생트집을 잡기 시작했다. 살아 있는 권력이 눈에 불을 켜고 한 사람의 신상을 이 잡듯 뒤지는 것은 별일도 아니다. 또한 사람이 살면서 과연 단 한 번도 트집 잡힐 일을 하지 않을 수 있는지도 의문이다. 1960년대는 특유의 자유로운 분위기가 마약과 섹스에 관대한 사회풍조를 낳았다. 그러나 레논은 영혼이 시키는 대로 너무 자유롭게 살았다. 그래서 그만큼 책잡힐 것도 많았다. 앞서 레논과 요코는 대마초 소지죄로 '영국'에서 처벌받은 전과가 있었다.

드디어 닉슨은 레논을 추방시킬 건수를 잡았다. 닉슨 행정부는 이민국을 조종해 과거 마약소지 전과를 빌미로 레논의 비자 연장을 거부했다. 이어 비자 만료에 따른 '출국명령서'가 날아왔다. 레논과 미국의 지루한 소송전이 이어졌다. 법이 정한 원칙에 따라 죗값을 치렀다면 과거의 잘못은 내일의 행보를 제약할 수 없다. 그것은 일반 문명국가에서 보편적으로 인정하는 형법의 원리다. 레논은 항소에 항소를 거듭했으나 법원은 압도적인 차이로 재선에 성공한 닉슨의 눈치를 보았을 뿐이다.

그러나 닉슨이 갑작스레 워터게이트 도청사건으로 하야하고, 그동안 레논에게 닉슨 행정부가 부당한 정치보복을 가한 것이 미 의회를 통해 밝혀졌다. 레논은 결국 약 4년 반의 소송 끝에 1976년 7월, 미 영주권을 쟁취했다. 닉슨은 평화의 목소리를 침묵시키지도 레논을 추방시키지도 못했다. 최종 승자는 문화 대통령이었던 것이다. 닉슨과의 대결 이후 레논의 삶은 지극히 평화롭고 사적이었다. 그러니까 영주권을 발급받기 약 1년 전인 1975년 10월 9일, 레논은 자신의 생일에 늦둥이 션을 얻었다. 요코와 난임 끝에 얻은 아들이었다. 비틀스의 멤버로 또 혁명가로 바쁜 날들을 보낸 레논은 제대로 된 '부성父性'을 가져본 적이 없었다.

막둥이를 얻은 레논은 소박한 꿈을 꾸었다. 슈퍼스타와 혁명가의 삶을 접고, 제대로 된 아버지 노릇을 하기 위해 가정주부의 삶에 집중하기로 했다. 레논은 평화롭게 아이를 키우며 때로는 책을 읽고 글을 쓰고 노래를 짓고 소일하며 살아갔다. 그러나 세상의 평화를 위해 거리로 나섰던 그의 사적인 평화는 그리 오래가지 못했다. 레논은 1960년대에 솟구쳐 1970년대를 불태웠다. 그러나 그는 1980년대의 초입을 넘지 못했다. 1980년 12월 8일, 레논은 자신의 팬을 참칭한 마크 채프먼의 총탄에 영문도 없이

스러졌다. 40년이라는 그의 짧은 생은 그렇게 막을 내렸다.

감히 세상을 요약하려거든

아직 희망과 할 일이 있다는 걸 알려야 합니다. 밖으로 나가 생각을
바꿔야 합니다. 아직도 바꿀 수 있다고 말해야 해요. 반전운동이 실
패했다고 끝난 게 아닙니다. 우리는 혁명과 변화의 시작점에 서 있
습니다. 젊은 사람들이 정치에 무감각해지고 당장 변화가 없다고 포
기하면 안 됩니다. 우리가 할 수 있는 걸 찾아 관심을 가집시다. 이
것이 순회공연을 떠나는 이유입니다.

　　　　　　　　　　　　　—다큐멘터리 영화 〈존 레논 컨피덴셜〉

레논은 꿈을 꾸었다. 사랑과 평화에 대한 꿈이었다. 레논은 자
기 머리로 생각하고 자기 감각으로 느끼며 자신의 꿈을 당당하
게 꾸었다. 그는 종교든 이념이든 형식보다 그 내용과 본질을 파
악해 노래했다. 자신의 꿈이 온전히 자신의 것인지, 그리고 남에
게 권할 만한지 여부를 고민해 노래에 담았다. 그의 메시지나 생
각은 간결하고 감미로웠다. 진보는 지금 현재 결핍에 대한 호소
이자 결핍을 껴안으려고 하는 포용과 사랑의 흐름이다. 문화적
관점에서 진보란 새것이 익숙해질 때까지 세상을 불편하게 만들
어 결국에는 사랑의 범위를 넓히는 것이라고 할 수 있다. 레논은
자기감정에 솔직했기 때문에 세상에 만연한 결핍과 사랑의 부족

을 외면할 수 없었다. 그것은 그의 감수성이 허락하지 않는 것이었다. 그래서 그는 자기만의 방식으로 사람들의 가슴에 노래를 전하며 세상과 맞서 싸웠던 것이다.

반전운동이 시들해지고 모두가 이 세상 정치에 질려 있을 때, 레논은 포기할 수 없는 상상을 노래했다. 냉전 시대가 힘의 세계와 논리의 세계였다면 1960년대를 지나쳐 1970년대를 질주했던 젊음의 꿈은 이를 다시 낭만의 세계와 관능의 세계로 재편하는 것이었다. 레논은 자신의 젊음을 이유 있는 청춘의 뜨거운 반항과 함께했다. 당대의 꿈은 사랑과 평화였고, 레논은 그 상징이었다. 몽상가의 죽음은 꿈의 죽음이 아니다. 죽음마저 영원히 젊은 채로 이 세상을 떠나간 그의 울림은 여전히 남아서 또 끝없는 젊음의 꿈을 노래하며 잊힐 즈음 다시 재생된다.

그 명곡은 바로 두 차례 올림픽의 축가를 수놓았던 레논의 사상이 집약되어 있는 〈이매진Imagine〉이다. 레논은 각 연의 시작에서 천국, 국가, 소유가 없다고 상상해보라며 운을 띄운다. 그의 읊조림은 중간중간 종교가 없는 삶, 인류애와 평화 속에서 삶을 영위하는 사람들을 묘사하며 진행된다. 후렴에서는 설령 누군가 자신을 몽상가라 부를지라도 모두가 같은 꿈을 꾼다면 세상에 불가능한 꿈은 없을 거라며 평화와 사랑의 이상을 노래한다.

Imagine there's no heaven 천국이 없다고 상상해봐요

Imagine there's no countries 국가가 없다고 생각해봐요

Imagine no possessions 소유가 없다고 상상해봐요

and no religion too 그렇다면 종교도 필요가 없죠

a brotherhood of man 인류애가 가득할 거예요

You may say I'm a dreamer 날 몽상가라 말할지 모르죠

but I'm not the only one 하지만 난 혼자가 아니에요

I hope someday you'll join us 언젠가 당신도 우리와 함께할 거
예요

And the world will live as one 그렇다면 세상은 하나가 되겠죠

—존 레논의 〈이매진〉 중에서

〈이매진〉의 가사는 성경과 맥락이 맞닿는 부분이 있는 것 같
다. 신앙의 핵심은 세상과 내면의 평화와 그것을 위한 폭력의 소
멸에 있다. 무언가를 믿는 것은 지극히 인간적이며 자유로운 일
이다. 그러나 그보다 중요한 것은 자신이 신앙을 어떻게 믿느냐
에 달려 있다. 신앙을 갖고 있는 사람은 신앙이 없는 사람보다 모
범적으로 살아야 한다. 신앙의 가르침을 받았고 그것에 대한 두
터운 믿음이 있기 때문이다. 가르침을 받았는데도 그전보다 사람
이 난폭해졌다면 그것은 둘 중 하나다. 가르침이 잘못되었거나
배움에 실패한 것이다.

앞서 언급했듯이 과거에 레논은 "비틀스가 예수보다 유명하
다"는 발언으로 과격하게 신앙심을 품는 이들의 증오를 산 바 있
다. 그러나 '오만했던' 슈퍼스타는 폭력에 쉽게 손을 뻗치는 분노
한 근본주의자들보다 훨씬 더 예수와 닮았다. 사랑을 나누려 걷
는 길에 고난과 핍박이 함께할지라도 그 길을 따르라고 가르치며

몸소 실천한 것이 예수의 가르침이었다. 예수는 왼뺨을 내주면 오른뺨도 마저 내어주라고 가르쳤다. 그것이 폭력의 순환을 끝낼 수 있는 유일한 방법이기 때문이다. 그리고 사랑에 차별을 두어서는 안 된다며 아가페적 사랑을 실천했다.

그러나 정작 그 가르침을 자기방식으로 노래한 것은 세간에 신에 대한 불경으로 뭇매를 맞던 레논이었다. 가르침이 훌륭한 것도 중요하지만 자기방식대로 깨우치고 배우는 것은 더 중요하다. 사랑도 혁명도 평화도 자기 내면에서부터 자신의 삶으로 자기가 잘할 수 있는 방법으로 차근차근 시작해나가야 하는 것이다. 자신을 구원하는 것도 자신이고, 평화가 시작되는 곳도 자신이며, 혁명이 완성되는 곳도 자신이다. 그렇기 때문에 레논은 꿈꾸는 자들이 '배움을 자기화'하는 것이 얼마나 중요한지에 관해 이렇게 역설했다.

사람은 자기 자신의 꿈을 만든다. 그것이 비틀스가 말한 것이다. 요코가 말한 것도 그것이다. 그것이야말로 내가 지금 하고 있는 일이다. 자기 자신의 꿈을 실현하는 것이다. 만약 누군가에게 도움을 구하고자 한다면 그럴 수도 있다. 어쨌든 그럴 가능성은 상당히 존재한다. 그러나 지도자들에게 책임을 맡긴다면, 가능성은 없다. 카터와 레이건, 존 레논, 오노 요코, 밥 딜런, 예수 그리스도가 와서 당신 대신 해주리라는 기대는 하지 않는 것이 좋다.

—신현준, 『레논 평전』, 331쪽.

공산주의가 실패한 이유는 마르크스의 잘못이 아니고, 종교가 실패한 이유도 예수와 부처의 잘못이 아니다. 모든 혁명이 개인숭배로 끝났던 이유는 종교나 사상이 가르친 내용이 틀려서가 아니었다. 그보다는 권위와 응집력에 맹목적으로 이끌려 마음이 병든 우두머리들에게 자기 머리로 생각할 기회와 자기 목소리로 말할 기회를 상납했기 때문이다. 따라서 혁명의 핵심은 세상을 바꾸는 것 못지않게 자신을 바꾸는 것이다. 혁명이 세상을 부수더라도 자기가 품은 편견을 깨지 못하면 금세 기존 질서가 복원되고 혁명의 효력이 무용해지고 만다. 믿음의 내용만큼 중요한 것은 믿음의 방식이다. 그리고 그 방식은 반드시 자기 자신이 찾아야 한다는 것이다.

마지막으로 왜 사람들이 서로를 미워하게 되는지에 대해 간략하게 짚고 넘어가야 할 필요가 있다. 그것부터 알아야 사랑과 평화를 제대로 노래할 수 있을 테니 말이다.

사람은 눈에 보이는 것보다 보이지 않는 것을 강하게 믿는 경향이 있다. 이를테면 귀신이나 운세 따위가 그렇다. 보이지 않는 것은 알지 못하는 것이며, 알지 못하는 것은 사람을 끌어당기는 힘을 갖는다. 그러나 사람이 빠져드는 것에는 귀신이나 길흉화복의 점괘만 있는 것은 아니다. 인간은 정의, 자유, 평등, 자유주의, 자본주의, 공산주의 따위에도 빠져든다.

인간은 고도의 언어능력과 사고력으로 눈에 보이지 않는 추상명사를 너무나도 쉽고 강력하게 믿을 수 있다. 그래서 인간 세계에는 전혀 만질 수 없음에도 종교도 있고, 이념도 있고, 국가도 있다. 추상명사는 생각을 담는 일종의 말 그릇이다. 사람은 사람 간의 복잡한 관계를 파악하기 위해 이런저런 추상적 단어를 쓴다. 나와 다른 타인, 나와 타인을 둘러싼 세계를 더 잘 이해하고 헤아리기 위해서다. 이는 유발 하라리가 『사피엔스』에서 우리에게 가르쳤던 것과 동일한 내용이기도 하다.

그러나 사람들은 더욱 잘 알게 되어 서로를 미워하기도 한다. 머리가 채워진 만큼 마음 쓰임이가 줄었기 때문이다. 줄어든 마음 쓰임이에서 풍부한 이해심이 나오리라고 기대하기는 어렵다. 여기서 레논은 종교와 국가, 소유 따위의 단어가 사람의 마음을 가두는 원인이라고 지목했다. 종교가 있어서 세상이 사랑으로 가득해지는 게 아니라 오히려 종교가 증오로 뒤덮이는 역설. 홉스의 말처럼 국가가 있어서 세상이 안전해지는 것이 아니라 전쟁을 일으켜 더 위험한 구렁텅이로 몰아넣는 역설. 더 많이 가짐으로써 행복해지는 게 아니라 더 불행해지는 소유의 역설을 말이다. 엄밀히 말하면 '국가', '종교', '소유' 따위의 개념은 실체가 없다. 추상명사는 단지 인간 상상의 집합을 단어에 담아둔 것일 뿐이다.

그중에서도 특히 종교나 이념은 세상을 간략하게 요약해준다. 종교나 이념의 렌즈로 세상을 보면 복잡한 세상이 단순해지고 이해가 쉬워진다. 그러나 요약은 요약일 뿐이다. 또한 세상을 요약하는 방법은 한 가지가 아니다. 종교나 이념은 확실한 해답을 내놓는 만큼 가끔은 아주 분명하고 파괴적인 오답도 내놓는다. 그래서 정답보다는 오답 사이의 여유와 틈이 필요하다. 특히 이

넘은 화약과 같아서 마음의 여유 없이 어설프게 다루면 폭발해 주변 사람부터 해칠 수 있기 때문이다. 요약에만 익숙한 사람은 인간의 내면과 세상의 복잡계에 이념의 가르침을 제대로 응용하지 못한다. 그보다는 단순하게 확신을 가지고 강압적으로 상대방을 설득시키거나 굴복하려고 든다.

그러나 사실 평생 살아온 인생을 몇 시간의 설교로 바꾸었다면 바꾼 사람이나 바뀐 사람 둘 다 문제가 있는 것이다. 사람은 원래 쉽게 자신의 곁을 내어주지 않는다. 그러다 보면 싸움이 일어나고 누적된 싸움이 규모가 커지면 전쟁이 발생하는 것이다. 그렇게 전쟁이 발생한다면 결국 총잡이들의 세상이 될 것이다. 다시 말해 총잡이들에게 총을 쏘도록 만드는 것은 총알이 아닌 '이념'인 것이다. 베트남 전쟁이 서로 다른 '이념'을 가진 '국가'의 대결이었고, 공산주의와 자본주의의 '이념' 차이는 '소유'에 대한 근본적인 견해차였음을 미루어본다면, 추상명사가 인간 증오의 원흉이라고 지목한 레논은 꽤나 돋보이는 통찰력을 지닌 셈이다.

따라서 감히 세상을 요약하려거든 자신의 삶부터 요약 가능한 삶인지 자문해볼 필요가 있다. 추상명사 몇 개에 내 삶을 온전히 담아낼 수 있는지 반문해보라는 것이다. 만약 그것이 가능하지 않다면 세상을 요약하기보다는 상상하라고 권하는 것이 바로 레논의 〈이매진〉에 담긴 메시지다. 요약을 멀리하고 상상을 가미하다 보면 타인의 삶과 세계를 더 넓고 깊게 헤아릴 수 있을 것이다. 이해에서 평화와 사랑이 이 세계에 은은하게 퍼져나갈 수 있을 것이다.

인간은 꿈을 꾼다. 그러나 그 꿈의 주인은 자신이면서도 자기가 아닌 바깥일 수도 있다. 자신의 순수한 열정과 욕망뿐만 아니라 부모님의 소망, 또래의 선망 혹은 질투, 종교 혹은 이념이 꿈을 만든다. 그러나 자신의 꿈을 밀어붙이다가 좌절하는 것보다 더욱 불행한 것은 남의 꿈을 대신 꾸는 일이다. 남의 꿈을 대신 꾸다 보면 사람은 비뚤어지기 쉽다. 사람은 다른 사람보다 우위에 서고 싶어서 질투라는 내용을 꿈이라는 이름으로 포장하기도 한다. 아예 자신의 생각을 지우고 강력한 집단의 당론이나 소속된 회사의 논리를 열성적으로 내면화하기도 한다. 혹은 이념이나 종교의 충실한 대변인이 되고자 마치 위대한 사상가의 생각이 나의 것인 양 다른 사람을 누르고 싶은 파괴적인 충동에 휩싸이고 만다. 그러다 보면 세상에 평화와 사랑의 무게는 줄고, 증오와 파괴의 무게는 늘어나고 마는 것이다.

또다시 인간은 꿈을 꾼다. 꿈은 현실을 빛내주기도 하지만, 좌절의 빛이 되기도 한다. 특히 이상을 꿈꾸다 심장이 식은 청년들은 꿈을 꾸던 시절을 철부지로 치부하고 차가운 현실에 발을 딛기 시작한다. 그러면서 덩달아 이상을 비웃는 데 동참한다. 현실도피라는 말은 받아들일 수 없는 현실에서 도망친다는 뜻이다. 하지만 어쩌면 대개의 일은 이상에서 도망쳐 현실을 이상의 도피처로 삼는 것일 수도 있다. 그렇게 보면 사실 나약한 것은 현실이고 강력한 것은 이상일지도 모른다. 우리는 어쩌면 강력한 것에서 도망쳐 나온 것일 수도 있다.

그러나 사랑과 평화를 노래한 어느 젊은 몽상가는 〈이매진〉의 후렴구를 읊조린다. **"날 몽상가라 말할지 모르죠. 하지만 난 혼자가 아니에요. 언젠가 당신도 우리와 함께할 거예요. 그렇다면 세상은 하나가 되겠죠."** 그는 마치 자기 꿈에서 도망쳐 나온, 남의 꿈을 대신 꾸며 그것을 '현실'이라 믿고 있는, 그럼에도 마음 한구석에 아직도 젊은 마음을 간직한 모든 이를 타이르는 듯하다. 그리고 해맑은 얼굴과 감미로운 목소리로 이상에 동참하자고 권하는 듯하다.

덧붙여 레논은 여전히 인간이 갖는 아주 강력한 가능성을 넌지시 던져주고 있는 것만 같다. 만일 상상에 불과한 것들이 인간의 의식을 지배한다면 오늘부터 우리는 간단한 방법으로 매일 혁명할 수 있기 때문이다. 혁명의 출발은 인간을 지배하는 나쁜 상상을 갈아치우는 것이다. 인간은 자기 꿈의 주인이 되어야만 비로소 자신의 주인이 될 수 있다. 인간은 자신을 지배하는 상상을 바꾸어냄으로써 자기를 속박했던 나쁜 생각과 대신 꾸던 꿈에서 해방된다. 그 과정에서 자아의 상태를 점검하고 고장 난 자아를 위로하는 것은 반드시 필요하다. 새로운 세상도 건강한 자아와 새로운 상상에서 출발할 수 있기 때문이다. 그렇게 탄생한 새로운 세상에 대한 꿈은 강한 전염력을 가질 것이다. 건강한 여유를 갖는 자의 이상은 알아서 주변부터 스며들어갈 테니 말이다.

꿈은 요약보다 풍부하다. 유머는 힘이 세고 문화는 세상을 바꿀 수 있다. 콧노래를 흥얼거리는 것만으로도 혁명은 잔잔히 시작된다. 인생은 시와 같고 세상은 노래와 같다. 인간이 소유할 수 있는 유일한 재산은 상상력이다. 평화는 당연한 가치다. 그리고 사랑이야말로 최고의 이념이다. 온 세상을 함께 공유하는 사람들은 느낀다. 포기하지 않고 덤비다 보면, 즐겁게 현실에 저항하다 보면, 유머를 섞으며 끝까지 걸어가다 보면, 꿈이 함박웃음을 지으며 우리를 반겨줄지 모른다고. 그래서 오늘도 광대는 꿈을 꾼다. **Imagine!**

오래된 평등의 지도를 펼쳐보았다. 지도에는 여전히 인류의 꿈이 새겨져 있었다. 한때 평등은 잘생긴 얼굴로 사람들을 매료시켰다. 그러나 결국 보통사람들은 평등과 함께 걷지 못했다. 대체로 용기가 부족했고, 때로는 맹목적이었으며, 사소한 질투에 몸과 마음이 지쳐버렸기 때문이다. 그렇게 평등을 향한 인류의 첫사랑은 처절한 실패로 끝났다. 모두가 평등이 죽었다고 말했다. 우렁찼던 고함과 대비되는 초라한 장례식에서 평등은 외로운 유령으로 남았다. 그러나 사람들은 위대하지만 바보 같았던 첫사랑을 잊지 못했다. 그 유령은 여전히 인간의 꿈에 종종 들러 이따금 다가올 날들에 대한 새로운 가능성과 영감을 불어넣곤 했다. 잠에서 깨어난 사람들은 다음 사랑은 반드시 더 잘 해보겠노라고 마음먹게 되었다.

외침만으로도 황홀한 사랑이 있었다. 인간은 정의로 집을 짓고자 했다. 정의사회 건설의 핵심은 분배였다. 머리가 굵어진 사람들은 무작정 벽돌부터 나르기보다 침착하게 설계도부터 그리기 시작했다. 무지의 베일은 정갈하고 훌륭한 도면이 되어주었다. 초기화된 가상의 세상에서 보수적 인간들은 혁명적 결단을 내렸다. 누구도 꼴찌가 되고 싶지 않은 이기심에 아예 꼴찌를 우대해

버리기로 결정했다. 문명사회에서 승자와 패자는 있으나 불운한 낙오자는 없도록 말이다. 사람들은 행운의 평준화를 위해 분배 절차를 공정하게 다졌다. 자유와 기회, 평등을 지향하는 차등이라는 기둥을 세웠다. 정의사회를 향한 민주적인 사회계약이었다. 그리고 잘 지은 집을 성실하게 관리하기 위해 자존감을 갖기로 스스로에게 굳게 맹세했다.

그러나 집은 설계도대로 지어지지 못했다. 지반이 약했기 때문이다. 인간은 두 다리를 여전히 땅에 붙인 채 살아가고 있었다. 땅에는 주인들이 있었다. 땅값은 땀값보다 비쌌다. 인구가 불어나고 기술이 진보할수록 세상은 치열해졌고 돈은 땅이 쓸어갔다. 불로소득의 민주화, 지대의 공공화라는 '토지가치세'가 처방으로 등장했다. 그 돈이면 인간이 상상할 수 있는 보편적 복지를 위한 모든 실험을 할 수 있었을 것이다. 그러나 사회발전을 기다리는 것보다 투기열풍에 올라타는 것이 더욱 쉬운 길이었다. 땅값이 흔들릴 때마다 마음이 흔들렸고 결심 또한 흔들렸다. 욕망의 피라미드는 일종의 거대한 다단계였다. 머리로 아는 것들을 가슴이 실행할 수 없었다. 인간은 평등에 한걸음 더 다가설 기회를 놓치고 말았다.

우리 인간, 호모사피엔스는 인지혁명 덕에 믿음에 눈을 떴다. 인간은 자연에 타인과 공유하는 믿음을 덧씌워 사회질서를 세울 수 있었다. 국가, 사회, 신, 문화 등의 상상된 개념이 그렇게 탄생했다. 인간은 생물학적으로 자신을 진화시키기보다는 사회적 믿음을 발전시켜 진보해왔다. 그렇게 인간은 자본으로 움직이는 산업혁명의 기관차를 타고 과학의 철궤를 따라 거침없이 질주했다. 인간은 항상 행복을 탐했다. 인간은 죽음을 극복하고자 했다. 모두가 당연한 전제로 받아들였던 '죽음의 평등'이 훼손되는 징후가 보였다. 만일 대다수가 죽음의 평등을 믿지 않는다면, 아니 평등의 멸종은 불가피한 일이라 믿는다면 기우는 예언이 될지도 모른다. 계급의 불평등이 유전자의 불평등으로, 빈부격차가 종의 분화로 이어지는 불운한 미래가 감돌았다. 평등의 얼굴에는 수심이 가득했다. 사피엔스는 그것도 모르고 해맑게 웃고 있었다.

○●○●○

나는 권력으로 눈을 돌렸다. 사람들에게 권력은 숭배의 대상이면서도 지탄의 대상이었다. 권력은 매력이 있었다. 대체로 권력자들은 냉혈한이었으나 권력은 뜨거웠다. 그래서 쉽사리 이념이나 신념, 충동 따위와 손을 잡곤 했다. 권력은 대개 도전적이고 진보적인 생각을 불허했다. 그러나 진보적인 생각이 현실이 되기 위해서는 반드시 권력을 손에 넣어 사용법을 익혀야 했다. 그런데 권력을 더 잘 알아야 할 필요가 있는데도 사람들은 권력에 관한 고민을 덮어두었다. 권력에는 빨간 줄로 선명하게 그은 무수히 많은 전과가 있었기 때문이다.

피부색과 관계없이 유전적으로 인간들은 평등했다. 그러나 자연의 불평등한 초기 환경조건 탓에 몇몇 지역에서는 고등문명이 자라나지 못했다. 백인 제국주의 시대가 잉태되었고, 거인국은 소인국을 집어삼켰으며, 열패감이라는 식민지의 상흔이 지구 곳곳에 남고 말았다. 농작물, 가축, 병균 따위의 불균등한 지리적 분포, 태평양의 넓이와 시베리아의 혹한 같은 '자연장벽'이 문명의 전반적인 운명을 결정해버렸다. 그러나 인간의 진보를 가로막았던 것은 환경뿐만이 아니었다. 인간 세상의 독재적이고 자폐적인 권력은 '인공지진'을 일으켜 모두를 퇴보의 길로 이끌고 말았다. 주어진 환경은 어쩌지 못하는 것이나 인간의 선택은 충분히 어찌해볼 수 있는 것이다. 세상에 열등한 인간은 없었으나 열등한 환경과 어리석은 선택은 존재했다. 자만한 권력은 인공장벽을 치고 보통사람들에게 주로 어리석은 선택을 강요하곤 했다.

권력은 중독성이 강한 약물이었다. 중독 말기에 이르면 인간을 인간이 아닌 소모품으로 보이게 만드는 착시현상이 발병한다. 독재자에게 친구란 꼭두각시를 뜻했다. 소련의 스탈린은 스페인 혁명정부가 처한 위기를 이용해 폭리를 취했다. 스탈린의 지령을 받은 스페인의 공산당은 내전 중인 공동체의 운명을 걸고 '내부숙청'이라는 위험한 도박을 벌였다. 내전 속의 내전에서 혁명전사들은 밖에서는 프랑코와 싸우고 안에서는 공산당과 싸워야 했다. 결국 공산당의 이름으로 보란 듯이 자본주의가 부활했다. 이틈을 타서 반공 독재자 프랑코가 분열로 허약해진 혁명정부를 무너뜨리고 스페인을 접수했다. 이념의 정통성은 내용이 옳아서가 아니라 힘센 다수파가 정했다. 진실은 실종되었고, 혁명은 반동이었다. 프랑코를 축원했던 가톨릭 사제들이나 스탈린의 찬탈을 미화했던 좌파 지식인이나 모두 제정신이 아니었다. 그 와중에 인간 사이의 존엄과 우애를 보존했던 것은 평범한 사람들이 나누었던 밥의 온기였다. 권력투쟁의 소용돌이 속에서 밥보다 솔직한 이념은 없었다.

또한 권력은 충동에 쉽게 오염되었다. 비뚤어진 독재자의 말 폭탄은 극단의 피해망상을 불러일으켰다. 증오의 군주 히틀러는 사람들에게 주먹으로 사랑하는 법을 가르쳤다. 그것은 현실에서 순종과 잡종을 가르려는 편집증의 형태로 발발했다. 애꿎은 유대인과 장애인들이 피가 오염되었다는 죄목으로 몰살되었다. 그럼에도 그에 대한 사람들의 열광은 진심이었다. 히틀러는 소속이 없는 사람에게 당원증을 건넸고, 목적이 없는 사람에게 주적을 만들어주었기 때문이다. 소속과 구속, 사랑과 폭력은 한 끗 차이였다. 지식인들은 히틀러와 그에게 열광하는 민중을 우려하면서도 냉소했다. 지식인의 언어는 거리의 언어를 번역하지 못했다. 히틀러는 해소되지 못한 충동을 확성기로 키워냈다. 대중은 어렵고 위선적인 정의보다 저열하지만 솔직한 증오에 권력을 내주었고 확실한 거짓을 믿으려 했다. 세상에 논리적인 분노는 없었다. 다만 표현하지 못한 분노가 응축되어 있었을 뿐이다.

이렇듯 권력은 역사에 무수히 많은 추돌사고를 냈다. 그러나 그 사고의 대부분은 운전이 난폭하거나 미숙해서 일어났다. 제대로 된 운전면허가 필요했다. 정치는 언제든 악마로 변할지 모르는 권력을 다룬다. 그래서 정치가에게는 엄격한 윤리가 요구되었다. 영혼의 타락을 막기 위해 굳센 신념이 필요했다. 그러나 정치는 동기가 아니라 결과로 말하는 분야였다. 그래서 책임이 더욱 중요했다. 정치가의 실패는 개인의 실패지만, 그가 행한 정치의 실패는 모두의 실패가 되기 때문이었다. 수준 낮은 정치에는 정치에 관한 오해도 한몫했다. 정치에는 수학적 정답이 없었다. 정치가는 천사가 아니라서 정적을 사랑할 수 없었다. 싸움은 불가피했다. 다만 싸움을 총칼과 내전이 아닌 입씨름과 투표로 치르는 것이 민주정치였다. 현실정치에서는 대개 보수가 유리했고, 개혁은 불리했으며, 중립은 약자에게 최악의 처세였다. 기회가 많아서 기회주의자가 즐비했다. 물을 자주 갈아주는 것은 썩을 기회를 줄이는 것에 있었다. 미래의 행복을 위해 권력을 행사하려면 정치를 너무 미워해서는 안 되었다.

○●○●○

우리는 무엇인가를 지독히도 싫어하는 시대에 살고 있었다. 끊임없이 혐오의 대상을 세상에서 골라내고자 했다. 익명과 과잉과 벌레의 세상에서 우리는 무엇을 혐오하는지 알 필요가 있었다. 혐오표현이 있었고, 여성혐오가 있었으며, 자기혐오가 있었다. 쉽사리 단정 짓는 태도는 시대적 질병이었다. 요약되지 않는 것들을 요약했고, 요약되지 않아 싫어했다.

어떤 자유에서는 집단지성이 발아했고, 어떤 자유에서는 혐오표현이 발생했다. 자유의 교과서를 펼쳐보았다. 존 스튜어트 밀은 누구보다도 표현의 자유를 강조했다. 진리의 넉넉함과 개인의 행복을 위해서는 자유가 필수불가결했다. 밀은 자신의 삶으로써 자유의 사용설명서를 동봉했다. 외로운 지식의 섬이었던 천재 소년은 사랑을 통해 감정이라는 잃어버린 대륙을 발견했다. 금지된 사랑과 지적인 대화를 나누면서 그는 양에서 질로, 질에서 본질로 이어지는 상승의 철학을 탐구했다. 밀은 자신의 자유를 이 세상의 사랑과 행복의 지평을 넓히는 데 지불했다. 불완전한 인간이 자유를 자유답게 향유하기 위해서는 그에 맞는 훈련이 필요했다. 개인은 혼자가 아니었고 의견에는 품질이 있었다. 누구나 말할 수 있지만 아무 말이나 해서는 안 되었다. 관용의 그림자는 소수자에게는 침묵의 나선이었다. 자유는 강제에 이르기 전에 자제 앞에서 멈추는 것이었다. 사랑이 깃들 곳에 혐오할 자유는 없었다.

혐오표현은 개인 차원의 문제였지만 여성혐오는 사회 차원의 문제였다. 알파메일과 약한 수컷은 가부장제를 통해 권력과 혼인기회를 나누며 공생했다. 그러나 성비 불균등이라는 생물학적 공황이 일어나자 수컷사회의 거래관계가 틀어지고 말았다. 하락하는 남성이 있었고, 상승하는 여성이 있었다. 과도기적 상황에서 유리천장을 뚫는 여성도 있었으나 아직도 많은 여성이 유리바닥에 눌려 있었다. 젊은 남녀 간에 성 갈등이 번졌다. 차별구조의 생산자는 차별과 역차별의 갈등 뒤로 숨어버렸다. 이갈리아의 정신으로 단결한 여성들은 미러링으로 대항했다. 젠더문제는 성별, 가족, 계급, 권력을 비롯한 가장 사적이면서도 가장 정치적인 사안이었다. 거꾸로 국가에서부터 신체까지 서열로 엮는 가장 말초적인 불평등이었다. 여성은 한 번도 여성문제의 당사자가 되어본 적이 없었다. 어떤 투쟁방법을 고르든 당사자에게 우선적인 기회가 주어져야 했다. 여성들은 정해진 길이 아니라 걸어가는 곳을 길로 삼고자 했다.

이 시대의 사람들은 누군가를 싫어했지만, 무엇보다 자기 자신을 가장 미워했다. 피로사회는 혐오가 피어나기에 안락한 조건이었다. 피로사회에서 사람들은 몸과 마음이 모조리 닳아버렸다. 혐오는 착취에서 피어났다. 이제까지의 착취는 타자가 타자에게 바깥으로 가했다. 그러나 오늘날의 착취는 자신이 자신에게 안으로 가했다. 경제적 인간은 긍정의 복음으로, 영혼의 지배자로 등극했다. 세상은 끊임없이 성과와 성공을 요구했다. 빠른 장단에 발걸음을 재촉하던 사람들은 사유와 체력을 잃었다. 상향평준화로 달려갔던 시대의 외관은 풍요였으나 내장은 비만이었다. 만성피로에서 짜증이, 짜증에서 혐오가 치솟았다. 우울증은 혐오의 내부적 발현이었고, 우울의 사회적 발산은 혐오 시대를 불러왔다. 내 영혼을 지배하는 것은 가난한 자의식이었으나, 풍요에 길든 육신은 자꾸만 생각을 멀리했다. 그저 많이 먹고 많이 뛰고 싶어했을 뿐이었다. 그렇게 과로와 열심을 혼동하는 사람들이 억지로 자아내는 헤픈 웃음에는 짙은 피로가 배어 있었다.

어쩌면 이렇게도 지독한 미움의 시대에 사랑을 노래하는 것은 철없는 젊음의 사치일지도 모른다. 그러나 하수상한 시절일수록 꿈의 가치는 빛을 발하는 법이다. 현실의 완강함과 일상의 권태에서 우리를 살아가게 만드는 유일한 동력이니까. 전쟁과 평화로 대비되는 두 가지 젊음이 있었다. 이유 없는 전쟁과 이유 있는 반항. 무자비한 정의와 허약한 악이 부딪쳤다. 그 파장을 타고 한 젊음은 슈퍼스타와 혁명가로 대비되는 두 얼굴의 인생을 살았다. 축제 같은 투쟁, 투쟁 같은 축제가 있었다. 정치를 바꾼 문화와 문화를 꺾지 못한 정치가 있었다. 가치를 담는 말 그릇에는 여러 사람의 꿈이 있었다. 추상적인 단어로 단순하게 요약된 세상에서 사람들은 복잡하게 다투었다. 사랑과 평화는 권태로운 일상에서 비웃음을 샀다. 그러나 반골의 몽상가는 세상을 타일렀다. 사랑은 이념보다 강했고 상상력은 권력보다 강했다. 유머와 부드러움의 힘으로 인간의 내면을 건강하게 지키면서, 상상력이 인간의 가능성이라고 말하면서 광대는 꿋꿋하게 사랑을 노래했다.

○○●●○

본디 젊음이란 온갖 종류의 불평등, 권력의 만행, 약자에 대한 혐오에 특히나 예민한 감수성을 갖는 시기다. 나 또한 예외는 아니었다. 나는 내 또래의 여느 청춘처럼 세상의 불평등, 권력의 게으름, 혐오의 범람에 대해 예민하게 반응했다. 나 나름의 해답을 내리고자 했지만, 세상이 딱 떨어지는 일만 일어나도록 되어 있지 않았다. 마찰음과 파열음, 세상의 소음 속에서 신호를 잡지 못한 나는 고독했다. 무수한 주장과 논리의 바다에서 영문 없이 헤맸다. 답답한 만큼 무력했으며, 무력한 만큼 혼란스러웠다. 지적 대화에 목말라하면서도 문제의식을 갖는 삶이 주는 피로함에 그만 지쳐버리고 말았다. 차라리 무관심으로 일관하는 삶이 낫겠다며 푸념하기도 했다. 때로는 몰려오는 좌절감에 반골기질로 태어난 것을 원망하기도 했다.

그때 만난 열두 권의 책은 내게 열두 가지 이상의 이야기를 들려주었다. 사람들이 사랑하고 두려워하고 미워하는 것들에 관한 이야기를 들을 수 있었다. 나는 조심스레 경청하며, 가급적 놓치는 것 없이 그것들을 모두 받아 적어두었다. 책과의 만남은 나에게 큰 위로가 되었고, 지적인 동지는 현시대를 비롯해 과거 인류사 전체에 있음을 알게 되었다. 나는 고독에서 멀어졌다. 책을 읽음으로써, '책에 관한 책'을 써내려가면서 나는 줏대가 뚜렷해졌다기보다는 풍족해졌다. 한 가지 가치만으로는 세상을 온전히 포괄하지 못함을 깨닫게 되는 계기가 되었기 때문이다.

무엇보다 인간 세상의 수많은 철학과 사상, 이념을 찾아 정답을 갈구하던 나에게 문제적 독서는 한 가지 깨달음을 안겨주었다. 어떤 이념이나 가치도 그 자체로 완전할 수 없었다. 정의, 자유, 평등, 계급, 젠더, 민족, 인종 따위의 다양한 가치는 서로 충돌하고 때로는 조화를 이루면서 입체적으로 엮여 있었다. 또한 그러한 것들의 이음새에는 군데군데 충동, 질투, 존경, 우정과 애정 따위의 감정이 쉽게 스며들었다. 감정과 결합한 가치는 굴절되기도 증폭되기도 했다. 한 가지 가치에 지나치게 매몰되면 '하나를 알면 열을 안다' 식의 헛똑똑이가 되거나 도리어 '하나 외에는 알 필요 없다' 식의 반지성주의에 갇혀버리고 말았다.

무엇을 믿느냐보다 어떻게 믿느냐가 중요하듯이 무엇을 읽느냐 만큼 어떻게 읽느냐가 중요했다. 생각을 접할 때, 사상과 이념을 접할 때 가장 중요한 것은 그것을 받아들일 마음의 넓이였다. 기분이 태도가 되어서는 안 되듯이 이념이 기분이 되어서는 안 되었다. 개념을 이해하려면 머리를 충분히 비워야 하지만, 이념을 수용하려면 가슴을 열어야 했다. 그렇게 도전적인 독서 끝에 나는 잠정적인 해답을 얻었다. 타인의 요약에 의존하기보다는 자기 머리로 읽는 법을 연습해야 한다는 것이다. 행간과 맥락 사이의 공백을 상상력과 추론을 발휘해 채워가다 보면 요약의 간결함보다 상상의 풍부함에서 재미를 발견하게 될 것이다. 나는 그것이야말로 자기 생각을 가지런히 정리하고, 타인의 삶을 부드럽게 훔쳐보며, 결국은 우리를 둘러싼 세계를 이해하는 한 가지 단초를 제공할 것이라고 굳게 믿는다.

오래된 고전과 우리 시대의 문제작을 읽는 어느 젊음의 시각, 인간 세상에서 반복되었던 불의를 관찰한 어느 청년의 눈, 오래된 이념에 대한 진술한 견해. 나는 이 책을 이른바 '시각의 공유'를 위해 썼다. 이 책이 그 과정을 잘 보여주었다면 저자로서 더 바랄 나위 없이 다행일 것이다. 정답과 평가의 세계를 벗어나 다채로운 생각의 세계로 여러분을 초대한 것은 두고두고 내 인생의 최고의 선택으로 자리매김할 것이다. 투명한 하나의 빛이 프리즘을 거쳐 무지개색의 파장으로 나뉘듯 도전적인 책 읽기는 여러분 생각의 또 다른 프리즘이 되어줄 것이다. 그 과정을 끝까지 함께해주신 독자 여러분께 감사의 말씀을 전한다.

1부 _ 평등의 얼굴

1장 잃어버린 꿈이 있었다: 카를 마르크스·프리드리히 엥겔스, 『공산당 선언』
- 카를 마르크스·프리드리히 엥겔스 지음, 박종대 옮김, 『일러스트 공산당 선언·공산주의 원리』, 미메시스, 2015.
- _____ 지음, 이진우 옮김, 『공산당선언』, 책세상, 2015.
- 김수행 지음, 『자본론 공부』, 돌베개, 2014.
- 로버트 하일브로너 지음, 장상환 옮김, 『세속의 철학자들』, 이마고, 2008.
- 노명식 지음, 『프랑스 혁명에서 파리 코뮌까지, 1789~1871』, 책과함께, 2016.

2장 운명의 신을 탄핵하다: 존 롤스, 『정의론』
- 존 롤스 지음, 황경식 옮김, 『정의론』, 이학사, 2003.
- 황경식 지음, 『존 롤스 정의론』, 쌤앤파커스, 2018.
- 이종은 지음, 『정의에 대하여』, 책세상, 2014.
- _____ 지음, 『존 롤스』, 커뮤니케이션북스, 2016.

3장 땅이 훔친 것은 인간의 상상력이다: 헨리 조지, 『진보와 빈곤』
- 헨리 조지 지음, 김윤상 옮김, 『진보와 빈곤』, 비봉, 2016.
- _____ 지음, 김윤상 옮김, 『노동 빈곤과 토지 정의』, 경북대학교출판부, 2012.
- _____ 지음, 전강수 옮김, 『사회문제의 경제학』, 돌베개, 2013.

4장 죽음의 평등이 멸종할지도 모른다: 유발 하라리, 『사피엔스』

- 유발 하라리 지음, 조현욱 옮김, 『사피엔스』, 김영사, 2015.
- 마이클 샌델 지음, 강명신 옮김, 『생명의 윤리를 말하다』, 동녘, 2010.

2부 _ 권력의 온도

5장 무엇이 진보를 가로막는가: 재레드 다이아몬드, 『총, 균, 쇠』

- 재레드 다이아몬드 지음, 김진준 옮김, 『총, 균, 쇠』, 문학사상사, 2005.

6장 밥보다 솔직한 이념은 없다: 조지 오웰, 『카탈로니아 찬가』

- 조지 오웰 지음, 정영목 옮김, 『카탈로니아 찬가』, 민음사, 2001.
- _____ 지음, 이한중 옮김, 『나는 왜 쓰는가』, 한겨레출판, 2010.
- 앤터니 비버 지음, 김원중 옮김, 『스페인 내전』, 교양인, 2009.
- 박홍규 지음, 『조지 오웰』, 푸른들녘, 2017.

7장 분노가 논리적이면 분노가 아니다: 아돌프 히틀러, 『나의 투쟁』

- 아돌프 히틀러 지음, 황성모 옮김, 『나의 투쟁』, 동서문화사, 2014.
- 폴 존슨 지음, 조윤정 옮김, 『모던 타임스 1, 2』, 살림, 2008.

8장 정치를 너무 미워하지 말지어다: 막스 베버, 『직업으로서의 정치』

- 막스 베버 지음, 전성우 옮김, 『직업으로서의 정치』, 나남출판, 2007.
- 니콜로 마키아벨리 지음, 권기돈 옮김, 『군주론』, 펭귄클래식코리아, 2015.
- 토머스 홉스 지음, 진석용 옮김, 『리바이어던 1』, 나남출판, 2008.
- 루쉰 지음, 루쉰읽기모임 옮김, 『페어플레이는 아직 이르다』, 도서출판 케이시, 2003.

3부 _ 혐오와 맞서며

9장 사랑이 깃들 곳에 혐오할 자유란 없다: 존 스튜어트 밀, 『자유론』
- 존 스튜어트 밀 지음, 서병훈 옮김, 『자유론』, 책세상, 2005.
- _____ 지음, 박홍규 옮김, 『자유론』, 문예출판사, 2009.
- _____ 지음, 권기돈 옮김, 『자유론』, 펭귄클래식코리아, 2015.
- 마이클 샌델 지음, 안진환·이수경 옮김, 『왜 도덕인가』, 한국경제신문, 2010.

10장 말초적 불평등이란 그런 것이다: 게르드 브란튼베르그, 『이갈리아의 딸들』
- 게르드 브란튼베르그 지음, 히스테리아 옮김, 『이갈리아의 딸들』, 황금가지, 1996.
- 정희진 지음, 『페미니즘의 도전』, 교양인, 2013.
- 김도언 지음, 『검은 혁명가 맬컴 X』, 자음과모음, 2012.

11장 내 영혼을 지배하는 자는 누구란 말인가: 한병철, 『피로사회』
- 한병철 지음, 김태환 옮김, 『피로사회』, 문학과지성사, 2012.

12장 오늘도 광대는 꿈을 꾼다: 신현준, 『레논 평전』
- 신현준 지음, 『레논 평전』, 리더스하우스, 2010.
- 박태균 지음, 『베트남 전쟁』, 한겨레출판, 2015.
- 헌터 데이비스 지음, 김경주 옮김, 『존 레논 레터스』, 북폴리오, 2014.
- 타리크 알리 지음, 안효상 옮김, 『1960년대 자서전』, 책과함께, 2008.
- 아르노 뷔로 지음, 알렉상드르 프랑 그림, 해바라기 프로젝트 옮김, 『68년, 5월 혁명』, 휴머니스트, 2012.
- 하워드 진 지음, 유강은 옮김, 『미국 민중사 2』, 이후, 2008.
- 존 쉐인필드·데이비드 리프 감독, 〈존 레논 컨피덴셜〉, 2008.

미주

1 카를 마르크스·프리드리히 엥겔스 지음, 박종대 옮김, 『일러스트 공산당 선언·공산주의 원리』, 미메시스, 24쪽, 2015.

2 애덤 스미스 지음, 유인호 옮김, 『국부론』, 동서문화사, 92쪽, 2016.

3 노명식 지음, 『프랑스 혁명에서 파리 코뮌까지, 1789~1871』, 책과함께, 49~50쪽, 2016.

4 카를 마르크스·프리드리히 엥겔스 지음, 박종대 옮김, 『일러스트 공산당 선언·공산주의 원리』, 미메시스, 93쪽, 2015.

5 카를 마르크스·프리드리히 엥겔스 지음, 박종대 옮김, 『일러스트 공산당 선언·공산주의 원리』, 미메시스, 115쪽, 2015.

6 카를 마르크스·프리드리히 엥겔스 지음, 박종대 옮김, 『일러스트 공산당 선언·공산주의 원리』, 미메시스, 145~146쪽, 2015.

7 마이클 샌델 지음, 강명신 옮김, 『생명의 윤리를 말하다』, 동녘, 81쪽, 2013.

8 강응천, SERICEO—〈역사오디세이〉
https://terms.naver.com/entry.nhn?docId=3658913&cid=59578&categoryId=59578

9 앤터니 비버 지음, 김원중 옮김, 『스페인 내전』, 교양인, 78쪽, 2009.

10 조지 오웰 지음, 이한중 옮김, 「좌든 우든 나의 조국」, 『나는 왜 쓰는가』, 한겨레출판, 85쪽, 2010.

11 조지 오웰 지음, 정영목 옮김, 『카탈로니아 찬가』, 민음사, 254쪽, 2001.

12 박홍규 지음, 『조지 오웰』, 푸른들녘, 206쪽, 2017.

13 조지 오웰 지음, 정영목 옮김, 『카탈로니아 찬가』, 민음사, 234쪽, 2001.

14 막스 베버 지음, 전성우 옮김, 『직업으로서의 정치』, 나남출판, 20쪽, 2014.

15 토머스 홉스 지음, 진석용 옮김, 『리바이어던 1』, 나남출판, 165~175쪽을 요약 재구성했음, 2008.

16 막스 베버 지음, 전성우 옮김, 『직업으로서의 정치』, 나남출판, 139쪽, 2014.

17 루쉰 지음, 루쉰읽기모임 옮김, 『페어플레이는 아직 이르다』, 도서출판 케이시, 100~101쪽, 2003.

18 밀의 생애는 아래의 세 출판사가 부록으로 남긴 일대기를 모두 참조해 작성했다.

  - 서병훈 씨가 번역한 책세상 출판사의 『자유론』

  - 박홍규 씨가 번역한 문예출판사의 『자유론』

  - 권기돈 씨가 번역한 펭귄클래식의 『자유론』

19 존 스튜어트 밀 지음, 서병훈 옮김, 『자유론』, 15쪽, 2015.

20 마이클 샌델 지음, 안진환·이수경 옮김, 『왜 도덕인가』, 한국경제신문, 253~257쪽, 260~261쪽, 2010의 내용을 글쓴이가 정리해 인용했다.

21 존 스튜어트 밀 지음, 서병훈 옮김, 『자유론』, 23~24쪽, 2015.

22 한병철 지음, 김태환 옮김, 『피로사회』, 문학과지성사, 11쪽, 2013.

23 박태균 지음, 『베트남 전쟁』, 한겨레출판, 117쪽, 2015.

24 박태균 지음, 『베트남 전쟁』, 한겨레출판, 129쪽, 2015.

25 하워드 진 지음, 유강은 옮김, 『미국 민중사 2』, 이후, 247쪽, 2008.

26 신현준 지음, 『레논 평전』, 리더스하우스, 253~258쪽, 2010.

27 〈존 레논 컨피덴셜〉이라는 이름으로 개봉된 다큐멘터리 영화에 이 과정이 자세하게 묘사되어 있다. 초강대국이 자유로운 영혼의 좌익 예술가와 벌인 대결에서 쩔쩔매는 모습이 매력적이다.